时光倾城

THE WHOLE CITY OF TIME

严利/著

长江出版传媒　长江文艺出版社

图书在版编目（ＣＩＰ）数据

时光倾城 / 严利著.-- 武汉：长江文艺出版社，2019.11
　　ISBN 978-7-5702-1321-4

Ⅰ.①时… Ⅱ.①严… Ⅲ.①长篇小说－中国－当代 Ⅳ.①I247.5

中国版本图书馆 CIP 数据核字(2019)第 243232 号

责任编辑：杜东辉　　　　　　　　　责任校对：毛　娟
封面设计：闰江文化　　　　　　　　责任印制：邱　莉　胡丽平

出版：长江出版传媒　长江文艺出版社
地址：武汉市雄楚大街 268 号　　　邮编：430070
发行：长江文艺出版社
http://www.cjlap.com
印刷：武汉市首壹印务有限公司

开本：640 毫米×970 毫米　　　1/16　　印张：18.75　　插页：1 页
版次：2019 年 11 月第 1 版　　　　2019 年 11 月第 1 次印刷
字数：261 千字

定价：38.00 元

版权所有，盗版必究（举报电话：027—87679308　87679310）
（图书出现印装问题，本社负责调换）

1

闹铃声把我叫醒了,睁开眼睛第一眼我就看到张正义的半身像。穿着风衣,眼睛若有所思地看着前方,手中的香烟在弥漫着。唉,真不知摆个冥想的姿势浪费了多少香烟。虽然拍一张沉思状的照片是俗到姥姥家了,但是得承认摄影师的技术还是不赖的。至少这张相片让我觉得他和白马王子的差距不是太远。看到他本人的朋友都说他比我老太多。其实,他本来就大我二十岁嘛。

唉!

蔷薇的叹息。

你这样有模有样的美女找个帅哥应该不是难事呀!为何挑来选去要做人家的后妈呢?

后妈?听到"妈"这个字,我的头立刻膨胀起来,有个声音在心里尖叫着:不要,不要,不要做妈妈……

坦白说,我没考虑我们在外形年龄上是否般配,但目前在精神上我是依赖他的。他说,我是一只猫,喜欢粘在他的胸膛。不过,要做人家的妈妈,还是后妈,天啦!不敢想象。

认识他的那天下着雨。上完课后,我站在培训楼的廊檐下,看着雨越来越大,丝毫没有停下来的意思。正要鼓足勇气去淋个落汤鸡,一把粉红色的伞就被递到眼前。

拿去吧!林老师。

男人西装笔挺,眼角有很深的鱼尾纹。头发很有型。个子高高的,四十多岁的样子,身材笔挺,有精神有派头的模样。不是我讨厌的那种邋遢老头。

不仅如此,他还知道我的名字。看来是认识我的人。

你呢?

我有车。他指着停靠一旁的黑色奔驰。

看不出还是个资本家! 我心里想着,朝他匆忙点了个头。谢谢啦! 顾不了那么多,我接过伞就冲向雨中。

怎么把伞还给你呀? 我大声问,他一边摆手一边打开车门钻进了车里。

中午,雨过天晴。

坐在办公室里看看窗外再看看那把伞。可爱的粉红色。一个中年男人的伞不该是这样粉嫩的颜色吧? 正想着,张一笑推门进来,冷冽的眼神看着我。对这个十四岁女生的表情我一点也不觉得奇怪。她总是这么酷酷的样子,作为她的补习老师我已习惯并接受。

有事吗?

她不作声,径直走到我身后拿起那把伞就往外走。

张一笑! 你要伞吗? 天上都出彩虹了。

物归原主。张一笑回过头来。

见我一愣。

是我的。爸爸买给我的。她用强调的语气拍拍胸口说。

哦! 谢谢你的伞。

我明白了。送伞给我的人是她父亲。认识我不奇怪,我和学生们拍过不少生活照。

"张先生和张太太的感情非常好。"

张一笑说得轻描淡写,可我从她的语调中听出了一些杂音。

"我是绩优股耶。怎么会看上叔叔辈的男人呢?" 我说这话的时候,一个男人的脸在我的脑子里瞬间闪过,那个爱过我伤过我最终又抛弃我的人,他如今怎么样了?

张一笑张口结舌。看着她甩手气冲冲地走了,我回过神来。

不要怪我。当时太窝心了。为了让她不要把我当成是勾引她爸爸的"狐狸精",我这个做老师的也只好把话说得恶心一点。

因为有了张一笑,我和张正义似乎完全没有可能了。想都不用想，根本无法画等号。真不知这个娇小姐怎么琢磨我跟她爸的？

但实践证明，有些事情还真不能用逻辑去推敲，更不能用常理去断定。

因为智齿，痛得死去活来的我只好去拔牙了。在我的前面排着好几位病人，他们和我一样痛苦地把五官皱成了一团。我捂着腮帮子焦急地候诊。透过诊区玻璃，我看到一位个子高高的男医生非常专业地为每一个患者检查着。他的动作是那样轻柔，表情是那么温暖。当看到有位老人时，他的双眼露出怜悯的光。他跟一位女患者商量，是否让老人先行就诊。女人好心地同意了。他一边取下口罩，一边点头表示感谢。

我看到的不是张一笑的父亲，仿佛是一场幻觉，就如看到自己的父亲一样。那亲切的笑容，那双温暖地握着病人的大手，还有他头顶上天使的光环。

他的胸牌上写着：张正义医生。

我对他的爱慕就这样诞生了。一点预见都没有。一丝准备也来不及。全然忘了自己曾说过，不会再喜欢老男人的话来！

爱情是一道填空题。

我捂着腮努力强作笑颜地走向了他。

张正义见到我很吃惊。

张一笑出了什么事吗？见到老师找上门，这恐怕是做家长的本能反应。

碰巧牙痛。我用手按住左脸。

碰巧知道我在这了。张正义风趣地接过话。

不会真的要拔牙吧？

让我看看。

张正义的手很温柔地托起我的下巴。

他的脸与我的脸贴得很近，但我只能看到他眼睛。

吃些消炎药就没事了。他说。然后拿过护士递过来的药水往我嘴里喷射。

还痛吗？

好些了。

发生了就是发生了。

反对。蔷薇说。暗恋是单方面的事,不能用"发生"这个词。

他对我的感觉或许更强烈一些。我说。

我们握手告别。他很镇定地看着我微笑,我能感受到从他手中传递过来的一见钟情的非凡能量。

是错觉。

第三者的爱情是不被人期待的。蔷薇总是与我唱反调。

是的。蔷薇说到重点,打中了我的要害。我想起了他,坏男人。

刚放下电话,就听到办公室的门被谁敲响了。

进来。我大声做出回应来发泄心中的郁闷之气。我正为自己唯一想谈的一场恋爱还没开始便要胎死腹中而懊恼着。

张一笑又酷着一张脸来了。

有事吗?

我没事,但我爸有事。

你爸有事?关我什么事?

我爸决定追你。

噢!我天生讨人喜欢。

我想了想,只有你与我爸合适。

你在胡闹。

我没胡闹,那天是我唬你的,我一直担心我爸爸会被某个陌生女人给抢走。后来一想,你也不是什么陌生女人。而且人也还不错。假设,我爸若真的找个黄脸婆回来一天到晚盯着我,那我还不难受死?干脆,就你得了。

张一笑说得理直气壮。我却听了心里憋屈。爱情是一道填空题吗?前任走了有现任,现任离开有备胎。

张先生对我来说不合适。

合不合心意,听了他的告白再说。

张一笑把手中拿着的卡片丢在我桌上就跑了出去。

拿走,快拿回去。

我的叫声明显有点苍白无力。想与他谈恋爱的好奇心倒是越来越强烈。

我打开卡片,上面的字苍劲有力。

林老师:
赏脸吃顿饭,行吗?晚上七点,田园餐厅不见不散。

张正义诚邀

有其父必有其女,都是那么霸道。
张正义,伸张正义。哇,这名字还真有意思!
嘴上尽管是那么说着,心里雀跃得一团糟。一看时间,距离约会还有三个小时。去掉梳妆打扮路上塞车的时间,大约还有一小时四十分。我一下子乱了方寸,该用什么样的心态,做什么样的准备去赴约呢?
一路跑回了宿舍。
给蔷薇打电话。
你现在是去见一位很了解女人的独居男人。你这身打扮不是要引火烧身么?
不打扮?
简单就是美。
听了恋爱顾问蔷薇的话,我立马跑到浴室用最快的速度冲掉了身上的粉笔灰。
速度。风风火火把湿头发吹干。
不要洒香水。蔷薇说。对于男人那是催情剂。
穿上鞋。手机响了。是张一笑打来的。
林老师,你在哪?
我,我在办公室呀!一撒谎就结巴。
我就在你办公室门外呀!你到底在哪?
我,我刚回家。我的脸发烧了。
哈——哈——哈——是不是在家里梳妆打扮呀?
张一笑的笑声让我很窘迫。
叫你爸来接我吧。总不能让淑女自己跑那么远去见他吧。我心一横，有啥难为情的呢？

我爸可是绅士，他的车已经在你楼下了。快下楼吧，祝你们玩得愉快！

我推开窗户往楼下看，果真看到张正义很悠闲地倚靠在车旁抽烟。

还真是个绅士。

坐上车，张正义拿了一枝玫瑰给我。

我暗自欣喜地接到手里。

"本来是送给一位今晚要与我相亲的女士，但是一笑反对。搞了个恶作剧把人吓跑了。"

原来我是来填补空位的。我心里怪不是滋味。

"您对我来说，只能想想罢了，哪敢真那么去做。"

"你女儿倒是比你爽快。"

"是啊。没想到你会来。我感到很荣幸。"

"你常相亲吧？第一天相亲就给人送玫瑰？"

"我也是急于给一笑找个妈妈。其实，大部分是碍于朋友的情面。没有合意的。看到林老师的第一眼，心里就有初恋的感觉。"

天哪！刚说你不爽快。

那天在田园餐厅，我喝醉了。说真的，张正义无微不至的呵护让我不自觉地放宽了淑女的矜持。我对他讲了我的父亲母亲，讲了我的童年阴影。我感觉回到了那个时代。爸爸牵着我和弟弟的小手到小酒馆喝酒的情景。他一边听着收音机，一边就着一盘花生米和一小碟凉拌顺风下酒。我们向老板娘学习如何包馄饨，最后还能香喷喷地吃上满满一大碗。

宿醉醒来后，床头的留言和醒酒汤让我直想大哭一场。

相信我，让我代替你爸爸来好好爱你，照顾你。张正义说。

记得还是在乡下的时候，每天一大早爸爸便用亲吻催我起床：早安，宝贝！

我假装赖床的样子，其实心里已充满了一天学习向上的动力。

我们决定正式交往后，张正义所做的第一件事便是跑到影楼去照了那张明星味十足的相片，然后拿到我的寓所来。偶尔，他也会过来陪我看看电影打发我的空闺寂寞时光。可是我迟迟没有等到那句温暖的问候。或许正是如此，我始终下不了决心走上红地毯的那一端。

你找的是老公不是老爹！蔷薇说。

我认为老公大部分的时间根本扮演的就是老爹的角色。而我这样的女生是需要有人每天来为爱上紧发条的。在爱情面前我是个后知后觉又极端自私的人。看问题一点也不理性，跟着感觉走是我对爱情一贯的作风。

见张正义是要预约的。我都记不清牙痛了好多次，坐在牙科诊所的长椅上等护士来叫。

比邻姐，你怎么老是牙痛？又上火了？

护士见到我总是笑得诡异。我懒得理她，是有点嫉妒她整天可以和张正义在一起。

进了检查室，张正义关上门，拉上窗帘。

哪颗牙齿又痛了？

你过来看嘛！

张开嘴。

张正义低下头，我们吻在了一起。就在我气喘吁吁时，脑子里条件反射地出现了阿诺的脸，那个在我生命中消失已久的坏男人的脸，我的心抽了一下，猛地推开了张正义："我该回去了。"

仓皇而逃的是爱情的自尊心。

成都午夜的街头，广场电子屏上莫文蔚在唱《他不爱我》，优美感伤的旋律让我不由得停下脚步跟着小声哼唱——

他不爱我 / 牵手的时候很冷清 / 拥抱的时候不够靠近 / 他不爱我 / 说话的时候不认真……

这歌像是我心情的写照。低声唱着唱着，我已泪流满面——

春熙路口的广场上，人们穿梭往来，他们的表情被霓虹灯照射着，是那样的迷离。前方街角有个男人倚靠在银杏树下，吐着烟圈望着天空沉思的神情像极了阿诺。我情不自禁停下脚步傻傻地看着他。

阿诺——我在心底里叫着。

男人察觉了我的异样,转过脸向我挥挥手:"有事?"

哪里是阿诺?不是,庆幸不是。永不再见。我想。

我难为情地仓皇而逃。

一夜无眠。

打开冰箱拿出牛奶,撕下上面贴着的备忘条。

七月初七。蔷薇二十五岁生日。

按之前说好的,上午抽空为她庆祝。下午我们各自与心爱的人约会去。

周末照旧有课。做培优就是这么辛苦。走进教室,讲台上有一束玫瑰和一张卡片。

我看了一眼坐得四不像的张一笑。她冷漠地冲我翻了一下白眼。她的样子告诉我送花的人不可能是张正义。要不然,她也不会一副为他父亲"吃味"的表情。

"老师,打开卡片看一下吧?是谁送的?"有同学大声问。

"老师,好羡慕你哟!今天情人节都没有男生给我送花。"一个女生装成娇滴滴的样子。

同学们期待的眼神望着我。

为了避免尴尬,我向他们摆摆手。

"年轻的女士在情人节收到鲜花,没有什么好奇怪的。同学们,安静下来,上课吧。"

下课后我招手让张一笑过来。

张一笑板着脸冲我丢下两个字:臭美!然后头也不回地走了。这要是平常,她定会拉着我走到墙角讨好地小声说:未来小妈,我零用钱快用完了,能不能施舍一点?

今天难得的春光明媚。

"窈窕淑女，君子好逑！"一旁的同学打趣着，像笼里小鸟一样陆续飞向自由的天空。

窈窕淑女？我是吗？我捧起讲桌上的玫瑰，心里也灿烂起来。打开卡片没有落款，只有一句情人节快乐！女人就是这样，不管是不是所爱的人，但凡收到鲜花都是高兴得像翩翩起舞的蝴蝶。

走到楼梯拐角的时候，高大的陶醉突然闪了出来，挡在我的面前。我有点不敢相信自己的眼睛。上帝，我的小心脏！

本想说一句好久不见。呆愣半天，却傻傻地冒出一句：找我有事？

明知故问。大学里我们差点成了一对。

因为有预见，所以也不惊奇。想了很多他会出现的方式，就是没有料到今天的这一幕。

还是那样忧郁的神情，时尚的发型在太阳的照射下泛着青紫色的光。天空一样清澈的眼神闪电般从我脸上掠过，落在我胸口大捧的玫瑰上。他沉默不语，像是受了莫大的委屈。

"你真的不想知道送你玫瑰的人是谁吗？"陶醉问。

听陶醉的语气像是知道内情。

"其实，能在今天收到玫瑰已经很开心了。是谁送的对我来说并不重要。"

"为什么？"

"因为——"我走过去压低声音附在他的耳边，"其实，我已经有男朋友了。"

"你有男朋友了？"陶醉的脸色变得有点可怕，两眼死死瞪着我，像是面对他的仇人。

"算了。"随后，他像败下场的斗鸡气馁地转过身去。

"你是不是哪里不舒服？"我上前问，"早上吃了早餐没有？是不是饿得难受？"

"你有空吗？我请你吃饭。"陶醉突然扭过头。

"我答应蔷薇中午要为她庆祝生日。"

"那把我捎上。"

"你?"我愣了一下——"行,有帅哥,蔷薇也会高兴的。怎么样?顺便帮我参考,送什么礼物给蔷薇?"

陶醉笑了。好炫的脸,好炫的笑容啊!

那是刚入校的第几天呢?整个城市都是五颜六色的,气球大大咧咧地在空中游荡,满街的条幅标语都成了大喇叭,响当当地高呼着"庆祝国庆"的口号。三教九流的人都涌上街头。那时我想,我是不是应该跟人群里某一张笑脸一样开怀,满足地自言自语:"这样的生活真好!"

可我却高兴不起来,作为个体也无法把自己跟大众联系在一起。

那天学校的林荫道很热闹,一对对男女"鸳鸯戏水"地来回追逐。女的跑累了,一骨碌跳跃到一边的草地上很放肆地打个滚,舒展开修长的身姿。还有零星的几个害怕拿不到文凭,捧着书本,对眼皮下的景致视若无睹地念念有词。

那个叫胡一天的男孩,针灸骨伤系2000级的学生,组织了一次跆拳道比赛。确切地说,我是他的老乡。刚入大学的那几天,时不时有高年级的同学在寝室外找老乡。刚开学,女生宿舍制度不是很严,守在门口的大娘睁一只眼闭一只眼。一个中午,有男生在门外问:"有没有龙泉驿来的?"

还没待我反应,两个男生被蔷薇请进了屋。

衣衫不整的我急忙放下蚊帐,抓起毯子盖在身上。看到我那样,蔷薇在一边可恶地笑了。我透过一层薄纱看那俩男孩。其中一个很有意思。眼睛小得眯成一条缝,却贼亮贼亮的有精神。全身的肌肉鼓鼓地撑起衣裳,浑身透着劲。另一个坐在一旁不吱声,脸白白的,戴着一幅眼镜,安静得像个女孩。后来我才知道,他家乡是龙泉驿的。唱歌挺棒。比专业歌手不会逊色多少。

"我是胡一天。他是肖明明。龙泉驿的女生只有你一个,你注定是同乡会里的'国宝'。"

蔷薇听了捧腹大笑。我也笑了。那时想,多有趣!多讽刺!丑小鸭一向没人缘,突然之间就变成国宝级人物了。

"我叫林比邻。"我隔着纱帐说。

"你为什么进这所学校？这不是案板上的肉任人宰割吗？"

"接受高等教育到哪里都一样。"我说。

认识了，便是找机会相聚。胡一天把十多个老乡以及各自的朋友召集起来商量着周末去野外烧烤，算是给新来的老乡接风。一连几天毛毛细雨不断，大家正愁着计划要泡汤，到了那天却是意外的放晴天。最后，我们寝室的几个女生一窝蜂似的陪着我去了。

大家玩得开心极了。打羽毛球，弹吉他，跳舞，折腾累了，便忙着烤肉。风轻轻地吹拂着，太阳从树叶的缝隙不经意地投射在我们身上。胡一天对几个跆拳迷胡吹海侃，不时有笑意从他的眼睛里亮出来。

"林比邻，你烤的肉真棒呀！"

"我们今天都是不劳而获，你今天可要特别地多吃点！"

"林比邻不爱吃肉。"蔷薇冒出一句。

"那怎么办？比邻，你早说好了，我们可以准备一些其他的食物。比如鱼啊什么的？"斯斯文文的肖明明说。

"没关系啦！吃什么都不重要。只要大家在一起玩得开心就行了。"

胡一天把一包画梅放在我手里，"我们是朋友不需要应酬！"

"可惜，今天陶醉没来。还想介绍你们认识，他会是一个很好的朋友。"

"是女生吗？"

"是我的好哥们。也是老乡。前一阵子出门旅游把手给弄伤了，要过一阵子才返校。"

"他的名字好有趣。"

"人更有趣。见了你就明白了。"胡一天和我聊着聊着，蔷薇便杀了过来。

"把陶醉介绍给我认识啊。"蔷薇拿着一根烤好的香肠讨好胡一天。

"可以，靠缘分！"胡一天接过香肠笑着说。

我看着这一切。我问自己：幸福是什么？当你孤独、忧伤的时候有人和你一起，陪你聊天，对着你真诚地微笑不是也很幸福吗？

我一直觉得自己就如一个阴暗的角落，任何人都不会注意到它。但那天，我瞬间成了大家的中心，恍如在梦里一般。自信的笑容开始出现在我的脸上。

我和陶醉的相识是在校体育馆。观众席上同学们的尖叫声让找不到座位的我有点茫然。突然，有人从后面拍拍我的肩，吓得我弹身站起。

"你是谁呀？"那时，我不认识他。

"吓着你了。"男孩高高的个，头发微曲，穿着黑T恤，牛仔裤。酷劲十足。好像在哪见过。

见我不语，他皱着眉头："是这样的，胡一天让你到下面去，比赛结束之后我们一起去庆祝。"

"你怎么知道我的……"

不等我说完，他就笑，笑得挺神秘。

"走吧！我们认不认识不重要。重要的是胡一天告诉我，那个穿白衣服、梳着长长的马尾的女生就是林比邻。"

我仔细打量他，明白为什么会觉得他这么眼熟，原来男孩长得特别像台湾歌星王力宏，眉眼神情举手投足几乎可以以假乱真。

"有人说你像一个明星吗？"

他骄傲地抿嘴一笑。

"你知道我的名字，而我却对你一无所知。这很不公平。至少我该知道你的名字。"

从他手上的伤，我隐隐约约猜到他是谁了。

他故作神秘地摇摇头。

"胡一天是我的铁哥们。我们经常在一起打篮球，我的名字——咳！你就叫我王力宏得了。"

我们找了一个离胡一天比较近的地方坐了下来。

"你的手是怎么受伤的。搞得要回家休养这么严重。"我小心翼翼地问。

"怎么受伤的？"他看着我的脸，"一个原因。"

"什么原因？"我心想，这男孩一点不爽快，我是急性子。

"男孩们通常会遇到的。"

"打架？为，为女生？"

"一半啦！"

"不良青年。"我白了他一眼，"活该！"

"林比邻，你不会因为这个不和我做朋友吧？"

此时，为胡一天加油的拉拉队欢呼着把他托举起来抛向空中。所有人都在为胜利欢呼。

"哇！"我也兴奋地跳起来。

参赛选手来自四川的各大高校。每季度的赛事都是各所院校的跆拳迷自己组织的。参赛者每人要向主办方缴一百元报名费。到最后谁胜出谁就拥有那笔钱。我们一群人浩浩荡荡向校外走，肖明明打头阵去餐厅抢位子了。路过女生楼，我拿出电话打给蔷薇。刚拨完号蔷薇就从身后冒出来。

"我来也——"

"你知道我找你？"我反问。

"不然，你还会跟哪个帅哥打？"蔷薇快人快语。

"死相！"看到胡一天和"王力宏"在一边偷笑，我的脸不由得红到了耳根。

"给我这个帅哥打不行吗？""王力宏"冲着蔷薇打趣道。

"你！你是脚踏风火轮的哪吒呢，还是会七十二变的孙悟空呢？这电话还没来打你就来了？"

陶醉耸耸肩看向远处没有与蔷薇斗嘴的兴致。

男生的嘴哪及得过女生，何况这是快嘴蔷薇！

"不吵不相识！"胡一天拍着"王力宏"的肩说，"蔷薇，这是灌篮高手，住在研究生楼的陶醉。"

"你是陶醉？"蔷薇不敢相信自己的耳朵，她一定在心里大叫"阿弥陀佛"了。

陈教授上课必然会点名。

"蔷薇！"

"有！"蔷薇从门外小跑着进来。

"林比邻!"

"到。"

"欧娜!"无人应声。

"有!"

蔷薇做了"替声"。

"等等!等等!"陈教授突然一改常态,"我觉得有问题!"

"不会吧?"蔷薇趴在桌上吐着舌头,"今天就这么栽了?"

"还有你,林比邻!"教授也指了指我。

我没犯错呀?我站了起来,心中捣鼓似的"咚咚"响。

"他看上了你了。你真幸福。考试的时候有答案了。"后面的女生小声嘀咕着。

"刚才点名的时候,是你在应吗?"教授问。

"是啊,我是林比邻。"

"嗯!"教授看了我几秒,点点头示意我坐下。

"蔷薇!"我刚缓了一口气。陈教授又点蔷薇的名。她畏畏缩缩地站起来。

"惨了!"

"你是蔷薇同学?"蔷薇大气不敢出地点点头。

"好!下课后,你们俩留下,我有事要说。"陈教授推了推眼镜,眼光扫视了四周,清清嗓子,"好,开始上课。"

"唉!"蔷薇长吁短叹地坐下:"这个慢条斯理的老陈要吓死人了。"

"别说了,他盯着我们呢!"

身边同学一阵窃笑。一个小时很快就过去了,同学们大部分都离开了教室,我俩坐在原位等着陈教授传讯。

"过来!"他终于收拾好教案,向我们招手。

我俩惴惴不安地走到他面前。

"校内的宣传海报这个月由我们系负责。我把任务交给你们。都说你们是黄金搭档啊!"

"过奖了,陈教授。"我们一愣,随之眉飞色舞——"那这期的重点是什么呢?"

"有项艰巨的任务交给你们。这期的海报，橱窗你们要负责。"

"那这期的重点是什么？"

"看了就知道。"陈教授交给我们一封信。

"感谢信！"我们摊开一看，惊讶地说。

尊敬的成都×××大学校团委：

我是一名工厂女职工，中秋节前夕，我乘坐×××列车从成都回老家的途中，被歹徒抢劫行凶。整个车厢的老弱青壮人士没有人敢上前阻止。无奈我只得拿出身上现金向歹徒求饶。正在此时，有位小伙子用书包扔向歹徒，并冲上前与之徒手搏斗起来。当乘警赶来时，小伙已在扭打中被歹徒用刀刺伤右手，伤及韧带。最后，歹徒被制服。

估计是急于求医，小伙忘了带走他的书包，因此我们才得知他是贵校针灸骨伤系的一名学生。名叫陶醉。

我们要特别感谢陶醉同学，他见义勇为，保护人民生命财产的行为值得我们学习，我们向他表示崇高的敬意！

×××工厂职工：吴晓
2001年9月20日

"要慎重，媒体要来采访啊！"教授交代完走了。

要不是这封感谢信，我们一群人还真被他糊弄过去了。女生们一路上叽叽喳喳地议论起陶醉来……

经过一番精心策划，陶醉的英雄事迹在学校炸开了锅。校内各个角落的橱窗里都张贴着宣扬他事迹的文章以及向他学习的口号。他一下子变得繁忙起来，一边应对记者的采访，到了周末还要到各大院校做英雄事迹报告。陶醉苦不堪言，不仅无法集中精力上课，笔记也落下了。

"吃不消了！"陶醉说，"这英雄好做，名人不好做啊！"

胡一天与肖明明几个一合计，给他出主意：跑。陶醉领悟了，以手伤需治疗为由向老师告假回家。

到了晚上，寝室的人又八卦起来。

"以前只觉得他打篮球棒。"欧娜说。

"真没想到，他那么淡泊名利。"蔷薇说。

"这个世界不是所有人都追名逐利的。"我说。

"哈哈——"蔷薇与欧娜交换了一下眼神，大声说道，"对于名，我们不刻意去强求。但是，对于银子我们是多多益善的。"

不知何时起，我和陶醉开始互生好感，悄悄地泡在图书馆一起抄笔记，说一些不着边际的话。直到他演了那出"告白戏"。再后来，我发现原来从天而降的爱情缘于一场赌约。分手是必然的。

一转眼到了夏天，他毕业了。冬天，我们相约去了北方。这是一场告别旅行。没有人知道他的消息。四年后，他发来电子邮件，只有五个字：我扛不住了。QQ 好友里也惊现了他的身影。我想，他是不是哪里都没有去，一直就躲在我的身后。

今天他的出现我并没有惊讶！只是，时间不可能回头。

2

离午餐还有一段时间。我和陶醉在春熙路的精品店逛来逛去。看了饰品、服装、皮具。没有一样是我们看上眼的。或者说没有一样是陶醉能看得入眼的。我们的审美总是相差十万八千里，但凡是我相中的东西，都被他三言两语就给否定了。

难道他对蔷薇有意思？我有点纳闷了。

男人们是出了名不喜欢陪女人逛街的。张正义就是一个典型，逛得心不在焉痛苦至极，狂跑吸烟区。

陶醉还真是个例外，越逛越带劲，而我的腿开始力不从心。

"当你看着蔷薇高兴地手捧着你送给她的礼物，你的心里收获的绝不仅仅是一份感动！"他看出了我的疲倦，"既然选不到合适的，那我带你去一个地方。我们亲手做一个。"

他让我很无奈。

"去哪里？"我焦虑地大叫，"我手残啦，短时间我哪里来得及学做手作。"

"来得及！就在商场对面。"

陶醉瞬间变成了一辆电动小马达，他不由分说地拽着我的手跑出商场冲到了街上。我们十指相扣，挤进人群穿过车流又飞奔过马路，鲁莽的行为招来出租司机的大骂。

待过了斑马线，我回过魂来，快速地挣脱他的手，对他大叫。

"从小我们就有学交通法则。你忘了？你就是这样不尊重生命的吗？"

我抚摸着胸口，心似乎要跳出来。不知道自己在担心什么？看着陶醉，他的眼里浮起一丝忧伤，我转过头不看他的脸。我之所以恼羞成怒，是自己盲目追随了他，这手牵手的亲密举动着实让人有点难为情。我们已经不是恋人。

今天心跳的速度和马路上飞驰的汽车一样。

"那你还跟我去吗？"臭小子明知故问。

"为什么不去？礼物还没有着落呢！"如果不去，显得不够光明正大。心里这么想的时候，一股莫名的电流随着血液串向全身。

这是怎么啦？牵手，拥抱，接吻——情侣们做的事情我俩曾经都做过呀？几年不见，反倒还脸红心跳了？陶醉对我来说不是过去式吗？我最拿手的就是演哑巴了。是啊！想揍你一顿啊！我心里嘀咕着，闷声闷气地跟陶醉进了附近一户住宅。就像发现了新大陆一样。大厅入口有个高大的泥塑人偶，极富卡通味道。细看他的眉眼总感觉像某个人。

是谁呢？

你猜猜？

是不是某个名人？要不怎么越看越眼熟呢？

再看他家三百多个平方米的屋子，到处都摆放着陶瓷。简直就是陶瓷的天下嘛。不愧姓陶啊！

"我明白了，你要我亲手选一个陶艺送给蔷薇啊。想不到你这么大方。"

陶醉抿嘴一笑，一挥手："跟我来就明白了。"

"原来这屋子是带花园的。"

"你不可能一个人住这么大的房子吧？"

"就我一人。爸妈退休后回龙泉养老了。"

"你真会享福啊！"

如果是张正义我当然不会惊叹，可陶醉只是一个刚踏入社会才四年多的大学毕业生。

"这边是拉坯机，那边还有硅碳棒窑。"陶醉给我介绍，"这是我的业余兴趣，也是我的副业。"

"医学院的高才生捏起泥巴来还真是一鸣惊人。原来怎么没听说你有这手艺？"

"你可以说成是天赋，也可以说是遗传。你就没听过我爸爸的大名？他可是鼎鼎大名的民间陶艺大师，可能从小受他的影响吧。"

来不及绘图,没有构思,更没有美术功底。

"怎么办?我不会!"我说。

"我会就行了。你听音乐。"

只见他拿起遥控开启了音乐,然后走到拉坯机旁手捧陶泥开始捏了。

"Look at this face/I know the years are showing/Look at this life/I still don't know where it's going/I don't know much/But I know I love you/And that may be/All I need to know/……And when I feel you near me/Sometimes I see so clearly/That only truth I've ever know/Is me and you! I don't know much/But I know I love you/That may be/all I need to know……"

《Don't know much》——这首歌是由 Linda Rostadt 与黑人歌手 Aaron Neville 1989 年合唱的经典情歌。

细看这张脸/留下岁月的痕迹/纵观人生/我仍不知道何去何从/无须知道太多/但我知道我爱你/可能那就是/我所须知道的一切……

迷茫难过高兴时我都会想听这首歌。一个高亢,润厚凝重;一个细腻,纯静柔美。两人阴阳相济,婉转深情,轻语呢喃,加上曼妙的旋律,让人心醉沉迷。

"And when I feel you near me, Sometimes I see so clearly, That only truth I´ve ever know, Is me and you!"陶醉说,"当我感到你在身边,有时候我清楚地知道,我所知道的唯一事实就是你和我……我喜欢这几句歌词。你呢?"

想来他是借歌向我暗示?

"每句都是经典。"

这气氛就跟电影里的一样,罗曼蒂克得要我命了。再看看我的手臂,一个个鸡皮疙瘩排起了长队。很难想象一坨死气沉沉的泥巴,瞬间似注入了生命的活力,在他修长的指间扭动,蜕变,完美成形。眼前的陶醉让我刮目相看,他已经不是当初那个懵懂的少年,而是全身散发着神秘的艺术家气质的男人了。

"玩陶的时候我是一定要听的。要不然就会没灵感。为了赶时间，你今天就使不上劲了。我们今天角色互换吧。"

"陶老师，收下我这个学生吧。"陶醉玩泥巴玩到这个份上，真是让人出乎意料！

"哈哈——乖。瞧好了，让老师露一手。"

因为成型之前是手捏，所以不需要专业技巧。他一边说着一边示范给我看。

三两下子蔷薇的卡通瓷娃娃的雏形就出来了。

一般情况下陶塑以阴干方式为好，因为没有太多时间。所以只好拿去素烧。

素烧？

通常是800摄氏度的烧成温度。

快点啦！真想看到一个完美的瓷娃娃。

"现在还不可以拿去烧。"陶醉全神贯注地捧着那坨萌萌的泥巴，"哪里捏得不到位？有没有蔷薇的神韵？"

我做了一个膜拜的表情。

"玩陶不仅缓解了我平日紧张的学习压力，还消除了我生活上的许多烦恼。"陶醉显得很神秘。他指着娃娃脚底的一个小洞说，"写下你想说的话然后把它藏在这里。"

"哪里有纸和笔？"

陶醉把瓷娃娃放进了碳窑里，又拿起了另一块泥巴。

"到我的书房去找吧。整间屋子只有一个睡房一个书房。其他的地方都是我朋友们的地盘。"

"你朋友？"我疑惑着。

到处杂乱不堪的。说不定是蟑螂和老鼠呢？我在心里偷笑着去找纸和笔。

这个奇怪的家伙，还真是的！豪宅变成了仓库。多少人挤在筒子楼里呢！除了睡房书房加上个洗手间，空余的地方被大大小小的瓷器陶罐占满了。看来，这些可爱的物品就是他所指的朋友们。

书房吓人一跳。鬼子进村一般。床边散落着啤酒罐和烟头。书桌上的电脑打开着，一旁别具一格的佛手烟缸，不用说一定是独家制作。可他宁愿拿它当艺术品摆在那儿，也不用在实际生活中。

唉，老烟鬼了。这个倔强的男生。

倒是桌上的全家福让这颓废的屋子来了丝明亮的光。

多么幸福的一家子啊！和父母依偎在一起的他温暖地微笑着。

找到了笔和纸。写什么呢？"姑姑。"耳边想起了小天的声音，我心慌意乱。

"蔷薇，当所有人不谅解我的时候，请你一定要谅解我。祝你幸福！"

再次回到客厅，徘徊在那些萌态瓷器前不由得想笑，我发现厅口那个泥塑大娃娃，分明就是陶醉他自己呀！当我回到他身边的时候，他已经很专注地创作另一个娃娃了。发现我站在他身后，他抬头微微一笑："比邻娃娃很美，是吗？"

"哈哈哈……蔷薇娃娃。"

"比我美……哈哈哈……"我笑得花枝乱颤，我的脸是不是比城墙还厚？脑子里倒带般浮现我和他曾在一起的画面，我意识到自己很享受他的明恋或暗恋。虚荣的我！

蔷薇娃娃烧制好从窑里取了出来。

"你们是好姐妹，送瓷娃娃当然要送一对了。"

想得真周到。两个娃娃摆在一起朝夕相对，好可爱啊！

"烧制比邻娃娃的同时我们来给蔷薇娃娃喷釉。"陶醉说着拿起喷枪，"使用这个坯体会显得均匀，有质感。但是头部我要用彩绘。用笔来画，头发看起来没那么死，很有动感。面部也会层次分明。"

陶醉戴上手套取出我的瓷娃娃，然后把打扮得美艳动人的蔷薇娃娃又放回窑里。啊，捧在手里的感觉是怎样的呢？我现在的心情就像一个饥饿的人等待即将出炉的面包。再看他专注的样子迷人极了。难怪有人说，认真做事的男人最有魅力了。

"我的娃娃让我来吧！"我的兴趣浓厚起来，手也痒痒的。

"下次吧。不管怎样，这个娃娃让我亲手做好了。我不希望她有任何的瑕疵。在我眼里，这个泥人和你一样珍贵。"

唉，大师要求严谨，我也就罢了。我无聊地窝在一旁的沙里看着他——那双凌晨抚摸过我的手捧着他烧制好的泥人，他冲着泥人说着甜言蜜语！我愿意在这蜜缸里被他如此蹂躏！是的，我入了梦境！当我醒来花园的作坊里哪有陶醉的影子。两个"娃娃"姐妹深情地站在我面前，我满心欢喜地把它们捧在了怀里。

陶醉精致与严苛的一面我是第一次看到。把带花园的洋房变成了一个杂乱的作坊。他像是一个魔术师。那双温暖的大手到底是什么材料做的？一个男生的手怎么能如此灵巧呢？真是汗颜哪。

唉——我叹了一口气，有点失落的味道！

音乐没有了。什么时候关掉的呢？

我在大厅的地板上找到了陶醉。他整个人躺在木地板上，闭着眼像睡着了一样。我正在发愁是否该叫醒他，他突然说话了。

"太煞风景了。我做陶的时候你怎能在我面前睡着呢？太伤自尊了。"

"可能是被哪个魔法师给催眠了。"我尴尬地说，"倒是你，做两个陶人就累成这样？"

"每当我要构思一件作品之前，我就会躺在冰凉的地板上，一动不动，脑袋里只想着自己是一摊泥，一摊有质感的泥在一双纤长的巧手里被塑造成人。感受自己重生于这个世界，一切将重新来过。"

对于陶醉，我应该是个坏女人。

看我目不转睛地望着他，他说："我想重新再把追你回来！"

突然听到他这番话，我不知该做何反应，久久愣在那里——

情人节的道路变得喜气洋洋的。路边花店的老板娘苦着脸像是与老公怄了气。

怎么啦？老公没给送巧克力呀？我笑着小声问她。

哎哟，你说现在该是生意旺盛的时候啊？

赶着买花的男人凑巧都排队塞车了。你别急呀！这不，生意上门了。

我们在鲜花店把瓷娃娃用礼品盒包好。陶醉别出心裁买了枝玫瑰插在上面。

一路上不断地收到蔷薇的催促电话，一旁陶醉的眼睛却被我的手机链吸引了。挂了电话，我下意识把手机链窝在手心里。

"谁啊？上面那小男孩好可爱。他叫什么？给我瞧瞧！"

"一个男生怎么这么八卦？"我瞪了他一眼。

"求你了，让我八卦一回不行吗？"陶醉做撒娇状。

天哪！

"他是我侄儿，叫小天。"我被他肉麻到了路口，红灯！我闭上眼佯装打盹。

"可怜！让寿星一人在饭店里傻等。急也没用，塞车嘛。"陶醉哪里知道我在想什么呢？

"亲爱的，迟到快一个小时啦！"在饭店的包间里看到了像一朵喇叭花的寿星婆蔷薇。

"有帅哥在，你要保持风度！"我急忙抓着陶醉的手臂，躲在他的身后。

"陶醉？"蔷薇正准备用皮包来摔我，听我一说，马上把手放了下去，"你从哪里冒出来的？不是出国了吗？啊呀，林比邻，你不够意思，他在国内你都没吱声。"

是的，我暗想。原来在学校，只要说起陶醉，她就成了花痴一个。

陶醉抬头挺胸，修整仪态。

"你和张正义分了？"她走过来神秘兮兮地问，"哎呀！分了好嘛。后妈可不好当。你要与陶醉复合？"

"你瞎说什么？"我偷瞟了陶醉一眼，他若无其事地看着天花板。那个凌晨又如梦境般一闪而过红得真切的是脸，苍白如纸的是我的肉体！

我说，你还想不想要礼物啊？

三人坐下。

"生日快乐！"陶醉把礼物放到她手里。

"你呢？"蔷薇看着我。

"我啊，都在这儿啦！我是艺术总监，陶大师亲力亲为呢！"

"什么东东啊？"蔷薇两眼发亮。三下五除二就把盒子拆开了。

"瓷娃娃?!"蔷薇的表情有点失望。

"都听你的，这下好了。"我埋怨地看了陶醉一眼。

"你不缺吃不缺穿。要什么有什么，我送什么给你这个小富婆才好啊？这个娃娃是一对，做出来很不容易呢！"

我假装很伤心的样子。

"别啊，我是骗你的。看来我真的有演戏的天分。"见我难过蔷薇马上着急了，"你不知道我有多开心呢。"

上菜了。

"今天要喝个痛快。"

席间蔷薇不断地灌陶醉喝酒。本以为他会招架不住，可看他一杯接着一杯的架势跟个无底洞似的。这才想起，我在他的书房里可是处处闻到了酒香。这几年酒量是练出来了。还真是个什么都有一手的家伙！

"我跟你说，为了做个娃娃，我得，我得给他做学生呢！"我说。

"做学生哪有做情人来得刺激。"蔷薇还真是狗嘴里吐不出象牙，哪壶不开提哪壶。

嘘！正当我们相互打趣时，外面过道里有熟悉的男人声音传来。

"你老公也来了吗？"

"我老公，你听错了吧。他今天要应酬工商局的人。"蔷薇嘴里虽这么说，眉头早拧成一团。

"出去看看不就知道了？"陶醉站起来把门打开。与此同时，他老公范扬一边讲电话一边搂着一个女人从门前晃悠了过去。

此刻，我肠子都悔青了。怎么就鬼使神差选中了这么个地方呢？

我的心提到了嗓子眼。蔷薇会干什么？只见她闭着眼深吸一口气，弯起腿欲脱掉高跟鞋做武器。

"今天是你生日，要保持风度！"我扑过去一把抱住她，真害怕打架拉扯的场面出现。

"揍人嘛，还是壮士来。"只见陶醉慢条斯理地说完，冲着范扬的背影大叫一声，"前面狗日的，你给我站住。"

范扬扭过头来还没弄明白，陶醉的一记流星拳就过去了。

俩女士呆若木鸡。

"打得好。"蔷薇反应过来低声对我说,"你们先走吧,我带范扬回家。"

说完,目不斜视迈着战士一样沉稳的步调走到她老公身边。

这哪像蔷薇处世的风格,我的心抽紧了。

我赶紧拉上陶醉往大堂跑。

"你不担心蔷薇有事?"

"担心有什么用?"

"你盯着她也好啊。"

"你一个大男人怎么婆婆妈妈的?好烦了。今天,你去买单。"

陶醉被我弄得一愣愣的,悻悻地走向收银台结了账。我拉着他出了饭店,做贼似的躲在门口的拐角。

山雨欲来风满楼。

天知道。我比谁都担心,比谁都心痛,比谁都无奈,比谁都恨铁不成钢啊!蔷薇。

我知道,蔷薇不想我看到她难过得像弃妇的样子,更不想让我看到范扬男盗女娼还光明正大、振振有词的态度。最不愿意的是在外人的目睹下,她的自尊被范扬再次无情地摧毁。

我只有逃开。

我知道蔷薇接下来会做什么。蔷薇已经百毒不侵了。

她会再次地哀求他。她会说,你只要回家,我会原谅你所做的一切。

就是这样,蔷薇的婚姻生活总是在原谅与背叛中周而复始着。

陶醉被我骂了之后一直不说话,像个小绵羊似的站在我身旁。

"对不起!"

"等一下你请我喝茶。"

"好啊!"

陶醉还真是善解人意,他是想趁喝茶的时候让我有心情跟他解释。

不一会儿,蔷薇和范扬一前一后地出来钻进了他们的坐骑里。看不到表情,只看到蔷薇的脚步跟灌了铅似的。

当我们坐在附近茶社里品茗的时候，蔷薇的电话来了。

她到家了。

报平安。

这是她的习惯。

"你和她的感情非同寻常，像亲人一样。"陶醉说。

"我们是先成了好朋友，然后结伴成为大学同学。"

在蔷薇四岁的时候，爸爸因为杀人进了监狱。十九岁时妈妈也去世。她一下子就变成了无父无母、无亲无故没人照看的孩子。

偶尔，她会想起妈妈死前跟她说的话，要她坚强地乖乖地等着爸爸回来与她团聚。

直到二十岁生日的那天，街道办的人带着法院的人来找她，并告诉她爸爸被冤判的真相。爸爸重获自由后没多久就因恶疾离开人世。

读大学之前，蔷薇身经百战，什么活都干过。初中开始勤工俭学。在汽车站门口卖饮料，在夜市卖鞋垫，在小商品批发市场做售货员，还做过广告公司的推销员。

父亲没了，蔷薇好长一段时间如行尸走肉。

一条人命换来了三十万的国家赔偿。坚强的蔷薇，她的脚步没有因此停滞不前。大学一毕业，她毅然拿出父亲用命换来的钱在荷花池租了一个小门脸做起了化妆品生意。几年间，能说会道的她把生意越做越大。医学美容店、健身俱乐部在成都诞生了三四家。

"到现在，我还记得她在大学时用的那个木箱子。室友们都鄙视她用老古董，只有我知道，她不是买不起一个行李箱，身在单亲家庭里的她只是想节约钱为妈妈治病。当时，同学时辰听说了蔷薇的情况后帮了大忙。她找到她的高官亲戚在军区疗养医院开了个后门，蔷薇的妈妈很快就住了进去。那可是首长级别的待遇啊！自那时起，到军区疗养院工作成了蔷薇的梦想。"

蔷薇暗下决心要好好学习，做一名合格的医生。她常说，妈妈为我操劳了一生，我无以为报。只求能有个好的工作环境，让她老人家真正享受一下生活的滋味。

我去过那里。那是春天，在那里第一次感觉到早晨空气是那么诱人而美好！小路上纤尘不染的鹅卵石，还有那迎着春风飘舞的绿杨，灿烂如夏夜繁星般可爱的花朵，以及府南河上飞来飞去的白鹭。

我理解蔷薇的梦想。因为我理解她爱妈妈的心。

蔷薇也因此更加努力地学习，也更加努力去打工挣钱减轻妈妈的负担。

她在大学里的第一份兼职是在某娱乐城。

本来聚赌的地方就不是什么好地方。再加上先生们对小妹们的"重视"，她更是感到了是非之地不宜久留。

我好想恋爱啊！那时的她说，好想找个好男人来呵护我啊！

某天来了个很难缠的赌棍，一向自信能把工作做好的她出了问题。在那个赌棍的反复无常下，她只感到时间一分一秒地推移，她的自信也在一分分地削弱。她觉得好累，在被老板痛斥之后，难以抗拒的委屈让她把自己炒了。她流着泪回到学校。一路上行人匆匆，没有人回头看她一眼。她只是一个流着泪，走在大街上的陌生人！

但事实上，与外面的世界多一点接触，心就不会安分下来。

蔷薇再次抱着视死如归的心情走上了找兼职的路。没几天在朋友的引荐下，她进了一家叫思云的直销公司。其实就是搞传销。

"我昨天发展了李东，明天我还要去发展卫华。"每次回到寝室，她就坐在书桌边唠叨。

真后悔那天没跟姓李的跳舞。我为什么要拒绝他呢？为什么就没考虑到思云的需要？如果跳了舞，还可以继续交往下去。到时，我向他拉单子，还怕他不买账吗？唉，我真是笨死了。

你做的是什么行当？我说，有必要连自尊都不要吗？

当你没钱吃饭的时候，你会想着自尊的重要吗？蔷薇说完倒头就睡。没几分钟，就听到了打鼾声。

半夜，我起床上厕所，看见蔷薇埋头写血书。

你在干吗？不用那么夸张自残身体吧？我吃了一惊。

她不理我，用指头一笔一画，很豪迈的样子。

为生活的洒脱而努力追求；为生活中的爱而努力追求；为生存

的自立而努力追求。

　　一个字有一碗口大。写完后,醒目地被她贴在了床铺左上方的墙上。

　　豪言壮语感动了我。

　　疼不疼？我拉起她的指头,怜惜地问。

　　不疼！

　　不疼？

　　用红墨水怎么会疼呢？

　　啊?!

　　拜托你,明天帮我把那条白裤子上的墨水印给洗掉!

　　说完,又倒头睡了,只留下我一人睡意全无面对漫漫长夜。

　　在思云,蔷薇终于认识了一个承诺要娶她的男人周周。

　　蔷薇说,我想争取一个幸福的家庭,争取一个充满微笑与希望的生活,因为那是我没有的;我愿意为爱而牺牲,那是为我的缺少所做出的努力与珍惜。

　　蔷薇是早熟的,从十四岁开始,周围的环境就推着她自立。四年的大学生活,她在等待与希望中突然发现自己活得是那么累的时候,她便开始春心萌动了。她不了解周周,却极易相信他的温柔。一直缺乏安全感的她很快地就把自己交给了那个人。她做得是那么彻底。她以为这样,分秒必争的日子里身边就会有一双温柔的手,一回头就会有一对真切的眸。但相处下来,一切都不是她所想的那么好。在他把她变成一个女人之后,他瞬间反而成了一个谜!

　　有朋友问她,你是干什么的?

　　大学生,抽空会做兼职。她回答完之后,心里一片茫然。她想,周周是干什么的?天哪,她除了知道他是个二十八岁的大男人外,他对他的家庭他的来历他的为人他现在所干的事业一无所知。瞬间,周周在她的眼中一下子就变成了陌生人。

　　当周周正筹划着如何对蔷薇推翻他的承诺时,蔷薇对他做了个暂停的手势。

　　有什么话让我考完试再说吧!

考完试的那天，蔷薇把一张纸条给了周周。

上面用红笔写着：现在我宣判，我爱的人不是你，就此画个句号吧！

大学毕业，蔷薇踏上追求梦想的征途。

大学毕业的第二年，蔷薇带了个男人回来。

我为她庆幸，终于有人愿意给她一个家了。

婚期很快就定了下来。意想不到的是，在举行婚礼的喜宴上，突然闯进来一个乡下女人大哭大骂，说蔷薇抢了她老公。那女人还指责她犯了重婚罪。

蔷薇从天堂跌到了地狱。

在这样一种情况下，为表清白两个女人对簿公堂。

这件事之后，蔷薇一蹶不振。整天把自己关在屋子里觉得没脸见人。

为此，姑姑建议她卖了为结婚而装修好的新房，再买个房子搬出去住。

范扬出现了。

他是蔷薇找来的装修工。长相平庸不爱说话，整天只知埋头干活。

房子收工的那天，蔷薇看着空荡荡的屋子"哇"的一声号啕大哭。她想，住洋房有什么用？照样没人疼没人爱，想成个家好好地生活，却被坏男人骗得好苦！

偏偏这时范扬返回来取落下的外套，听到蔷薇的哭声以为发生了什么事，没有细想就撞开了门。范扬的关心让蔷薇重拾对爱情的渴望。

陪陪我！我害怕一个人待着。蔷薇说着扑进范扬的怀里。

范扬一时不知该如何是好，但犹豫了片刻很快把蔷薇紧紧搂住。这对他来说，真是无心插柳柳成荫。一个乡下男人想要在大都市扎下根来，没有一个理想的平台，白手起家太难了。蔷薇有美貌有钱财，一定能让自己脱胎换骨。

很多东西真的不能用眼睛去看，而女人犯的最低级的错误就是干什么都凭直觉，看什么都看表象。特别是那些憧憬爱的女人，当有好感的男人在自己面前稍有表现时，她们就会低能地认为是自己的真命天子出现了。

范扬平凡，老实憨厚。不擅言词，更不会花言巧语。

蔷薇想，上帝没有抛弃她，终于为她物色了一个属于她的普通而又实在的男人。

但是，有句话不是常听女人们说吗？男人不沾腥，猪就会爬树。

当蔷薇让范扬穿西装打领带坐在办公室，掌管连锁店经营大权的时候，他的狐狸尾巴显山露水。

蔷薇时不时收到好心人的报料电话。

她总是一笑了之。

范扬是什么人，我这做老婆的最清楚。蔷薇跟我说，不要为我担心了。

可是，当接到N次报料电话之后，蔷薇心慌了。

就在某个晚上，她拉着小姑壮胆来到了那个酒吧，亲眼目击了老公的泡妞全过程。

我工作辛苦，出来减压。范扬为自己的行为是这样解释的。

蔷薇想做个善解人意的好女人。丈夫偶尔逢场作戏，应该宽容处理。

她原谅了他。

接着第二次第三次同样如此。有一种人是被虚型人格。总是好了伤疤忘了疼！老是犯同样的错误，爱情是她的盲区。

骗婚在她心中留下了不可磨灭的阴影，她无意中走进了一个死胡同，开始认死理。她不能让人瞧不起，笑话她八字不好总是遇人不淑。她认为只要有了宝宝，自己在家相夫教子，范扬将不再贪恋外面的景色，一定会迷途知返的。

可"造人"计划总是不能实现。孩子迟迟不来，到医院检查后，简直是晴天霹雳，医生告知她这一生有孩子的希望很渺茫。

范扬以蔷薇不能生育为借口常常夜不思归。家成了旅馆。

面对范扬，蔷薇敢怒不敢言。好像犯错的是她自己。她总是对着镜中的自己发脾气，有时候还疯狂自虐。因为严重的失眠，还因为吃安眠药过量差点丢了性命。

"这是你刚才匆匆逃开的原因?"陶醉问,"你不想看她伤心难过,又恨自己帮不上忙。可是,她怎么就这么傻呀?"

本以为找一个平凡的人可以相安无事一辈子,哪料到丑人多作怪。蔷薇的自尊心是很顽固的,范扬自私的本性却是深藏不露。

这堂课上得很不是滋味,没有蔷薇的消息我的心总也落不下来。偏偏陶醉又来了,他站在教室外面塞着耳机听着音乐,一双电眼老是盯在我身上。只感觉全身像蚂蚁咬一样的不自在。神啊,我好仓皇!

课后忙开了手机,姑姑的电话随之就打了进来。

"蔷薇出事了,在医院。"我走下讲台的脚步有点飘浮,真担心上帝这一次不会再原谅她,就此让她下地狱。

"我有车,送你会快点。"陶醉跑过来。

"奇怪,你怎么知道我赶着要出去呢?"

"看你的表情就知道了。"

"你怎么又跑来了?"

"明知故问!"陶醉小声嘟哝着。

心动。我想女人对帅哥都没有抵抗力吧。

"他是谁呀?"张一笑从一旁的圆柱后面冒了出来。敢情她一直在那偷听呢。看着陶醉眼神充满着敌意。

"大学同学。"我说。

"你不会脚踏两只船吧?"张一笑不依不饶地拉着我的手臂,用怀疑的眼神盯着我。

"你爸都不急,你急什么?"不能冲不懂事的小孩发火,我按捺住内心的焦躁,说,"我是跟你爸谈恋爱吧?有疑问呢,让你爸来找我。我今天真有急事。"

"走吧!要出人命了!"陶醉说。

我想,张正义,你到底在干什么呀?为什么总是忙啊忙的呢?为什么我不能偶尔成为你的中心,让你围着我画圈呢?为什么你不能像张一笑那样敏感地在乎我的一切?

走进医院的大门，与姑碰个正着。她嘴里不住地念叨着：主啊！救救她吧！

"又是吃安眠药过量了？"我问。

"蔷薇自杀，她是有意寻死啊！"

姑拉着我在蔷薇的病床前祷告。我开着小差，看了一旁的陶醉一眼。这家伙该下地狱，怎么能在那儿偷笑呢？哈利路亚！说实话，很久不知道翻《圣经》的滋味了，也不知道怎么样才算合理的祷告。之前高考压力大失眠，在姑的引导下每晚睡前都会读马太福音。神是仁慈宽厚的，应该知道形式不能说明什么。只要我心中多行善念，神会给好成绩。

也就是那年，姑突然逼着我去教堂受洗。她成为一名基督徒才一个月的时间，已经是十分的虔诚。每逢周六周日就起个大早，坐着公交车去平安桥天主大教堂做礼拜。她带我接受洗礼的原因，仅仅是在她的眼里我显得比那些绝顶聪明的女孩要笨一点。

让神开启你的智慧。姑姑说。

那个时候正是对什么事物都好奇的年龄。是不是真能让我聪明不管她，去见识基督徒的虔诚也好。可没那么简单，姑姑拿出一张纸和笔，让我写出十五年来所有的罪过。

我的姑啊，我哪有犯什么罪？要不然早就进监狱了。我苦着脸说。

夏天的时候你嘴巴馋，你吃了小青蛙没有？

吃了。

吃素菜彼此相爱，强如吃肥牛彼此相恨。快写下来！姑姑像个检察官。

那您就说说看，还有什么罪是不能犯的？

比如偷盗。

我想起小学一年级的时候，捡了五角钱没有交给警察叔叔，而是拿去买了一个冰棒吃了。

别人的东西占为己有，和小偷有什么分别？姑姑拍了拍桌子。

你上小学的时候不是经常爱往隔壁李大爷家跑吗？他们家的樱桃二分之一都到了你的肚子。

是啊，你怎么知道的？

因为那是我叫你去偷的呀？

那就是说，罪魁祸首不是我。

我已经在神的面前做了忏悔，请他原谅了。

比如撒谎。

哎呀！谁一天不说两句昧心话。有时候，那不过只是善意的谎言。老成都有句俗话，撒谎还要选日子吗？我问我妈，腰椎还疼吗？她疼得站不起来，还说没事呢！

姑啊，还有什么罪你就说吧。我想不出来呀？

淫荡罪。

啊。我是处女呀，姑姑。你不要坏我名声啊！

你读高一的时候，喜欢上了你的老师。读高二，你后面的男生给你捎纸条，说他好爱好爱你！是不是有这回事？

我长得这么漂亮有人喜欢有什么好奇怪的？

可是你脚踏两只船，没几天又喜欢上了你后面那个男同学？是不是？

你又是怎么知道的？

我偷看了你的日记。

做了神的儿女果然坦白。要是以前，姑姑哪会跟我承认她的坏行径！

好！好！好！我全都交代，行了吧？

写完罪状之后交给了姑姑，心里依然忐忑不安。

人类是有罪性，人性是喜欢罪恶的，这一点谁都不能否认，所以人类要受到罪恶带来的惩罚，受到罪恶带来的后果……

哎，罪魁祸首从来都是那些教条！

姑姑的长篇大论让我晕头转向。

人都畏惧死亡。有一点我很清楚，我不想下地狱。

如此，我稀里糊涂地成了一名神的女儿。

上帝再次让蔷薇脱离了危险。

为什么不让我死了算了？她有气无力地说。

姑姑说，喜乐的心是良药，忧伤的灵魂使骨枯干。

姑姑又说，你还没有在离婚协议上签字呢？你死了，他可得意了。

范扬早就计划着要离开蔷薇了。这次，他做得够彻底的，把上千万的货款移到了国外，只留下了一份离婚协议书。公司没有了流动资金，眼看着要瘫痪了。绝望的蔷薇头脑一片空白，只想到了死。

想死还不容易吗？想下地狱还不容易吗？你每天撒一次谎，做些三心二意的事，就这么简单。何必大张旗鼓，自残肉体呢？范扬这个东西咱们不要了——

我真想偷偷问一问姑姑，像我和张正义牵了手接了吻算不算犯了淫荡罪？还有和陶醉——其实，我哪好意思问出口呢？只是在心里嘀咕罢了。

突然想起昨晚张正义没来看我，我就做了一个黄色的梦。哈利路亚！这是无意识行为，我没法控制啊！

回家的公车上。

姑的面容变得冷峻。

"下个月你妈妈要带小天来。"姑姑说。

"好啊。这么久没见，我……也想他们。"我说。

"小天一次都没来过成都吧？"姑姑扭头瞪着我，徐徐把嘴送到我耳边，压低声音严肃地说，"这可不是闹着玩的。一点风声都不能透出去。哪怕是蔷薇这孩子。"

见我无语，姑又说："你也不想知道小天为什么要来？"

我点点头又摇摇头——为什么要来？为什么？想我了？还是生病了？

我的罪——

生活一样要继续。

蔷薇身体康复了，她以房屋做抵押在银行贷了款。公司开始正常运行之后，她在离婚协议书上签了字。

解脱了。她说。

当晚，她给神父写了一封信。

有了信仰也好。至少蔷薇现在有了精神寄托，不会胡思乱想了。其实，人总要为着点什么生活才会有意义。

3

夜无眠。

前天与陶醉说起蔷薇，因蔷薇又想到时辰。

这个时辰——

从何说起。

那是我第一次在众目睽睽下被人开涮。时辰的妈逮住我和蔷薇骂了个狗血淋头。

"你们把她给教坏了！我劝你们别总在一起。她现在花钱大手大脚，不仅谈恋爱，还学着抽烟，这像话吗？真是近墨者黑啊！"

这就是非常有优越感的高官太太说的话。

"蛮不讲理嘛！谁教坏谁了？她可是让我们开眼界了。"蔷薇一气之下把时辰在学校内外的点点滴滴一五一十地说了出来。

第二天寝室门"砰"的一声被踢开了。时辰气势汹汹地闯了进来，拿起蔷薇心爱的袖珍小盆栽朝窗口扔了出去。庆幸楼下面是学校锅炉房的天顶。要是人的天顶，那天准出人命。

"你个狗日的，这要是解放前，你准是汉奸的命！看把老子给害的。"她一边说，一边脱下全身的衣服，开始秀起三点来。

我吓得赶紧关上窗户。要不然对面的男生就有免费写真看了。再看时辰，全身青一块紫一块的，皮开肉绽。

啊！我和蔷薇齐声尖叫，接着赶紧装得若无其事的样子。

"家庭暴力！和平时期没有仗打了，你爸手痒只好拿你开刀。怨不得我们。"

"从今天，绝交！"时辰像个大喇叭。

绝交好啊！我们的寝室就清静多了。麻烦你妈去找个好人照看你。

9月28日，我们绝交的日子。

没错！我记得很清楚，那天还是我生日。本来是三人世界的庆祝变成两个人的了。

蔷薇掏出了身上仅有的二百块钱，偷偷为我买了份礼物。

你一定会喜欢的。我感动得眼泪在眼眶里打转的时候，蔷薇把盒子打开。

球鞋？还是双打折的球鞋？我对这双鞋子再熟悉不过了，学院大门旁的那家鞋店蔷薇拉着我逛过不止一次。每次离开，那双惹人疼爱的单凤眼便死盯着这款鞋子依依不舍。明知我最不爱运动，也不爱穿球鞋，还特地去买来当礼物？她心里的那个小九九谁都看得明白，分明是打着为我庆祝生日的幌子为自己买鞋嘛！

送给我？给自己买的吧？

嘻嘻嘻！

去买礼物的时候，看到正在打折。我魂牵梦绕了好久，忍不住就买了。你要是不穿，那我就不客气了？我穿给你看，我刚才试了一下，挺好看的。

算了，你那香港脚不要到处招摇了。

蔷薇摆出失落的样子，可我猜她不知有多得意。今天有收获！

点了这么多菜，谁买单？蔷薇问。

当然是你呀！是你说为我庆祝生日的。

我没钱。

没钱你还说出来吃一顿好的？

唉，要是时辰在这儿就好了。蔷薇一头扑在桌上直哼哼。

没出息。至于吗？吃别人的嘴软，还是吃自己的心安理得。

这么说你破费了？蔷薇脸上恢复了活力。

这么说你又白吃一顿了？这个月剩下的几天，你喝西北风吗？我恨恨地看着她，心里直想把她当大餐了。

其实，那时我最担心的是时辰会怎么样。

会不会想不通，跑到河边"壮烈牺牲"啊？

狗嘴里吐不出象牙！

我们跟她认个错就好了。我心里也发虚。

还以为有多幸福？这要是他自己的亲生女儿，他还会往死里打吗？蔷薇说。

时辰是孤儿，三岁被军区高官收养的事迹在我们系里不是新闻。看着时辰穿着军装，肩上扛着的军衔，有些人羡慕得不行。

但现在看她，她真的比渣滓洞的英雄还惨。

在时辰的记忆里，只要她犯了错，养父就会扯下身上的皮腰带猛抽。

现在我皮厚肉粗都是老爸给打的。时辰自嘲。

好好一个女儿家被抽成了"铜墙铁壁"。高官认为是个当兵的好材料，便让她去了特警训练营。部队枯燥的生活让她打起了退堂鼓，没几日就被人遣送回家。高官老爸没有面目见人，对她又一阵好打。

"你打死我，我也不去。我一个弱女子像妈妈一样去学医才好。"时辰第一次大胆地对父亲说出了自己的想法。

高官父亲想，疗养院有委培的指标，就顺从她的意思。强扭的瓜不甜，这次是她自己的选择，希望她能有所收获。

我们寒窗苦读，费了九牛二虎之力考上的大学，被人一个指标就搞定。还真不是普通的高干（我们私下议论，应该是首长级的）！

上课了，时辰总爱坐在我和蔷薇的前面；下课了，也总爱往我们的寝室跑。或许，她只是在我和蔷薇的脸上感受到了善意。并因此常常往我们的储藏柜里运送一些稀罕物。

从那个时候开始，我爱上了喝咖啡。每天早起必喝，已成习惯。

一天，正在午睡，房门被推开了。时辰带着一个兵哥哥进来。我气得要疯了，赶紧拉下蚊帐。我直想冲她大叫：是不是有优越感的人就不需要注重小节？

我躲在蚊帐里穿好了衣服，懒洋洋地坐在床边打哈欠。

她拿出一包女士香烟，自己点上一根，剩余的甩给我。见我不抽，又从提包里拿出一罐咖啡来，她知道那是我的最爱。

兵哥哥煮咖啡有一手。蔷薇从隔壁厕所里嗅到了飘荡的咖啡香味，屁颠屁颠地就跑了回来。见她深情款款地捧起一杯来。我想，大概她手还没来得及洗呢！

时辰倚在床边，兰花指上夹着摩尔烟。

有没有"弱"女的感觉？我练了很久了。她问我。

我还没来得及回答。

有味道！

兵哥哥抢答了。

嘿！都说当兵的直爽，哪料到也有拍马屁的。

什么味道？时辰问。

"二流子"的味道。我和蔷薇的异口同声把兵哥哥吓了一跳。

兵哥哥意识到我们不是很欢迎他，灰溜溜地出去上厕所了。

时辰吐了个烟圈。说她和兵哥哥的第一次特别不爽！

她姥姥的！哪像书上说的腾云驾雾，欲仙欲死。只感觉全身像麻醉了一样没有了知觉，那东西像根玉米棒子在往里戳。

"特没劲，后悔死了！后悔死了！我的第一次就这么浪费了。"

"哈哈哈……"我和蔷薇大笑。做爱就跟吃螃蟹。慢慢地，要用心，更要有技巧！

幸福的感觉没找到，痛苦的滋味就来了。

时辰一踏进家门，警卫把她手里的书包拿过去。那根"老朋友"就被高官送了过来。

随后，我和蔷薇就被高官太太"污辱"了。

我们俩清醒过来。是的，进入大学后一直没有全身心投入到学习中去。有了空闲就在时辰的捣鼓下上什么青城，游什么九寨。哎呀！我们没有高官老爸，再这样下去不是要"翘辫子"？

前路茫茫——

一语惊醒梦中人。在时辰提出绝交的时候，我和蔷薇都黯然神伤。

在你身心受到巨创的时候，我们选择"抛弃"你！原谅我们吧，时辰。

但是，绝交势在必行。

"站住！向后转！"

一大早，右脚刚迈进培训楼的大门，就被身后的时辰给吓了一跳。还是老样，明明穿着威武的军装，还嘬着嘴不停地往人身上吐烟圈。唉,依然是那个女"兵油子"!

"干什么呀!不吸烟会死呀!"

"去你的,快两年没见了,你就是这样欢迎我的?大清早地咒我死!"她把一个粉红色信封递到我面前眨巴着眼睛说,"专程来给你送这个的。这一次可看你的了。"

我打开来一看,是大学 2001 级医药专业同学会的邀请卡。

"这次聚会你牵头吗?"我说,"大三没读我就辍学了,搞聚会对我来说不合适。小范围的,就咱们原来好的几个聚一聚我倒是挺感兴趣的。"

"行啊,要说玩,我是行家!"她扭过头来,把嘴凑到我耳边,"当然,听说你傍上了一个资本家。不能就这么放过他。他拔根牛毛,也能让我们玩得快活点。"

"真会打算盘,拉赞助啊!"我瞟了她一眼说,"我现在就可以答复你,不行!"

"真不行?"时辰斜着眼睛看我,一副不信任的样子。

见我不吭声,摆摆手。

"行,我走了。"

"到我办公室喝杯茶吧?"我说,"既然是同学会,我们 AA 制钱的事不就解决了?"

"我也是这么想的。"时辰无奈地叹着气,"这样一来,每人交的钱也就仅够吃喝了。我还想玩痛快点呢!"

不奇怪,人活着总有一两个让别人看起来匪夷所思的朋友。有这样特别的人点缀生活时才会变得有趣!

实在无法独自面对黑夜时,要么读书要么约会吧!心静不下来,书哪里看得下去?我跑到蔷薇家里,钻进她的被窝。

"最近有点失常?"蔷薇问。

"女人总有那么几天要烦的。"我说。

"给我讲故事吧。讲你来成都之前的事儿。"

"说起来话就长了。"我笑,"别打瞌睡啊。"

蔷薇笑。我是八卦女王啊!

"我小时候爸爸在镇上做老师，我很崇拜他。他对孩子们非常好很有爱心，所以镇上的人村里的人都尊敬他。在别人一声声'老师'的呼唤声中，我觉得爸爸是顶着天使的光环和我走在一起。"

在那个百花缠绕的村落，阳光笼罩的春天，和风捧着花的精子漫天飞舞。三月变得很喧哗，百花齐放，龙泉山的桃花让人按捺不住地躁动。我总缠着婆婆去山上摘桃花。婆婆就唬我说，山上有桃妖。我并没全信。一次黄昏，姑姑骑着自行车带我上了山。山上桃树下有个男人在等他。男人见了姑姑，跟离家的小狗见到主人汪汪直摇尾巴。

"那是姑姑的初恋吧！"蔷薇捂嘴笑。

男人见到姑姑真是满心欢喜！用桃枝编了花环扣在我的头上。他逗我不是那么认真，投机取巧地和姑姑打闹，一会儿揉她胸一会儿亲她的脸。

天暗下来的时候，我觉得桃林不好玩了。姑姑不想回，还是和那男人痴缠。我哇哇大哭起来。姑姑说，我给你去摘枇杷吃。听说有枇杷吃我便不作声了。我眼睁睁地看着姑姑和那个男人跑到不远的畦地，我突然想到了桃妖，小身板缩在桃树下瑟瑟发抖。好在很快，姑姑回来，手里拿了几个枇杷。枇杷还没有完全成熟，又涩又硬。我又哭了！姑轻轻拍了拍我的小屁股，边恐吓带讨好地说："想吃甘蔗不？让叔叔帮你去偷。"男的言听计从，跳跃着走了。不一会儿工夫，麻利地抱了两根甘蔗回来。

每年刮风下雨，母亲就喊腰疼。母亲虽是城里人，但因看上了做乡村教师的爸爸，嫁鸡随鸡了。

一九八五年九月二十八日，我出生了。那时候，金鸡刚破晓，整个小村都躁动起来。爷爷奶奶愁眉不展，父亲却高兴得在门前的草垛上跳跃欢呼。不过婆婆还是把准备好的大鞭炮放在父亲的手中。随着爆竹的轰鸣，村里要上学的小孩被吸引过来。

"林老师，小宝宝能让我们看看吗？"小朋友们都嚷着闹着。

"小宝宝一定很漂亮吧？"父亲的一群叽叽喳喳的小学生围在门前问长问短。

"孩子们，上学去吧，再不去就要迟到了。"父亲看了看手表，故作严厉地说。小朋友们听了一哄而散，远处传来他们的歌声。

屋里一下子安静下来。我的名字着实让父母费了不少脑筋。

"种瓜得瓜，种豆得豆。我看，我们的女儿就叫红豆吧。意喻她出生在一个红红火火的大家庭，一粒小豆子发挥大作用呢！"

"我看，这个只能作小名，还得取个大名才是。"母亲建议。

"大名？嗯——"父亲冥想片刻，"有了，孩子们长大之后总是要飞出妈妈的怀抱。不管她们走到哪里，心都与我们连在一起。天涯若比邻。幺女叫比邻吧。哪天你再生个幺儿，就叫天涯。你说怎么样？"

"好啊！"母亲高兴万分。

当我牙牙学语，能在父亲的教鞭下数阿拉伯数字，背唐诗宋词了，弟弟天涯降临了。

超生了小弟后，父亲下岗。当官的大姨父找关系把我们的户口迁到了镇上。我们离开了村子。为了谋生，父亲母亲开始了疲于奔命的商人之路，他们去了遥远的上海。照顾我和小弟的任务就落在了爷爷奶奶身上。

因为转学，我落下了许多功课，我坐在新的教室里，精神一直不能集中。整个人恍恍惚惚的。

"站在讲台上的，如果是爸爸就好了。"我想。

从小学到中学我都是郁郁寡欢的。学校离家有一里路。我每天绕过两条居民小巷，然后穿过一个民营饮料厂的大门，到那所名为"晨曦"的学校上课。我漫无目的地走着，下意识地朝学校相反的方向走去。城郊有座小庙废墟。那里的菩萨很久没人拜过了。他们缺胳膊断腿却慈眉善目，我爱和他们"聊天"。不开心的时候，我会去找他们。偶尔，我会大声地哭。我也会想父母可是又能怎样？他们不在我身边，他们不知我心有多苦，他们不知我已学会了逃课。教室对我来说有如地狱。

因为父亲的打拼，我们家开始有点小钱了。我的身体也发生了变化。初二的暑假，父亲接我到上海。在火车北站排队检票的时候第一次来了例假。我觉得屁股黏糊糊湿漉漉的难受。扭头一看，裙子红了一片，以为自己的身体出了什么毛病，当场就眼泪哗哗哭起来。

"爸，我流血了，我是不是要死了。"我怕得要命。

"别怕！没事的。你成大姑娘了。"父亲见了，慌忙从包里取出一件衣服系在我的腰上，然后带我去火车站的商店买了卫生巾放进我的书包。

开窍了，我糗在那里，脸涨得通红。我匆匆跑去了洗手间。

邻家兄妹爱往我家来，不为别的，就为那日本产的背投彩色电视机。一次看时装表演，叽叽喳喳地评头论足过后，她突然神秘兮兮的扯了扯我的衣领子，说："你该穿小胸衣了，瞧我哥，他都要把你当小笼包吃了。"

我想了一夜才明白邻家姐姐说的意思。我向奶奶要了钱做贼似的在商店里转悠。

"买什么？"售货员问。

"买……胸罩……"

"多大？多大号？"

"不知道……"

"你穿吧？"售货员的眼睛像鹰一样打量着我的全身，"害什么羞呀！你穿嘛，只能是最小的啦！"

买了两件回去都有点大，我只得请邻家姐姐帮忙才买到一件合适的。

我讨厌待在没有父母的家里。我的情绪越来越低落，忧郁像潮水困扰着使我无法呼吸。

我的成长是那样艰难。没有天使开道，前途一片迷茫。家和学校没有成为我的避风港，反倒让我后怕而唯恐避之不及。在转学之前，我只想死掉。

高中数学老师是个矮个子男人，有严重的势利眼。他以为我是个没父没母的孤儿，从来没用正眼看过我。讲课时他也不管同学们是否听懂了，自顾一气呵成，倘若发现有人在下面开小差，冷不丁会吃他几个粉笔头。同学们敢怒不敢言。

学校要开家长会，正巧我那做服装生意的叔叔来探望我们。我请他代为开家长会。听说叔叔是做男装批发的，数学老师便和我叔叔商量，是否可以到他的商店里买几套服装穿穿。说是买，其实就是去占便宜。

事不过三。当他第三次开口向叔叔讨要服装时，婶婶指示叔叔拒绝了。我反正是要吃苦头的。只要上课一走神，就会挨他的粉笔头，边扔边骂：穿西装打领带搞得再光鲜也没用，要用知识文化来武装自己。

真的是一只贪婪的猪。我心中的那个恨呀！

偶尔，我会在梦中被那张肥厚的脸吓醒。分明就是旧时凶恶的土老财呀！有一天，火山爆发了。看着他我要疯了。

"你凭什么对我扔粉笔头？你不配做老师！"我质问他，"是，我开小差了。可这并不代表你能为所欲为！"

说完那番话，我愣在那了。前怕狼后怕虎的我怎么会如此大逆不道？泪水还是一颗颗掉了下来。数学老师要我向他道歉。

我没有理会，抓起书包就冲出了教室。在路上，我碰到了语文老师李卓贤。干脆，我丢下书包蹲在地上哭起来。李卓贤不仅仅是我的老师，我还把他当亲人和朋友。基于这种信任，我在他面前出个洋相似乎顺理成章！有如谦谦君子的语文老师反倒是非议最多的一个，他和老婆经常吵架。后来闹了分居，便搬进了单身宿舍。我把作文送到他宿舍的时候，见过他妻子。齐耳短发大脸盘，嗓门大。语文老师和她吵得特别凶，没有人劝架也没有人围观，大概是周围的人习惯了。看到他们那样，不知为什么我竟然有点幸灾乐祸。

1999年的那个夏天，在学校的六角亭里，语文老师李卓贤环抱双臂微笑地站在那里看着我缓缓地走向他。平时很少见他露出笑容，但在我面前他总是笑，露出洁白整齐的牙。他的笑容让我感到温暖亲切，让我感到还有丝丝的小小的幸福在我身边轻轻地围绕着。除了父母，在我十五岁的世界里，只有这个人是在精神上学习上鼓励和支持我的人。

"平时不见你说话。其实你就像这池塘的菱角一样有尖硬的刺呢。"他说，"有棱角的人值得被尊重。"

我静静地听他说话，不敢与他对视，他像在寻找失去的东西一样他的眼睛在我的脸上探索着，这让我心里更不安。

"给你的信。"

"我的信？"为什么要给我写信？有话不能当面说吗？我迷惑地望着他。他逃避着我探寻的目光，不说一句话转身就走了。

我六神无主地把信放在书包的最底层，确保没事了，才迈着沉甸甸的步子回家。

信在书包里躺了三天，我都没勇气拿出来看。我该怎么办？无知年小的我懵懂中大概能猜到他要说些什么。放学后我找到与我同路的那个女同学，我们一起到了城郊的破庙里共同拆来了那封信。

林比邻同学：

　　不，比邻。我可以这样称呼你吗？以一个朋友的身份。自从你进入中学校园的第一天起，我就暗暗地注视你了。一直以来，我在观察，为什么你不释放自己，让自己不自卑，充满信心地做你想干的事情……

　　你看，其实你是个多么聪明的孩子。你的文字，你的歌声——可你却没有给自己机会(别人不给你，你也要给自己机会，不是吗)。我真希望，时光倒流回到十五年前，我可以成为你的同桌，你的好友，甚至……

　　是的，这是不可能的，我只有祝福你。永远地祝福你，在你成功的那一天有更多的掌声和鲜花簇拥着你……

李卓贤
6月15日

信念完了，我乱了方寸，急得快哭了。

"你打算怎么办？他对你过火了。"女同学说，"想不到你还哭，是因为气愤还是感动？"

"你……"

"你说，这算情书吗？"女同学挑衅地问我。"最好的办法就是把这件事告诉校长。"

"……"

"你答应过我的，说好了不声张。你怎么比我还急呢？"

我的心里其实也乱糟糟的,我拿出准备好的打火机,点燃了信……
"就当没发生过。"我说完丢下她离开了破庙。

周末还没过去,谣言就满天飞了。我开始受到同学们嘲笑与戏弄。课桌被涂了红墨水。抽屉里被塞满垃圾。笔袋里的纸条上面写着:你真不要脸,勾引老师。婊子!!!
同学们鄙视的目光让我不寒而栗。
我早该想到纸是包不住火的,那位好心的女同学怎么会放过这么精彩的好戏呢?我环顾四周,发现教室后面不知何时坐满了家长。当我有气无力地坐在凳子上时,凳子却散了架,我狼狈地一屁股坐在了地上。四面楚歌,欲哭无泪。此时,校长走了进来。没有多余的话。他晃了晃手中未烧完的半截焦黑的纸。我什么都明白了。语文课变成了批斗会。

"林比邻同学,这封信是李老师写给你的吗?"校长开始问我。
"我……"
"若不说,我们只有做出开除你学籍的决定。"
"为什么?"
"哎呀,校长,事情必须找李卓贤老师出来说清楚。如果学校有这种道德败坏的老师,我们能放心把孩子送到这里来受教育吗?这不是送羊入虎口?"

教室后面的家长步步紧逼,让校长招架不住。李老师出来了,他神情颓废。
"信是我写的,与林比邻无关。请家长们不必劳心费神为孩子们转学了,因为,要离开此地的人是我。"李卓贤的眼光投向了我,"对不起,再见!"

李卓贤走到学校大门的时候,我跑出教室追上他。他停了下来无奈地看着我。
"李老师,你要去哪里?"我喘着气抹着泪。
"此地不留人自有留人处。"他抬头看了看天空,如释重负地叹了口气,"这个地方不适合我。我和你一样有点傻,原谅我对你做的傻事!"

我说不上一句话，只是一个劲地摇着头。

"那好，既然你不恨我，那就答应我，把我这个不称职的语文老师从你的生活中抹掉吧！"

"你走了我怎么办？如果你要走，就带我一起走！"我想我一定疯了。不知为何这样，似乎他一走我的末日就要来临似的，天要塌了。我大声对他请求着："请带我一起走！"

"这是万万不可能的事。快回去吧。"他很快摇了摇头。

任凭我怎么叫，他还是头也不回地走了。

"有什么不可能的。"我喃喃自语，"你为什么要给我写那封信？你那时怎么不把我当小孩看？"

我木然地靠在学校门前的电线杆上，在毫无防备的情形下挨了李卓贤老婆的九阴白骨爪——我没有听到她的怒骂，也没能感受到一丝的疼痛。回头再看那所学校，每张从脑海中晃过的脸都是那么丑恶，让我深恶痛绝。

所以，我逃了。我想要寻找更广阔的天地自由地呼吸……

我想到了在成都的姑姑，我做贼似的潜回家中，悄悄给弟弟天涯留了封信，然后身揣仅有的四十元零用钱离家出走了。

"在车站你遇到了我。"蔷薇打断我的话，"那天正好是周末，我正在卖冰淇淋。然后，就看见你晕了。"

"是的——"

我偷偷离开龙泉驿，我苦想着，应该编个怎样的谎言让姑姑收留我？我茫然地在街上晃荡着。

"冰淇淋，矿泉水！"在车站附近的一条路口，有个女孩的声音把我吸引。多像姑姑的声音啊！

"姑，姑！"我欣喜地追上前，

当蔷薇转过身，我"咚"的一声倒地。

火热的太阳把我晒晕了。

直到下午，我醒了过来，蔷薇就大声质问："太打击人了。我有那么丑吗？看了我一眼，就把你吓成这样？"

"啊……"

见我莫名的样子，她一摆手，笑着说："逗你玩啦！你是中暑了。"

我们就这么奇妙地相识了。

"因为你,我那天损失了好几十块钱的收入。"

见了姑,我老老实实说了实情。

怎么办呢?我现在唯一的选择就是留在你这儿了。

唉!我们家的女人怎么都那么惹桃花呢?听姑的口气应该是答应了。

我从一个世界来到另一个世界,一个没有李卓贤的世界。这似乎是一个好的开始。

蔷薇说。

"你这是有病。你怎么偏好年龄大的男人呢?别人喜欢小伙儿,而你呢,专爱老头儿。这李卓贤真是,还给你写信,明摆着勾引未成年人嘛!"

"我这个病是治不好的。"

"这叫什么?这叫恋父情结。奇怪了,我从小没爸,怎么就没得这个病呢?"

"蔷薇,认识你真好!"

"咱俩成了好朋友,好同学,死党。一切都是缘分!"

在姑姑与姑父的努力下,我进入成都的一所高中就读。一年半后,我又顺利地考入×××大学。离开老家似乎一切顺风顺水起来。赞美的声音、羡慕的眼神在我的周围飘舞着。在这里,我就是个聪明乖巧的小淑女。我觉得自己就是浴火重生的凤凰,脱胎换骨。

当然,一切都要感谢我的姑姑。

4

　　我不想待在张正义办公室里打电脑游戏，更厌倦了在牙科诊所候诊区的长椅上等待张正义。护士投递过来的眼神，似乎在警告：此处禁地，擅入者死！

　　守候总是让人如坐针毡。

　　抬眼看壁钟，离十二点还有三分钟——

　　没完没了的病人，没完没了的张正义。

　　曾迷恋他工作时的敬业与忘我。如今，心中却暗自抱怨他的原则、固执和不解风情。

　　我要走了。我想。我拿起包起身。

　　"呜呜——"手机震动了二下。

　　"抱歉，再给十分钟！"张正义的短信来了。

　　我曾交代如果有话要说，千万不要护士转达。要么亲自前来，要不就发短信。

　　我重新坐下，小护士掩嘴一笑。

　　"这小妞，花钱请来就只会傻笑。"我心里骂道。

　　我故作优雅地拿起茶几上一本时尚杂志，翻到第三页，一行广告把我吸引：林亚秋，与处女同行。

　　画家林亚秋？前不久，还拍卖过画作。

　　再看下面一行小字。

　　招聘《处女》主人公。人体模特，长发，身材苗条，皮肤白皙。薪水面议。

　　谁会去做这种事呢？袒胸露背，裸体相对是需要勇气的。

　　我想。

　　时辰会做吗？蔷薇呢？

还有我？会吗？

会不会呢？我自言自语。

"想什么呢？"张正义突然站在了我的面前。

"吻我！"我没有着急起身，扬起头瞟了一眼那个护士。虽说爱一个人不必张扬，但有时候还是需要向旁人宣告一下的。

"搞什么？"张正义东张西望，"别人看着呢。在员工面前多丢人啊！"

"我就是要让人看啊。"我摇晃着肩膀做撒娇状，"如果你觉得爱我让你那么丢人，那就——"

话还没说完，张正义俯下身，他的吻跟啄木鸟似的就来了——

我无须去看别人的眼神。此刻我在意的是，我的心我的整个人美妙极了，我伸开双臂环住他的脖子，我要的就是这久违的炽热的恋爱感觉。

"好啦——坏孩子！"张正义咬着我的耳朵说，然后拉着我的手向外走。

不，应该是逃。我们一路小跑到了停车场。掩不住的笑映在脸上。

坐上车打开电台，女主持人有质感的声音倾泻出来。

"——爱是惆怅的，爱是飘渺的，爱是悲伤的，爱是喜悦的，爱更是永恒的——我们祝福那位叫小井的女孩子，希望她不要彷徨，要相信自己的选择，坚守住那份爱。现在，把青年诗人阿诺的诗，《爱我所爱》送给你，送给收音机前的所有听众朋友。"

阿诺？是他吗？

等候那个冬天等候
梦中飘动的雪花
那是世界上最洁白，最洁白
最美丽的一片

是的，这首诗我耳熟能详。在那个早晨，我睁开双眼，枕边放着的就是这首诗。打开，页眉上阿诺亲笔写着：

谨以此诗致亲爱的豆豆
——
等候在你紧闭的窗外
等在明天之外和岁月之外
等蛙鼓啼醒清风蟋蟀弹出月色
等红叶凋零知了依秋入睡
等同龄人开花结果老将去了
一定站在远远的海边
等成一棵忠诚的树
手臂举起已等成召唤的枝丫
睫毛生长已等成惊喜的叶子

等候用生命去等候啊

静静等候不管三载五年
轻轻等候无论十年八载
悄悄把霞光等成夕阳
默默把青丝等成白发
我注定付出一生的时间去
等候等候等候

直到有一天
夏走了秋去了
寒风瑟瑟雪花飘飘
即使降临的是消融的故事
即使等来的是无言的结局
但爱我所爱
无怨
无悔

骗子！骗子！阿诺，你这个大骗子！我心里嘶吼着。

"你怎么啦？脸都发白了。哪里不舒服？"张正义把车子停靠路边，摸摸我的额头又捏捏我的手，"手心怎么全是汗？"

"可能是饿了。"我做了个深呼吸，顺手关掉电台，"最近睡眠不好，身体状态就不好了。走吧——交警来了。要贴罚单了。"

"等一下吃好的。"张正义说。

在餐厅坐定，上了菜。

"多吃点，饿坏了吧。"张正义一边给我夹菜，一边问，"那天你为什么放了我鸽子？"

我想，张一笑通风报信倒是快。看看他的表情，看似漫不经心的样子，言外之意分明在问：那男的是谁？跟他疯哪去了？

我忍不住笑出声，说："蔷薇人在医院，我不能不管啊！隔三岔五只许你不理我，就不能让我有点自己的事儿？"

"好好好，我理亏不说了。"张正义赔着笑脸。

服务员又上了海鲜。

"满满一桌子菜吃得完吗？"

"笑笑要来。"

"什么？"我听了，食欲一下子没了。那个鬼灵精，一双眼睛随时盯着我挑刺呢。真是，好不容易和他约个会，却还带个电灯泡，但是，人家父亲心疼女儿，我又能说什么呢？

"来，吃螃蟹！"张正义哪里知道我心中所想，殷勤地帮我剥壳。

"爸爸，林老师！"没几分钟，张一笑一阵风似的卷了进来。

没待我们回过神，她便抓过张正义递到我嘴边的蟹黄塞进自己的嘴里。

"先洗手啊！"张正义说。

我当没看见，低头喝汤。

"你们的正事谈了没有？"张一笑的嘴巴终于闲了下来，她看看张正义，又看看我。

什么正事呢？我想。与我有关？

"说吧。"我冲张正义点点头。

"我们——"张正义慢条斯理一本正经清清嗓子,张一笑抢过他的话说:"我觉得你们是不是该步入人生的下一个阶段了?你们谈恋爱都一年了。"

这熊孩子又给张正义出主意呢。我明白,张正义爱我的心无须质疑,但因是再婚,又有孩子,娶我的意志依然是不坚定的。

"笑笑,你觉得我和你爸爸现在处于什么阶段?"我反问张一笑。

"还用说吗?当然是热恋期了。"张一笑眯起眼睛"呵呵"两声,然后转过头看着张正义,"老爸,你们——那个没有?"

张一笑的话让我大跌眼镜,她人小鬼大我是领教过的。突然冒出此问,还是难免心中一跳。我假装很淡定的样子看了一眼张正义,他已经脸红筋涨窘迫万分了。

"不方便回答,是吧。"张一笑转过头来对着我,"热恋期过后应推进到下一个阶段——结婚啊!你说呢?"

"结……结婚?再说吧……早了点吧。"

想想,张正义没提,我着急也没用。由张一笑嘴里说出来就没有诚意,一个求婚都变味了。我虽然不屑扮矜持,但是这关系到一个女孩子的尊严。

"你看,爸。给我猜中了吧,现在有帅哥了哪里看得上你这个糟老头子呀!"听张一笑的语气,刚才的举动分明是对我的试探啊。

一顿饭下来,张正义没说上话,只听着小女娃叽叽喳喳充大人了。

"你们父女还真费神演这一出。"我的面子挂不住了。

"不好好吃饭,你就回学校吧。"张正义见我真生气了,马上虎起脸来。

"我还不想管了。走啦!"张一笑嘴角一撇,走到我身边小声说:"如果你爱的男人对你烦事挑三拣四碎碎念了,说明你已经攻下了这个堡垒。显然——你俩恋人还不够亲密,亲人还不够深入。"张一笑说完这话就摔门而去。

"你别误会了。"张正义给我倒了杯水,"今天我叫她来,是因为我们三人很久没有在一起吃顿饭,我没时间陪你,也没好好去关心她。结婚的事,我们回头再来计划!"

"谁说想嫁给你了？"这父女俩把我当猴耍了。张正义的态度让人失望。

蔷薇说的，张一笑这劲头，你嫁过去能当女主人？怕是个高级保姆吧！

结婚不敢，做张家女主人更不敢！我心里哆嗦了下。

回家倒头睡下。到了半夜，梦里一抽搐人就醒了便再也睡不着。

上网。进百度。想度什么呢？手不由自主地敲出了"阿诺"两个字。说好老死不相见，删删删——

想起中午看的杂志，我带着好奇的心情输入"林亚秋"这个陌生的名字。

网页打开，林亚秋美轮美奂极具个性的作品便呈现在眼前。页面右下角一排小小的公告：招聘人体模特，薪水面议。

我到底要干吗呢？我想。是想了解林亚秋这个画家？还是对人体模特这个职业感到好奇？抑或是……想做人体模特？我惊慌地摇摇头。这要是给蔷薇知道了不骂我才怪。她知道不要紧，大姑要是知道指不定到处找绳子上吊了。

我回到了床上，辗转反侧之后我下了床。身体里的叛逆因子又在作怪了，我鬼使神差地给他们发去了一封应聘的邮件。

第二天中午，我收到了通知面试的电话。

关于兼职去做人体模特的感觉像是做贼一样，对谁我也没有说。

我悄悄去了林亚秋的工作室。

画室有个光线柔和的角落，周围被画家精心堆砌的背景很别致有趣。

"薪水总共是三万块。我们先预付你一半的薪水表示诚意。"接待我的人说，"余下的，等作品完成了结清。"

"作品大概需要多久能完成？"我问。

"说不清楚。看林老师的感觉了。反正，每周有二个工作日你需要到这里。"

我和接待人员正交谈着，进来一个男人，三十五六岁的年纪，清朗的五官，挺拔的身姿。他径直走向我，眼光打量着我的全身。我想，他应该是林亚秋了。

但画家不是应该戴着贝雷帽，留着长发蓄着络腮胡子的吗？

"我看了你的简历。"还没待员工向他介绍，他就对着我说开了，"你的气质正符合我的主题。职业模特太油了，你眼神中透露出来的新鲜感是我们所需要的。"

听了他的话，我还没给他反应，他又紧跟着说："我给你五分钟。"

"五分钟？干吗？"

"我出去抽会儿烟。"他没理会我的问话，拿出一支不知什么牌子的香烟出去了。

这人真是！这就是所谓的耍大牌吗？还是他太自我，从头到尾一个人说了算？

我杵在那里。

"别发呆了。快调整一下心态。林老师要考验你的勇气。如果你豁不出去，就只有宕掉你，重新找人了。不过，你放心，今天的出场费是要给你的。"员工说完就出去了，把我一人丢在那里。

五分钟后，他走了进来。我深吸一口气，闭上双眼，慢慢地把身上的衣服脱下来。

滑稽吗？一定。我的样子像一条白蛇在懒洋洋地蜕掉它身上的皮一样。我不敢直视前方的林亚秋，眼睛只敢盯着地面。

"到这里来侧卧。"林亚秋的画架已摆好，只等着我"就范"。

按照他的指示，我走到背景前在一个圆石头旁躺下。

"这样不行，把身子侧过来。"

我的姿势总是不合他意。他放下画笔，手一边比画着大步走到我跟前，俯腰伸手拉开我挡着双乳的手。

"要放松，你的身体像一根木头，全身紧绷，眼神也是。"林亚秋冲外面喊，"放点轻音乐。"

不久，音乐响起——

"不要想着我这个人。就当我不存在，你现在就在你的家里，你的卧室，一丝不挂的你是自由的——"

我紧张极了，一丁点的声响都让我敏感。我虽然硬着头皮脱了衣服，可我的情绪下意识却在抵触着。一丝不挂了我才明白，躺在冰冷的石头旁边，在这个男人的眼前我是自由的吗？

"天哪！"看样子他想吼，但他尽量压低了声音说，"你没想清楚为什么要脱？你要搞明白我和你的角色。我是在逼良为娼吗？不，我不是嫖客，我也不是偷窥狂，我是画家，明白吗？"

我想逃了。

"你冷吗？我把暖气开大点。"他虽然发着脾气，但还是注意到我的鸡皮疙瘩列队排开，"慢慢放松，要不然皮肤画出来不漂亮了。"

人都给他看了，还怕他画吗？

"我能喝水吗？"虽然身体冰冷，但我的喉咙却因为紧张而特别干燥。刚才工作人员说只是测试，但看他的样子似乎还要画下去。

"不能。要不然你总会想着上厕所。不过，你可以用水润润口腔，然后再把它吐掉。"林亚秋递给我一瓶矿泉水，又指着背景墙，"洗手池在它的后边。"

我照他的话去做。

见我回到指定位置上，他又说："当然，最好是不要动，姿势怕做不到原来那样。现在看来，感觉放松了许多，虽然旁边是一块石头，但是想象自己躺在无人的草地上冥想——想你所想的所爱的所喜欢的——试试看——"

"测试通过了吗？"我问。

"已经在工作了。"他说。

我尝试照着他的话去做，这样一躺就是一上午。

人体模特不过如此。

小团体聚会。

陶醉的出现让部分人吃了一惊，胡一天和肖明明扭着他大肆灌酒，借此惩罚他毕业后的第一次回归。

"人来疯"蔷薇一步一摇举杯豪饮，商界女强人本色淋漓尽致显现出来。我劝她少喝，她说："首先，我有的是酒量。其次，他们都是潜力股。"

牵头人时辰倒是来迟了，一进门就东倒西歪，酒气四溢。没人理她。见我在一边发呆，便踉跄着晃到我跟前，扑倒在我的身上。

"真离谱！"我说，"这边老同学见面，你又到哪去了？"

"相亲去了。"

"相亲怎么还喝醉？"

"那男的要我喝饮料，我就叫了一瓶洋酒。我就是要把自己搞醉。"

家家有本难念的经。

"陶醉喝趴了。"蔷薇过来跟我说，"一个大男人咋不经整啊！"

我看过去，陶醉躺在沙发上有气无力地冲我傻笑。

"我——没——事——比邻——我——没——事。"

总还是有人劲头十足。蔷薇和胡一天把茶几腾空，肖明明从口袋里拿出一副扑克牌放在上面。

"来哟。真心话大冒险！"

那醉得糊涂的两人听了，一前一后走了过来，似乎隔空点了他们的穴，清醒了。

"我要玩。"

"来呀，人多才刺激。游戏规则大家都知道吗？"蔷薇问。

我摇摇头。

奇葩！

蔷薇轻蔑一笑从中选了大王以及JQK出来扑在桌面并打乱秩序。

"比大小。我们五个人各自抽牌谁的点数小，大王就向那个人提问。他要是不想回答，意味着他放弃真心话而选择了大冒险。既然是冒险，也是有一定难度的。相对来说这也是一种惩罚。明白了吗？大美女。"

听她这么一讲，心里有点——

"心虚是吧。"蔷薇哈哈笑着，"这就是游戏的本质。过瘾，刺激。没有针对任何人，每人都有转动钢笔的机会，也就是说机遇是平等的。很公平。来，林比邻你第一个来抽牌。"

七个人的脑袋都聚拢过来盯着我的手，呼吸声此起彼伏。看来大家都有小紧张，谁都不想被人大庭广众地质问，出丑。

说着，迅速抓起一张牌。与此同时其余人各自抽了剩下的四张。

"亮牌啊！"我说。"不行，大家一起。"蔷薇说。大家纷纷亮出底牌，蔷薇面露难色。见她的牌面是J。我得意地捂嘴，克制住不让自己笑出声。

"身上哪个部位最性感？"

"吓死我了。这个好回答。"蔷薇轻吐了一口气，臭美地站起身，摆出"S"形，用手拍拍屁股，"翘臀。"

"我来我来。"胡一天撸起袖子自告奋勇地要洗牌。

"老兄，谁说了真心话谁洗牌。"蔷薇推开胡一天向他做了个怪兽表情。

完了！救命！我双手作揖。

蔷薇挑衅地看了所有人一眼，仅有的五张牌在她的掌心翻来覆去好半天，大家的心被忽悠得"扑腾扑腾"的。

架势如威风！"呼啦"一下她把牌扑在桌上，大家如小鸡争食一般同时伸出了手，各自亮牌我心里一阵得意大王是也。赶紧吐了一口浊气。

时辰是了。

"初吻年龄？是干的还是湿的？谁主动的？"我问。

"哎哟，太久远了——婴儿时期，干的。被人强吻。"时辰说完，皱起眉头不依不饶，"我说，只提一个问题。这都三个了。"

瞧她回答的，捡了这么大个便宜，还装蒜。

"不算。没说真心话。"蔷薇不是那么好糊弄的，"要罚。"

"要罚。"大家起哄。

"随便。"军人就是爽快，"说吧，要我干什么？"

"把你右边的那位男士抱起来向他作深情一吻。"

"右边？"时辰左看右看。

"右边，不就是我？我不干。"肖明明急得跳起来，哭丧着一张脸跑向一边，"蔷薇你够狠。"

"我一女的都不急，你一男的怎么那么矫情？"时辰委屈地说，"过来吧，让姐抱抱。"

"不就是一场戏么！"胡一天说。

"那，那我的初吻不就废了？"纯情男肖明明抱着头缩在墙角把大家逗得前俯后仰。

处男？

"妈的！"只听时辰大叫一声，来了个霸王硬上弓，冲上前捧住肖明明的脸狠狠地吻了上去，完了搂着他的腰，一边说，"亲爱的，回去慢慢回味吧。"

只看那肖明明脸红红的，一声不吭地站在那。想那时辰，今晚借酒装疯耍了个痛快，不知心情好些了没有？

回到游戏中。

初吻被夺去，为了抚平肖明明心灵的创伤，让他来做庄。

"哈哈哈，蔷薇，你死定了。"他鬼马地一笑，把对蔷薇的仇恨转移到了纸牌上，五张牌都要被他揉化了，边角都翘了起来，时辰不依饶，申请换几张。

又重执一次。终是逃不过，我是末位。

镇静！兵来将挡水来土掩——我冷汗出来了。

"肖明明，你要立场坚定，是敌是友你要分清楚。"我说。

"不为难你，其实这个问题很好回答的。"肖明明扭捏而斯文地说，"2003年下半年你干啥了？读书读得好好的为什么就弃读了？"

"说真心话，我不想回答。"我毫不犹豫地说。

"什么问题，一点技术含量也没有。"蔷薇说，"她生了一场大病，没有办法只有不读啦。"

"生病可以办休学。好不容易考取的大学说不读就不读——"

"大冒险吧。"我说，"肖明明——你真娘。"

"林比邻同学仰躺地上，陶醉同学撑在上面，做十个俯卧撑。"

他们打的是什么如意算盘我心知肚明，只有拿有故事的我们当软柿子捏了。

"地上脏啊。刚才水啊酒的洒得到处都是。"陶醉说。

不能让他们小看。我想。我整理了一下衣着，正要往空地中间躺。

"别——等等。"陶醉立马拉住我，随即跑到墙角的衣架上取下一件风衣不管三七二十一地铺在地上。

"这是我的风衣。"肖明明气得顿足。

"干洗二十。你出得起。"陶醉嬉皮笑脸地说。

偷鸡不成蚀把米!哈哈。我满心欢喜心安理得地仰躺在那件风衣上。陶醉俯身下来向我飞了个媚眼,我屏住呼吸,侧过脸不敢看他的眼睛。就是这么利索,他双手双脚支撑地面,快速十秒,任务完成。

"棒!"蔷薇向我们竖起大拇指。

爱情里什么姿势最销魂?

吃喝玩乐差不多了,散伙吧。

有人说爱情是一种遇见,但有时候遇见的何止是爱情。

因为没有喝酒,我成了驾驶员。蔷薇在我身旁乐得清闲,东拉西扯起来。

"说老实话,2003年你干吗了?"

"养病呗。你知道的。"

"要是你和张正义没指望了,那就和陶醉复合算了。"蔷薇说,"你看,他多在乎你。简直体贴入微。这样的男人哪里找。"

红灯,停。

"是不是没话找话?"我不理她。

"张正义!"蔷薇说,"巧了,不是冤家不聚头。他正好在我们旁边。"

我半信半疑地转过头,果真,张正义也正好向我们这边看过来。

四目相对。我的心中是疑问,他的眼中满是尴尬。

"你看,一家三口共聚天伦。"蔷薇说,"这离了婚的男人没法成为一个好丈夫。"后怕,现任与前任这种关系好比我身上的肌肉与脂肪永远无法做到和相处,身材苗条可以健身,但要成为别人的后妈这复杂的关系该怎么平衡?

绿灯。

猛踩油门。

一个小时后。

我知道张正义会来。

"几点了，走错地儿了吧？"

"允许我在这儿睡吧？"他从身后拿出一束玫瑰，"给！"

见我不接，顺手放到桌上。

"给个理由吧？"

"试婚。我觉得我们应该找个方式走得更近一些。"

一切都是空谈，床上便可见分晓！尽管蔷薇跟我打了预防针。但严于律己的张正义一开口就让我心凉，到底是什么原因让他有这么古怪的想法？本以为张一笑那天的试探能让他有所考虑，进而会有行动——万没想到……

"试婚？说白了不就是同居吗？"

"可以吗？像正常的夫妻一样生活。合适与否住在一起才知道。"

听他的话，言外之意若不合适就拜拜，彼此不用对谁负责。

"你走吧。"只有愤怒，没有伤心，"这一年中，你到底拿出了多少诚意在和我交往？如果我不是能和你白头偕老的那个人，就罢了。"

"你要理解我？我有过一次失败的婚姻，因此，不敢轻易再步入婚姻的殿堂。"

其实，从张正义说出试婚的想法，这就像一把尺子一杆秤，他爱我到底有多深，我在他心底的分量有多重已经是一目了然了。我是深刻理解他的举动的，但理解不等于认同。婚姻当然不是一场筵席，一句承诺，一张红证，但一个男人如果爱一个女人，你就得给她名分，这是一个男人的承担，也是对爱人的尊重。

张正义对结婚那么没有信心，他的爱情又有几多的底气和自信呢？

我把他粗鲁地赶了出去。我想，我得重新审视我和他的这一段感情了。

一连几个晚上张正义都跑来宿舍，我无法冷静地面对他，重新找了一处房子搬了出去。

因为张正义电话一个接着一个，我在林亚秋面前状态不佳。他一生气，画笔甩在地上。看林亚秋的样子，他的心似乎也被什么牵引着。状态不佳的不只是我一个。

"电话静音,什么事要浪费别人宝贵的时间,你需要休息吗?"

我摆摆头躺在藤椅上,张正义的话又在脑中回旋。试婚?我到底算什么呢?我是商场里推销的食物,先尝后买吗?果真应验了那句希望越大失望也越大的话了。最失望的应该是妈妈,虽不是老姑娘,但盼我找个好人结婚眼睛都要望穿了。

想着想着,眼泪不知何时在眼眶中打转了。

"别动!这眼泪有戏剧效果。"我欲抬手抹了去,林亚秋立马喝住我,"我没让你动,你怎么犯规了?"

"你太没人情味了。"我大声说着直起了身子,任泪水像泉水涌了出来,最后依然无奈地回到原位。林亚秋在我的身上找到了最佳的作画状态。没过多久,他的笔停在画板前不动了。

不知何时,我身上披了一条毛毯。而他,这个不可一世的画家也坐在了我的身边,他端来一杯咖啡放在我手中。

"暖暖身子。"他说。

"谢谢!"

"我们聊点什么?"

林亚秋这人虽然怪,但好起来没话说。不知是为了缓和作画的气氛,还是因为我的难过确实触动了他。

"聊什么?"

"为什么这么伤心?"

"爱一个人真的很累。"

"是啊。不是有句话么,相爱简单相守难。"

"所以,我是该分手,还是硬着头皮继续?走下去难道就有好结局吗?"

"其实,你心中已经有答案了。不是吗?"

林亚秋突然像无话不谈的老朋友一样握住我的手,我竟然没有感到害怕。或许,我在他面前一直是赤裸裸的,我们中间已不存在男女之间的那种欲望了。或者说,模特与画家本就是一体的,就跟左手摸右手一样,再怎么亲密也不可能有更进一步的想法。

答案?我的答案是什么?分手?

"你和张正义的爱情有如鸡肋，食之无味，弃之可惜。"

这是蔷薇说的。她不待见张正义，从没看好我们的发展。她是幸灾乐祸的。她坚信我和陶醉才是理想的一对。

"我有个好建议。"林亚秋说，"你心情不好，就休息吧。"

"你的画展？"

"我的画展不在乎这几个工作日的。何况，你的眼泪今天带给我很多灵感，以后的创作也会很顺利。去看看吧。"他拉着我的手走到画板前，画中的我侧着身子斜躺在藤椅上，板栗色的长发从窄窄的肩头至锁骨垂下，几缕发丝散在雪白的双乳上，如桑椹般的乳头若隐若现。微皱的双眉，倔强的嘴角。那颗泪珠正从微闭的眼睑滑出，停在苍白瘦削的脸庞。

我不禁伸手轻轻摸了摸那颗亮得颤人心弦的眼泪。我不敢相信这就是我的泪。太神奇了。我不敢再往下看，确切地说我没有勇气当着一个男人的面去打量我的身体。

"我——不看了。"我扭过头去。可是我还是清晰明了地看到，那手腕上麻绳镯子的长须抚在平滑的小腹上，红色耀眼的胎记丢人现眼地印在大腿根处。不知他是怎么想的，我觉得那胎记就跟女人来了例假一样让人恶心。

我转身到屏风后去穿衣服。

"你真要把这幅画作为参展作品吗？"

"要不然我和你是闹着玩的吗？"林亚秋笑，"以你为模特画了三幅，不同的状态，不同的感觉，只有这幅最让我满意。这幅才像有你的灵魂一样。"

或许是吧。

"你是恐惧。因为……那是你的身体。还记得吗？你应聘时发给我的电子邮件，说你腿部有个血红的胎记，没看到你的人我就决定用你了。"

"知道吗？见到你之前我是独身主义者。"他接着说。

我一听笑了，我知道他话中有话。但女人有时也要学会装疯卖傻。

"我正好相反，见了你之后我决定继续独身下去。还有你，我觉得你不适合婚姻。"我穿好衣服走了出来。

"为什么?"

"因为你是个人体画家嘛。我看啊,你的欲望都被大雨给浇灭了。"我总想着他是何方神圣。

"是啊。但不巧的是突然来了一场大火又把这欲望点燃了。"林亚秋说着,趁我不注意把我拉进他的怀里。

他的举动让我吓了一跳。怒气上来我盯着他的眼睛,一字一句对他说:"你——要有职业操守,不是吗?"

他很认真看着我的脸许久之后,浓浓的眉毛挑得老高:"我——我不是为了展示我冲动的欲望吗?"

林亚秋双臂一松开,我马上跳开了,离他远远的。他不知所措地在屋子里转了个圈,说:"怎么样,陪我这个伪君子吃个饭吧?"

正好,我也饿了。吃个饭会有什么呢?我觉得他其实人不坏。

"愿意奉陪。"

林亚秋送我回去时已经是晚上十一点了。不知是不是停电了,黑黑的楼道里没有灯,我们低一脚高一脚地小心前行。

"你在自虐吗?住这种地方。"林亚秋说。

"搬得急。没考虑那么多。"

脚背像被什么细小的东西挠了几下。

"啊——老鼠!"我背脊发麻,像猴子攀上大树,挂在他的肩上。随着"吱吱"地叫声几只小东西在黑暗中凌乱狂奔。

"别怕。我还吃过老鼠肉呢!"林亚秋说着把我拦腰抱起来。

"放我下来吧。"我觉得林亚秋比老鼠可怕。

"别动啊。"林亚秋语气严肃地说,"我右边口袋里有打火机,快拿出来。"

我不敢乱摸,谨慎地伸出手,还好找到了。

"这是希望的火种。"我兴奋地说。

在微弱的光线下走过了楼道,找到了家门,门边蹲着的一个人把我们吓了一跳。

张正义!他太神通广大了,他是如何找到我的呢?

"快放我下来。"我心急火燎地拍着林亚秋的肩,"你来干什么?"

"你说我来干什么呀?"张正义反问道,"这么快就找好下家劈腿了?"

"你走。别来烦我。你不是不愿意娶我吗?看到了?我是不愁嫁的。"

我有点破罐子破摔的想法。我就是这么一个极端的人。

"那好,我走。"张正义说完,头也不回地转身走了。

我听到他的脚步声在走廊里回响,感受到他忧伤沉缓的步伐撞击着我的心。

一对搞笑的男女!

"什么时候来电呢?"半晌,林亚秋说,"还是进屋吧,难道在门口蹲一宿吗?"

"找不着钥匙。"我哽咽的声音实在太难听了。我手忙脚乱地找钥匙,却总也找不着。

"别急啊。等一等,我来想办法。"林亚秋拍拍我的肩,语气像个英勇的骑士,然后,举着打火机沿着墙角寻觅了一会儿找来一根铁棒。

"这是干啥啊?"我一愣。

"把锁砸开啊。"

真是粗暴!本以为他有什么大能耐帮忙解决问题。

"撬坏了门要赔的。"我说,"行了,我回我姑家去。"

"你知道现在几点了吗?"林亚秋晃了晃手腕上的表,"凌晨一点了,你去你姑家?"

是啊,去姑家我是自找麻烦。

"撬吧,现在笨办法是最好的办法。"我一边提醒他——"不过,一定不要把门弄坏了。"

锁很牢固,就跟吃螃蟹不知从何处下手一样。仅凭一根铁棒还真是费神,这下难倒林亚秋这个英雄汉了。

"还不能把门损坏了……唉,这是技术活啊。"林亚秋无奈地说。

"砸吧。"没待我反应过来,林亚秋一身力气全使了出来。那铁棒就往门锁的位置落下,只听"哐当"一声,锁掉在地上了,门露出缝隙来。

我目瞪口呆,林亚秋却在那喘着气傻笑——

"举起手来不准动!警察!"

几束强光射在我的脸上,五六个强壮的男人举着电筒把我们围了起来。

"把祸事惹上了。看吧,是你的铁棒厉害,还是警察叔叔的电棒厉害。"我再次无奈地蹲在地上。

显然是热心的邻居把我们当成了小偷悄悄报了警。我们乖乖地拿出身份证,警察又致电房东确认我是租客后,事情告一段落。

折腾得够呛。走进屋里我倒头便睡,全然忘了林亚秋的存在。

"林小姐,太阳都晒过屁股了,还不起来?"耳边一个女人大叫,睁眼一看是房东阿姨。听到鼾声大作,一看,沙发上林亚秋睡得跟猪似的。

"什么事啊?"我问。

"这个门你要负责。不是只换个锁这么简单。"房东阿姨说。

"你放心,我现在就叫人买个新的赔给你。"林亚秋不知何时已醒了。

"下次不要忘了钥匙。"房东阿姨不满地看了林亚秋一眼,从鼻子深处"哼"了一声后,扭着大屁股走了出去。

"糟了,今天是周末,我有课啊。"抬眼看到日历,我慌乱起来。

"你安心地上课去吧。"林亚秋拿出手机,"我一个电话就搞定了。"

有这样一个朋友还真不赖!我嘴上却说:"该你赔的。"

我胡乱梳洗一下,拿起包,走到门边看到地上一把钥匙——唉!张正义让我真是方寸大乱了。

上课点名,张一笑没来,打电话询问已关机。

下了课她突然来到我的办公室,满脸愁容一声不吭地走到我跟前,左看右看没人,便拉起我的手:"求你了,不要跟我爸分手。他一整晚在外喝酒,搞得特别狼狈才回到家。他都好几天没有上班了。"

分手是这样的。彼此彼此！我也好不到哪去。借酒浇愁算得了什么？与他恋爱的我又是怎么一回事呢？

见我不语，她跺跺脚撒开握住我的双手："你心眼太小了。不就是看见我妈妈和我们在一起吗？难不成，为了你我连我妈都不认了？"

她的情绪很激动："我爸是死是活你看着办吧。"说完，冲了出去。

看张一笑不知如何是好的状态，可以想像张正义情况很糟糕。怎么办？该拿张正义张一笑父女怎么办？我是不是应该去一趟他们家呢？这么想着，我的包已挎在肩上。

忙着下了楼，我上了的士。

"小姐到哪里？"司机问。

"哪里？"我一愣，自嘲地笑了。相处一年，我竟然连他家在何方都不知。屈指可数的约会都在外面。工作狂张正义到底想没想过要带我去他家里看看呢？

只好去牙科诊所。护士一边写地址一边怪异地说："比邻姐，你怎么连张博士的家都不知道呢？"

这次丢脸丢到姥姥家了。我灰溜溜地跑出了诊所的大门。

到了"帝都花园"按响门铃，张一笑就闪了出来连推带拉地把我请进了屋。

屋子装修豪华，与张正义的身份很配。我在这里是格格不入的，这家的女主人不应该是我。一声钟鸣打破我的遐思。我从一幅壁画上收回视线，看见张一笑瘦削的身子依靠在欧式的罗马柱上盯着我。

这女娃要是不说话，倒像一枝安安静静的丁香花惹人爱的。

"你爸爸呢？"我问。

"在楼上，你去看吧。"她的表情与刚才迥然不同，头高高昂起漠视一切的样子。

求我来时一副低声下气的神态，现在怎么——

这女娃还真让人捉摸不透。不管。我径直上楼。

楼梯左拐，一扇门正开着。张正义紧闭双眼胡子拉碴地躺在床上。

"喝吧，良药苦口利于病啦！"

一个女人端着盘子站在他床前，这应该是名副其实的女主人了。她听到我的脚步声以为是张一笑，没回头，说："笑笑，快劝劝你爸爸。"

"我来吧。"

"比邻？"张正义听到我的声音惊讶地睁开眼睛，随后不耐烦地说，"你来干吗？"

我来干吗？我在心里反问他。

"还是我来吧。"我快步走过去，对他前妻说。

她勉强地笑着，迟疑片刻后把托盘递到我手中。前妻与现任就这么僵持着，气氛尴尬万分。

"齐真，你能出去一会吗？"张正义看着她前妻，"我有话要对比邻说。"

"那，你们好好聊吧。尽快把药吃了。"齐真苦笑一下，转身走了出去。

见齐真出去了，张正义跳下床，大步跑去关上房门并反锁上。

"干什么？"我说，"把药吃了吧。"

张正义接过药顺手放在床头，走过来一把抱住我。

"我想你。"

"我也是。"看见他深情的眼睛，我的心软了，"哪里不好？"

"我三天没洗澡了。我去洗洗，你在这儿看看书，好不好。"他答非所问。

见到我，张正义很是高兴，一下变得容光焕发，一点也没有刚才那颓废的病态。会不会是父女俩演的苦肉计呢？

"记住，千万别开门。你懂的，有调皮鬼的。"临进浴室还不忘交代，看来知女莫若父啊。

我会心一笑，朝他挥挥："打死都不开。"

手捧杂志，觉得眼皮沉重。或许是见到了张正义，我的心情变得很轻松。分手说得随便，其实我是舍不得他的。我庆幸没有草率提出分手。

都说爱情是一次次画上句号，一次次回头张望！

在梦里，我迷失在大森林里找不到回家的路。

"妈妈——妈妈——"我在梦里哭喊。

"醒醒啊，比邻，醒一醒。"我听到一个熟悉的男人在呼唤着我的名字，他的气息在我身边弥漫着，他的声音低沉而温柔。我不想醒来。

"阿诺——不要走——不要走——"我在梦中呢喃着哭着。

"比邻。"

在那双大手的摇晃中醒来，我看到一双关切的眼睛。这个人赤裸着古铜色的胸膛，他的手握着我的手，他像阿诺，但他不是阿诺。我的眼睛睁开了又猛地合上。喉咙像被卡住一般，无法吱声。我不由紧紧抱住他，不想让他离开。

梦醒了——

我明白我抱住的这个人其实是张正义。我的泪又止不住流了出来——

"怕我走了？不会的。我永远不会离开你的。"张正义说着，托起我的脸深深地吻下来。

今天下午出奇安静，我和张正义一直相互依偎着待在房间没有出来。不见齐真，更不见张一笑。

"你怎么知道我新家的地址？"我问。

"看见你搬的家。"

"你还真沉得住气。"我说。

"你存心躲着我，我哪敢跑去阻止。看来你后悔搬家了？那个地方太差劲了。"

"将就吧。"

"我要告诉你一件事。"

"什么事？"我想，他又要说试婚的事吧？

"我的身体——不太好。"张正义神色凝重，语速变得很艰难。看他的样子我的心也跟着抽紧了。身体？不会是不治之症吧？老天！

"不是你想的那样。"张正义见我紧张的样子，"你听说过糖尿病吧。它的并发症很多，什么心血管，动脉硬化，视网膜病变等等，最重要的是它能影响性功能。"

性功能障碍？难道——

"是的。我的病是母亲遗传给我的。"见我满是疑虑，他点点头说，"三十岁发现病情，也就是生笑笑的时候。现在已经十四年了。常年靠药物维持病情……那方面，那方面功能不太……不太好。这也是我和齐真离婚的原因。本以为再也不要恋爱，不想结婚。哪知遇到了你。虽然一对相濡以沫的夫妻不需要用性去维持他们的感情，但常年的不和谐一定会是他们爱情的致命伤。何况你还这么年轻。"

"所以，你才跟我提出试婚？"听了他的一席话，我心里像打翻了五味瓶。

"如果结了婚，你发现我是如此一个男人，情何以堪？如果结了又离了，对一个女人来说，这个硬伤在她的生命里是无法抹掉的！我不想让你进退两难啊！"

我果真错了，这是多好的男人！他是在乎我的。

"不要试婚。结婚好吗？性固然重要，但你爱我更重要。"我紧紧抓住他的手，"敢不敢跟我结婚？"

"好，我们结婚。"张正义眼眶红了捧起我的脸紧紧贴在她的胸膛上。

5

小天来了！小天来了！小天来了！

他站在秋日午后的阳光下向我挥着小手，我三步并作两步跑过去把他拥入怀里。四岁的小天浓眉拧在一起，小翘唇紧闭，漂亮的桃花眼在我的脸上一扫而过后便带着些许的忧伤垂下。

沉默——

我害怕这种沉默。此刻，小天的心跳和温软的呼吸就像一把匕首不紧不慢地刺向我的胸口，我别扭着直起身来。

是的，读者们，2003年我干什么了？我孕育着小天，并生下了他。我是小天的妈妈。一个未婚妈妈。我人前人后过着逍遥的伪淑女生活。

我有下地狱的罪。

"叫人啦？"母亲轻声对小天说。

"怎么叫，叫什么？还是叫小姑吗？"小天抬起头茫然地看着母亲，用无奈地口吻说，"一会儿这样叫，一会儿那样叫，能不能什么都不叫？我好烦！"

"行，小祖宗。一切都依你。"母亲哄着他，"你今天四岁了，又长大了一岁，就要听话懂事了，知道吗？"

小天点点头，脸上有了笑容。

"走，今天生日，我们要开开心心的好吗？"我说。

回到姑姑家，她已经做好丰盛的菜肴等着我们。

"等一下小天要吹蜡烛哟！"姑父摆上生日蛋糕插上蜡烛。

小天盯着蛋糕若有所思。良久，他转过头看着我，张了张嘴又无奈地低下头，半晌，他走到母亲身旁，问道："婆婆，生日为什么要吃蛋糕吹蜡烛？"

"你动脑筋想想呀？"

"因为高兴。"

"哎哟！小天真聪明。"

他刚才的举止，是要向我发问的。他的嘴巴张了又合最后决定放弃转而去找母亲。

唉！

"来来来——吹蜡烛了。"大姑拿出相机，"我数一二三，小天就要吹啊。"

在姑的号令下，小天"扑哧"了半天之后分批把蜡烛吹灭。

晚上，陪母亲和小天在八姑家过夜。我告诉母亲要和张正义结婚。

"妈，我想告诉他小天的事。纸是包不住火的。我不能欺骗他呀。"我说。

"小天是我养着，轮不到你来做主！"激动的情绪让母亲声音抖得厉害，"你已经在我和你爸爸的胸口插了一刀，你还想怎么样啊？"

你们的安排一定就是对的吗？我差点要大声问母亲，但最终没能说出口。我曾经是父母引以为傲的孩子，他们奔波在外拼命挣钱供我读书。本以为进入大学后一切都按计划进行，考研——出国——结婚——衣锦还乡。而我却一意孤行断送了自己的前程。像母亲说的，我背叛了他们，狠狠地在他们的胸口插了一刀。我犯错在先，此刻，我又有什么发言的立场。看着他们绞尽脑汁地保护我的周全，我又能说什么？我不想伤他们的心。

我对小天太残忍了，我的命运是自己造就的，可我不能玩弄小天的命运啊！难道我生下他就是为了漠视他？不管他？想当初生下他时的勇气与如今不敢承认他所表现的懦弱，我怎么能担当妈妈这个称呼？

"在家里叫妈妈，在外就是小姑。这个办法能用到几时？"我不敢顶撞，却也想晓之以理动之以情："你们变老了小天却在长大。他还没有上户籍。没有户籍怎么读书？这个秘密守不住的。我做错了事，我承担好了。我不想牵连孩子。"

"户籍的事我去想办法。"母亲下定决心的事很难动摇她,"别说了,没有钱解决不了的事。我身体好着呢!在我死之前我都会安排好的,不会让他走一点歪路。"

"妈,计划不如变化。就像我还不是让您失望了?"

"看来,你今天存心要气我。哪壶不开提哪壶。"母亲合衣睡下不想再理会我,"要不是小天想你了,我才不会带他过来的。"

小天想我了?想妈妈了?母亲的话让我的心为之一颤。

看着身旁熟睡的儿子,小脸红扑扑的,嘴角笑意盎然。做个好梦吧!梦里一定要有妈妈啊!

窗外一片死寂。偶尔听到秋风呼啸拍打着窗棂。我和母亲各怀心事地辗转难眠。

"如果结了婚,你发现我就是这样一个男人,情何以堪?如果结了又离了,对一个女人来说,这个硬伤在她的生命里是无法抹掉的!我不想让你进退两难啊!"

想起那天张正义对我说的话来。

冲动的个性让我做事总是不计后果。看着身旁的小天,此刻我后怕了。结婚不是敢与不敢那么轻描淡写。婚姻是神圣的,结婚更需要格外慎重。未婚生子的事迟早会众人皆知,我能抱着侥幸的心理吗?不能。

但是如何开口告诉他呢?

第二天一早母亲带着小天回老家,看着他们离去的背影,我更恨自己,恨自己作为女儿那么不自爱,恨自己作为妈妈力量是那么微小,恨自己作为女人为什么总要为爱迷失方向。

转眼冬天。寒意扑面而来,难得成都下雪了。我站在寒风中闭上眼,仔仔细细地回忆每年的这个时候,期盼白雪降临的感觉……

过完年就要结婚了。之前母亲万般交代:你过得好就行,不需要讲老礼。不必来看我们。婚礼我们就不来了!

张正义开始筹备婚礼了。他像个初婚的毛头小伙,精力充沛。拍结婚照,试婚纱,印请柬,订酒席。我反倒像个局外人,事不关己地看着他做着一切。内心,我其实是诚惶诚恐的。我要结婚了,我要有丈夫了,我也要做妈妈了。

我又开始做梦了。

梦里新娘的脸就像戴着一张面具,那是我吗?

"取下你的面具吧!取下你的面具吧!那不适合你——"一个男人在梦里对我说。

我看不清面具下那张女人的脸,但我看到那个男人分明是阿诺。

"阿诺——"

我惊醒了,梦里伤心梦外惆怅。

阿诺,为什么我对你总是挥之不去呢?知道吗?我要结婚了。婚姻将是一道分水岭,我俩永远不会再有交集了。

2001年秋,我读大学了。因为一封交友信息,我把一个叫阿诺的人引进了我的世界,打破了我平静的生活,扰乱了我的人生规划。

记得开学后不久,蔷薇风卷残云般地跑进寝室,大声叫着:"比邻,你的情书。"

"这年头怎么还有人写信?八成是情书!"听说是情书,室友们都闹腾起来。

我接过信。信封颇有质感,很考究。寄信人地址是海南省海口市海秀大道××特区报。

"你投稿了?"欧娜问。

"这字写得挺漂亮的!快点啊,打开看写的什么?谁写的?"蔷薇不断地催促着。

"干脆你来读。"我把信交到她手中,这人天生就有偷窥欲,我想,不如就满足她。

"真的?"蔷薇睁大眼睛,见我无所谓地点了点头,她"哧啦"一下便把封口撕开了。展开信,她刻意清了清嗓子,一边用眼角的余光观察我一边大声读起来。

比邻:

你好!

来信收悉，释念！

海南属于热带，太阳很热烈明朗。因而这里的人也直率和坦城。比如，我一点都不怕冒昧和有失"身份"，很勇敢地对你说，你要交际就让我做你的普通朋友吧！朋友不在于多而在于精，如果真的在杂志上刊登了你的交友信息，你的信会雪片般飘来，而且真伪难辨，何况会花你很多的邮票呢！我是吃了这方面很多"苦"的，往往文章一刊出就会收到许多的读者来信和电话。我已学会了"冷漠"，已感到很累了。

为啥想结识你呢？不会没有理由没有原因，但不能告诉你，至少现在。但我也是四川人喔！明白这点很重要。祝你好运！

阿诺
2001年10月25

"交友？思春了？"室友们又一阵打趣。

"我是写过信给杂志登交友启示，但这都是上月的事，我都忘了。"我说。

"他在信里说，你要征友，他不赞成你这么做。你不觉得他居心叵测吗？"蔷薇拿起信，字里行间分析着，"你看看，他说得有多牵强。'我一点都不怕冒昧和有失"身份"，还说'我是吃了这方面很多"苦"的，往往文章一刊出就会收到许多的读者来信和电话，最后还故弄玄虚，说'为啥想结识你呢？不会没有理由没有原因，但不能告诉你，至少现在'。"

蔷薇说得口水四溢，室友们捣蒜似的附和着，"没错，没错。"

"瞧瞧！他不就是一个小编辑吗？搞得高人一等似的。司马昭之心路人皆知，一句话，就是想勾引你这个涉世未深的文学女青年。"

"对啊！狗屁的大众情人。"我想想也是，"不理他了。"

"也别。"蔷薇恶作剧地笑了笑，"不如，我们探探虚实。看他到底是怎样一个了不起的人物？就怕是个恶心的糟老头。"

"如果他是一个有才华的男人呢？"

"那更可怕。"

"为什么?"

"成熟的男人已经不是血气方刚的小伙子了,他不是直通通地向你射去一支箭,而是编织一个华丽的笼子让你跳进去。这封信的结尾不是明摆着吊你胃口?此地无银呢!"蔷薇俨然一个爱情专家。

"虽然小伙子能让人怦然心动,想一次就爱个够,但成熟的男人更让我心存依赖的感觉。这或许就是我追寻已久的安全感。"我沉思着并没说出我心中所想。

蔷薇晃晃那个信封,一个东西从里面滑了出来,她的手像老鹰的嘴快速夹住,一看,说:"是张名片。"

"阿诺,编辑记者。"

"给我看看。"

"别慌,背后还有……用笔写的。阿诺。男。38岁。人不一定要高大,但一定要使自己崇高。"蔷薇摆着头,"哎,找了一件这么好看的上衣穿上,我看他能找一条什么样的裤子。文人就是这样虚荣。"

"你说话太刻薄了。"我说。

"一个三十多岁的男人,你可别告诉我他身边没有女人?他是处男?"

这点我是认同的。不是处男又怎样?我心想。可以想象那个时候的我想法有多危险。

我不语。

"生气了?肯定疼的。我作为一个旁观者是在给你打预防针。这样吧,既然'缘'要做怪,你就写封回信试试,看远在天涯海角的他做何反应?"

蔷薇执笔,帮我回了信。

阿诺:

你好!

收到你的信感到意外。你是报社一名编辑,而我平时也喜欢写一些文章,但是非常肤浅,借此机会,我有一篇作品望你指点。

祝编安!

林比邻
2001年11月7日

那时，陶醉已经引起了我的好奇，我的注意力根本不在这个陌生男人的一封信上。

立秋了。

收发室来电话说有包裹。我知道，妈妈织的围巾从上海给我寄来了。陶醉离开了一周后出现在了学校的球场。他静静地坐在石阶上，渴望运动的眼神在他的同伴们身上穿梭着。我心中也有一种期盼，希望这个帅气的男孩能够回过头来，那么，他就能看到我独自站在这里了。如果有可能的话，也许他会和我暂时聊聊天，我就可以了解他的伤势，问问他最近过得怎样。

很失落，他最终没有扭过头来。我去收发室取了包裹在返回宿舍的路上，他的声音在身后叫我。

"喂，林比邻，你的手链掉了。"

地球瞬间停止了转动，我被人施了魔法般定在原地不能动弹。

"想什么呢？灵魂出窍了？"

"呵呵——"直到他走过来拍了拍我的肩，我才回过神来。用傻笑掩盖花痴表情。

"给，你的手链。"陶醉笑着说，"看，这个锁扣松了。"

"你——好久回校的？"

"哈哈，其实我一直躲在学校里。"陶醉冲我神秘地眨巴眼睛，"没有人比我更聪明了吧。"

"还真是——"

"什么东西？"

"妈妈织的围巾。"

"就在这儿拆吧。"陶醉故作一脸羡慕的神情，"我也想看看温暖牌围巾是啥样的？"

听他一说，我也激动了，三两下就拆开了包。

"真好看。我来帮你围上吧。"陶醉说着，便拿起围巾，"羊绒的，好软啦！像婴儿的皮肤。大红色，很配你的肤色。哇！白里透红，漂亮极了。"

云里雾里，我有点喘不过气来——

"咻咻咻——"口哨声四起，一个篮球滚在脚边上，胡一天一帮人远远地唱着："我的眼里只有你没有他，请你相信我的情意并不假——"

我们俩都羞红了脸。

"帮我抄抄笔记吧。"陶醉说。

不知他是不是借故这么做。但是我无须深究，因为我也想亲近他。

回到寝室，窗台上有盆玫瑰盆栽。玫瑰每年四月中下旬开花，到了五六月份达到旺季，到了八月转入衰退期，九月全败。这盆是四季玫瑰。现在，它依然枝叶茂盛。含苞待放的花骨朵在枝头，欲语还休。

这盆玫瑰是妈妈为了庆祝我十八岁生日送的。为了庆祝我长大成人，那天，她从上海赶回成都，特意从花市买了它回来。"妈妈把这盆花送给你，"她对我说，"男人喜欢用她向心爱的人表达爱情，你要学会养它，要像这带刺的玫瑰一样珍爱自己。"

想起妈妈的话，又想起陶醉，我的脸不由得比玫瑰花儿还要红了。

6

过了一周,刚一下课就收到了信。这下不用猜,我便知道是海南那个神秘的老男人阿诺的来信。他告诉我,他平时热爱写诗。最近,他的诗结集出版了。他说,女人本身就是一首诗,看你怎么读。然后,他又说,你的作品我看了,已决定发表在特区报的副刊上。果然,我看到了一张作者用稿通知。其备注一栏写着:需作者相片。没有多想,我便挑了一张相片寄了过去。

而就在那天晚上,我和陶醉开始了——

怎么发生的呢?一大早在回校途中出了点小事故,在学校附近的天桥底下我被抢劫了。惊魂未定回到学校,想起陶醉还在图书馆等着我,便一把鼻涕一把眼泪地跑到他的身边,不说一句话,一个劲儿地在那里无声哭泣。

陶醉被吓着了,却也不敢打断我,让我哭了个够。

"怎么啦?"见我终于安静了,他轻声问我,"谁欺负你了?我找他算账去。"

"我被抢了——"

"抢劫?"陶醉瞪大眼睛,把我从椅子上拉起来从头看到尾,"人没事吧?没事就好。"

"没事——你要是在就好了。"

"确实挺可惜的。"他诡秘地笑了笑,好像怕他的话被人偷听了去,他身子挨过来,头伸到我耳边小声说,"要不然,陶醉就可以英雄救林美人。"

他的话让我破泣为笑,我心里涌起一阵欲望,被一个男人结实的臂膀圈在怀中耳鬓厮磨的欲望。这种欲望是他的男子气息传递给我的。

我的心怯怯地跳动着——

"我们俩的心多合拍啊！"他抓住我的手紧贴着他的心脏。

"我走了——"再不走我就要晕了。我想。

一路小跑着回了寝室，爬上床便蒙头而盖。大气不敢出，回味了半天，蔷薇一把掀开我的被子："别闷死了！"

"你最近很奇怪哈，独来独往，干啥了？"欧娜问。

"图书馆看书。"我说。我哪敢讲和陶醉的事，这屋里六个人，就有五个人暗恋他。我要是说了，明摆着是要受排挤讨苦吃的。

"你们在干吗？"我问。

"商量着开小灶呢。"

我喜欢聚餐喜欢热闹，我怕独处。

"把时辰叫上。可别把她忘了。"我说。

"昨天上课就跟她说了。她要带红酒和牛肉来呢。"说到吃，蔷薇眉飞色舞，"到时把万人迷陶醉也请过来。"

"怎么进来？"

"乔装啊？"欧娜插话道，"我正好买了一顶假发。"

"这个点子好。只是不知他愿不愿意呢？"蔷薇话音刚落，电话铃响起。

会是谁呢？我想。

"找我的就说我不在。"我说。

"找我的。"蔷薇的眉头翘得高高的，心里快活得不行了，语气柔柔的，"陶醉找我有话要说。"

陶醉跟她说什么呢？不会——蔷薇听了会气成什么样呢？我如热锅上的蚂蚁等待着……

没过多久，蔷薇铿锵有气势的脚步声在走廊响起。看样子情形不妙。到底陶醉跟她说了什么？有一点可以确定，谈话内容是与我有关的。不过，她走进来只字未提陶醉找她的事，甩给我们一人一个苹果。

"陶醉买的。"蔷薇说，"没有我，你们怎么过呀？我们来玩个游戏吧。乐呵乐呵。"

大家一致赞同。

"首先，大家闭上眼睛。"蔷薇关掉灯一边拿出手电筒。

"你不会是又要作弄我们了吧?"我不放心。

"我要是作弄你们了，我就是猪。"

"好吧。"见她这么认真，我们几个安心了，乖乖地配合她。趁她转身走向窗口时，大家不约而同地睁开眼睛偷瞄，我们都想知道她究竟要玩什么花样。哪料，她似乎脑后长了眼睛，警觉地回过头来用电筒在每人脸上乱扫射一通："要挨揍了哈!"我们吓得赶紧合上双眼。"叮叮咚咚"只听得窗棂一阵响，摸索捣鼓了一会儿。

"我闻到花香了，是百合。"欧娜惊喜地叫。

"一二三，睁开你们的慧眼吧。"

听到蔷薇的号令，我们"哧溜"一声都跳下床。一束百合不知怎么就冒出来了，傲然地立在窗台的书桌上。只见蔷薇打开电筒朝外晃了一下。跟特务打暗号似的，在十米开外，本是一片漆黑的男生楼，灯光不约而同地从几个窗户亮起来——

"哇!"一刹那，我们都惊呆了。十几扇窗户依次点亮灯光，最后定格成代表"爱"的心型图案。

"比邻，比邻我爱你!"对面男声大作。

我有点找不着北，应该说我们都着不着北了。

"别傻站着啊。收花啊!"蔷薇把百合递给我。

"恶作剧吧？我得罪谁了？你看他们那些男生——"

"我也想被哪个帅哥恶心一下。"欧娜酸溜溜地说，"男主角怎么还是悬念啊？快说啊，别吊人胃口了。"

"是——谁啊——"我小心翼翼大气不敢出。

"出去啊，是陶醉那个王八蛋啦! 他在楼下等着你呢!"

"这副模样怎么出去？赶紧打扮打扮啊!"欧娜说着，拿起梳子，"快梳梳头，洗把脸，再换件衣服。"

"是啊!"我被女人们包围捯饬起来。

"你们怎么——"大家让我受宠若惊。

"肥水不流外人田!"欧娜说。

就这样，在大家的瞩目与"唏嘘"声中，我还没有正式恋爱，那感觉就像被她们，我的"娘家人"隆重地嫁了出去似的。

我三步一回头地走下楼去。

他就在那棵大槐树下。

我走向他。

他迎上来。

他伸出手，握住了我的手。

此刻，一切言语似乎都是多余的。我们牵着手彼此都不说话，只是默默地走在校园的林荫道，时不时相视一笑。

这个帅哥是我的了。我几次偷笑。

走到操场的篮球架下，他一把拉我入怀，脸慢慢向我靠近。

他要吻我了！我心里惊叫着。他身上散发的温度让我沉醉，我抱着期待扬起脸闭上眼。

我做好了迎接初吻的准备。

"你们在干什么？这么晚了还不回宿舍。"一个男人严厉的声音从不远处传来。

不用说，猜到是巡逻的校警。

条件反射，陶醉拉着我的手快速跑开。

"各回各的。快点！"校警在后面喊。

我平生的第一次约会扫兴收场了。

关于给老男人阿诺寄照片的事，最终我还是关在蚊帐里告诉了蔷薇。

"不得了，姜还是老的辣。不愧为情场老手。你现在可不能脚踏两条船！"蔷薇听了哇哇大叫。

"我寄照片是作品发表需要。"

"区区一个小作者，何苦劳师动众？不就是一首小诗嘛。根本就是他要看看你的庐山真面目。如果你这个林妹妹漂亮的话，他就会不遗余力地把你追到手。尝了鲜之后，就把你大卸八块而抛弃。"

"林比邻，你的心就像一匹野马。最终跑向何方或许连你自己都不知道吧？"李伊然似乎看穿了我的心。

"到目前为止，我们才通了三封信。其中一封还是你代笔的。"我不耐烦了，把我想成什么人了。我拿出一大包零食分给大家：

"陶醉买的,他多惦记你们哪!"

"哇——托你们的福。有吃的堵上嘴,没什么好说的。"欧娜喜滋滋地坐回自己的位置。

"就一张嘴。"蔷薇白了她一眼,"我再说一句,下一步,他肯定要跟你网聊。别给他QQ啊!"

"我有预感。固然你和陶英雄暂时的相爱,但你不会属于他的。"一向不咋说话的胖贝同学突然感慨发表见解,"不是有一句话么,只要曾经拥有,不在乎天长地久!"

"对啊。人就是这样,有时候吃的不是自己喜欢的菜,娶的不是自己爱的那个人。因为,没得选择,只有随遇而安了。"

蔷薇这句话我是认同的。

我一直认为,厕所是流言蜚语流通的渠道之一。如果你想知道什么秘密,只要在便池坑上蹲那么几分钟,脑神经要松弛的那个当口,进进出出的小女生你一言我一语的,不经意间就把你想知道的或不想理会的最新消息发布给你了。

我只是打个比方,我没那么无聊地去刻意道听途说,有时候就是这么巧,在学校的洗手间里,我听到了她们的话。

"那个林比邻,你知道么?"

"就是医药系的那个女娃儿,老是一副不理人的样子。"

"上周,她风骚死了。"

"怎么啦?"

"你回得晚大概没看到,那个陶英雄向她示爱哟!夸张得——恐怕现在要乐极生悲了。她平常不是冰美人一个么?陶醉与人打赌才追她的。今天是第三天,差不多是时候分手了。"

"你这个'包打听'名不虚传啊——"

两个女生得意地笑着走出了洗手间。真如她们所说吗?这突如其来的爱情缘于一场赌局?联想到一段时间的相处,体育场电影院食堂图书馆……真是大费周张啊!赌胜后他能收获什么?一股郁气纠缠在胸口,使得人无法呼吸。我咬紧牙关回到了寝室。晚上,陶醉约我散步。没有半分犹豫,鬼使神差的我还是去了。我潜意识希望通过这个约会去证实那个传言。我们手牵手走在学校的小路上。我在想,我要不要问他赌约的事。见我心事重重,他捧起我的脸,"你满脑子在想什么?有话对我说吗?"黑暗中他的眼睛灼灼发光。

"我在想,怎样才叫谈恋爱呢?"

"就是这样……"毫无准备,他火热的唇就这么碾压过来,而惊慌中我却不忘热情地回应着他。

"我对你一见钟情,你知道吗?"良久,他在我耳边说。

是该相信,还是说不可能?我怎么是一个经不起诱惑的女人呢?我蔑视我自己。

"我们牵了手,亲了嘴,相互抚摸了对方,这就叫恋爱了?"我反问他。

"当然,我们还要去做很多事……我们要相互了解,磨合,最后经过时间的考验……"陶醉捧着我的肩。

两个女生的话此刻又响在耳边。

"明明就一个赌约?我功成身退了。"我推开他。当你内心开始抵触一个人的时候你潜意识里已经与他拉开了距离。

他一脸茫然地看着我。

"大学一毕业,情侣们就各奔东西。你明年就要实习了,而我却还有二年的大学光阴。我需要的是长长久久的厮守,不是一时半会的爱情游戏。"

"林比邻,你说这话——我不明白,难道我们是闹着玩的吗?"陶醉的嗓门变大。

"是我陪你玩啦!你不是和人打赌吗?我帮你赌赢啦!"一山要比一山高,我也放大音量冲他吼。

"我就说你突然怎么这么反常?"陶醉释然一笑,"有赌约是事实。可这说明不了什么。我和他们打了赌,但不能排除我喜欢你。再说,我爱你与打赌无关。"

"那你再亲我一下。"我抬起头扬起脸。

他笑了,跑过来一把抱住我,咬住我的唇。

"你亲我没有感觉。"我笑着推开他,抬手抹嘴,"那种窒息的感觉没有出现,恋爱不是要有化学效应吗?"

"我有。我……我的心脏都要停止跳动了……"

"那你是单恋了。"我用轻蔑地语气说,"光你有,我还要有才行嘛!"

他顿时变得很沮丧,一副难以置信的样子。看着他的眼睛,我想我真该死。不是他伤了我,而是我伤了他。

"刚才明明……你不会……不会对我没有感觉。"

"我配合你把游戏打完了呀!就这么简单。"尽管内心乱作一团,我依然强硬到底,冲他摆摆手,不屑一顾地对他说,"你不要再联系我了。"

八月桂花香……

我和陶醉似乎告一段落。

"面对这段爱情,你太冷静了。"蔷薇说,"真狠!"

我的心被流言左右着。我需要爱,却爱得那么武断,那么彷徨,那么自我却又那么不自信。

收到阿诺诗集的时候,已是学期尾了。或许是诗集的影响,我对阿诺有了很大的改观。第一次很自然地给他写了回信。

阿诺:
你好!
我已收到你寄来的诗集。大略地读了读,就深刻地感受到你诗中的美丽!你的理想以及你对人生的追求都深深地打动了我。正因为如此,我就更没有心情读下去。我想到了自己,我的人生,我的爱情……都是一塌糊涂。前途渺茫让我心中十分沮丧,心灰意冷的我在这茫茫的人海中,总是不知所措。
我不知道该怎么办?
……
要放假了,如果你有空我们网上见。

信写完了,窗外下起了雨。毛毛细雨像个顽皮的孩子跳到我桌上。我把信折起来,不想关上窗子,只有一股跳到雨中的冲动。

阿诺,你喜欢雨吗?

寒假来临了。节假日对蔷薇来说没什么概念。她要找活干,这样她下学期的零用钱就有着落了。

寝室已经有了两个空铺。

"你们猜胖贝这么急着回去干吗?"蔷薇收拾着棉被问我。

"估计她是整栋楼第一个回家的。"欧娜说。

"她姨妈打电话有急事让她回去。听说她表哥从国外回来了。"李伊然早已收拾妥当,"她表哥是她的偶像。电话一来,就急着回了。"

"有可能是相亲。她表哥在国外开了一家中医馆。两人极有可能以后夫唱妇随。"蔷薇说着说着就笑了,看着地上一地的纸屑和旧内衣,嘴巴翘起老高,说,"尊贵的小姐们,这些东西各自处理了吧。如果留给我做纪念,我就用塑料袋封存好了将来作为结婚礼物送给各位。"

"得了吧,你!"李伊然拖着行李箱瞟了一眼躺在床上的蔷薇说,"先替我保管吧。我赶火车来不及了哈。"说完,踏过那堆杂物冲我们挥挥手扬长而去。

"哪个瓜娃子男人敢要她。"欧娜也提着行李站起身,"打工皇后,过你们的二人世界吧。拜拜啦!"

"两个死丫头!"蔷薇气得吹胡子瞪眼。

看着她们针尖对麦芒的样子,我无可奈何地把地上的杂物一股脑扔进垃圾桶。

"你也是,好人做到家了。"蔷薇说。

"我甘愿做大家的润滑油。"我走过去拉起她,"快,餐厅要关门大吉了。"

"你请客!"

"为什么?"

"你小康,我贫农。这还用说吗?"

"都走啦。"蔷薇从床上坐起来,"我还要为生计发愁。"

"这栋楼里没几人。到了晚上挺可怕的。"我催促着她,"我们赶紧下楼把饭吃了。"

"哎呀,你说会不会有鬼呀?"

"别自己吓自己。"我拿起手包佯装要走的样子,"你要再磨蹭,我先走了。"

"别呀!"蔷薇惊叫着,光着脚丫子跳下来把我抱住,"听说天台曾经有个女生殉情自杀死了。"

"啊!真有人死在这儿啊!"我心里发毛,"快,快走!"

蔷薇三两下就披上大衣,套上靴子。我们俩手牵着手跌跌撞撞地跑出了宿舍楼。

就近找了个苍蝇馆子。

"咱们太可笑了。"我上气不接下气地说,"都是你。"

"就算是谣言,心里还是虚的。活人都怕鬼。"

"要不咱们回家吧。八姑要是知道我放假不回,她又得唠叨了。"我建议说,"学校这边的工作就算了,我们重新找一个。"

"不行的。我是拿月薪的,不是小时工。再坚持一个星期就要发工资了,难道你要我放弃?你今晚找人陪。"说到钱,蔷薇比牛还犟。我也不能丢下她不管。

老板娘让我点餐。

"来两份炒饭吧。"我说。

"不行。炒饭又干又腻。"蔷薇穷讲究的毛病又来了,"不如炒两个菜,喝点酒壮壮胆。"

"随便吧,小姐。"

"这里哪有随便这个菜。"蔷薇打开那个布满油迹的菜谱,"我肯定是水煮牛肉了。你呢?"

"随便。"我说。

"好,老板娘。一个水煮牛肉,一个随便。"蔷薇俏皮地一翻白眼,我被逗乐了。

只见那老板娘冲厨房喊:"水煮牛肉,一个'随便'……"她腔调拉得老长,音还没落,觉察到我们哧哧的笑声,才料到被蔷薇调戏,堆着笑脸跑来,"幺妹,'随便'卖完了,要不,换个其他的嘛?"

蔷薇是个能吃会喝的主,她一连又点了菜和酒。

刚才的一个玩笑,让我们吃饭的劲头上来了。蔷薇自斟自酌地喝着她的红酒。我是农妇的胃,吃了大碗的米饭,肚子快要成皮球了。

三菜一汤,加上酒。一合计,一百四十多块!

"你今天不划算。"蔷薇说,"还是学着喝点酒,红酒养颜。"

"这儿的菜太贵了。"我意识到我们忘带钱了。

"你干苦力的?计较饭钱。味道好,钱不是问题。"

"就是钱的问题。我没带钱啊!"

"我有啊!"

"有什么啊?一说有鬼,你魂都吓没了。不仅没钱,钥匙也忘了。"

"那怎么办?"

"打110。"

"没搞错吧?"蔷薇喝酒的心情没了。

"你不自封诸葛亮的妹妹吗?"

"让我想想。"她一拍脑门,"搬救兵。"

"谁啊?"

"末路英雄——陶醉!"

"他没回家吗?"我在想,要是他来,我怎么面对他。

"因为你没走啊!他心里还是放不下呗。"

蔷薇说着走到收银台向老板借电话,我却傻坐着发呆。

果然,没过十分钟,陶醉和胡一天十万火急地出现在我们面前。

"你们吃饭了吗?如果没吃,就再加几个菜接着吃。要不然就去买单。"蔷薇说得若无其事。

"让你们来救命的。"我尴尬到极点。

"救命?"

"是啊,哪有吃霸王餐的啊。老板娘不把我们剁成肉酱?"蔷薇说。

"怎么回事?"陶醉不看蔷薇,反看我。

"钥匙和钱包忘带了。"我说。

男人付钱的样子女人觉得好酷。

"现在太晚了,不好找开锁匠。"胡一天走到蔷薇跟前,"我们楼的人也都走光了。要不,你们到我宿舍将就一晚?"

"那我们暂且住一宿啦!"蔷薇笑嘻嘻地戳了下陶醉的肩膀:"美死你了!"

似乎别无他法。

男生宿舍楼走道上的烟盒酒瓶比比皆是,隐约还有臭袜子的味道。"跟贫民窟似的。"蔷薇嫌弃地摇着头说。

参观了陶醉的寝室,同样很乱,但凌乱有序,算得上一级模范了。

他很细心,收拾了床位拿出了多余的床褥出来。安顿好我们,他准备到隔壁和胡一天下象棋。

"我们到哪上厕所?总不能就地解决吧。"临走蔷薇问。

"到男厕,进去把门锁上就好。整栋楼就只有我们。"陶醉又看看我,"不要怕,我就在隔壁,我们都听得到。"

"不要关灯睡啊,我会怕的。"蔷薇一副娇弱样。

我也会怕!我在心里说。

我有择床的毛病,翻来覆去地难以入眠。一张我与陶醉的合影在枕头下露出来。他搂着我的腰,我靠在他的肩上笑得很是灿烂。枕头上散发着他的气味,我心里有点莫名焦躁,蹑手蹑脚地下床开门出去。

陶醉赫然守在门外。背靠在墙上,吸着烟喝着酒。

"胡一天呢?"

"他去陪女朋友了。"陶醉仰着头自顾吐着烟圈,不看我一眼。

"你怎么——不睡啊?"我边说边咳嗽,"你烟瘾挺大的?"

"不抽了。"陶醉把手里的烟赶紧丢在地上一脚踩熄。烟丢了,顺手又拿起酒,猛喝一口,"进去吧,外面凉。不要怕,我在外面守着呢!"

"真傻!"

原来是担心我!看着他,我心里莫名泛起一阵痛。我靠近他,在昏暗的灯光下，他的眼里满是泪水。

"反正睡不着，我陪你喝。"我心一酸，夺过他手里的酒瓶学着他的样儿猛喝一口。

一股辛辣的味道刺着喉咙，眼泪跟着也跑出来。

"哈哈哈——"陶醉笑了。见我辣得够呛，鼻涕眼泪一大把，连忙抬起手臂用袖子擦拭我的脸。我想，这段冒失的爱情跟这白酒一样，闻起来那么芳香，到嘴里却这么辣！

"为什么你们都喜欢喝？"虽然一边嚷着难喝，我却又拿起来喝了一大口。这次，味蕾似乎已适应了新鲜的刺激感，与前一口相比好了许多。

"就跟我喜欢你一样。你就像这白酒，纯净透明，平凡却又与众不同。你厚厚的嘴唇，不屑的眼神，倔强的背影，都让我莫名喜欢……你不是仙女而是个妖精，真的让我无法自拔……"

我在心里发笑，反正爱情的面孔都一个样。左眼住着一位神仙右眼藏着一只妖精！我的心荡起阵阵涟漪，有点想流泪的感觉。是幸福感吗？有这样一个男生爱着自己是一件多么美好的事。我看着他，他的眼睛像磁铁吸引着我，我的手不知何时已经放在他的胸口，我能感受得到那激跳的心如琴弦。

我又喝了一口酒。味儿真不错！

我认为对男人、对生活要永远具有探索精神！

好吧！今天，我就彻底地做个坏女人吧！

没待他把话说完，我便踮起脚尖用吻堵住他柔软的唇。

他傻了，就像个木偶由着我摆布。我拉着他的手走向隔壁的寝室，此刻，我要把世界抛到九霄云外。只想被他抱在怀里，与他亲密相拥，任他吻我，抚摸我，与我肌肤相亲。

是爱或是欲？管它呢！我的思绪和我的人都燃烧了，欲望像千军万马奔腾而来。黑暗中他也有了回应。他的手轻轻地穿过我的长发，脸贴着我的脸，粗重的呼吸挑逗着我敏感的神经。

他的吻终于落下来，在我的耳际锁骨上碾压着最后落在我唇上。他的舌清甜中有点生涩，我忘情地吮吸着这世间独一无二的味道。

他的手在我的身上徘徊着，像在寻找什么。从后背到纤腰再游走到我的臀部,周身漾起电流般的感觉。

"啊——"

我不禁把他抱得紧紧的,抚摸着他结实挺拔的身躯。

我们痴缠着到了床边。他抱着我坐在了他的腿上,双眼迷离地看着我,说:"坏女人!"

我感受到那钢一般的小东西在欲望中不安地震颤——我有点紧张,但我更渴望被他压在身下。

我们倒在单人床上。我撩起他的毛衣,手滑过他性感的人鱼线再徐徐地伸进他的神秘地盘——那个尊贵的"王",那个将要进入我身体的"斗士"威风凛凛地立在那里。我把它握在手里,我要掌控它!

"坏女人!"他惊呼着,翻身把我平放在床上。我不经意间的挑逗使他急不可待地扯开我的衣扣,他在我耳边呢喃着,一双大手寻觅着来到我的胸前,揉搓着那傲然饱满的花蕾,然后他埋下头,干涸的唇急切地在那芳香地带探索着……

我,窒息了。

室内如春,我们都一丝不挂盘根错节地翻滚着。我勾着他的脖子,他搂着我的腰无限地包容着娇小的我,我们疯狂地亲吻着对方。我们都想把对方融进身体里。欲望在升腾,血液在燃烧,我们合二为一,我们的灵与肉都渗进了彼此……

"王"回归了。而我已软弱无力,我的心和我的人像一朵云飘浮在他的身体上……

在微醺状态下我的第一次就是这样发生了,在这个只能容纳一个人的狭窄的架子床上。

"比邻,我爱你!"他强有力的双臂依然不肯放开我。

"别说话!"我说。疯狂之后的沉寂让我内心极其安静。

他笑了笑,像女孩子一样有点羞涩。

"睡吧!"我亲吻着他说。他顺从地闭上眼睛。窗外路灯照射进来,有斑驳的光洒在他的脸上,浓眉高鼻厚唇。熟睡中的他还是那么让人着迷!

这时，我的头脑越来越清醒，我不禁问自己：这就是那个循规蹈矩的女生吗？是那个一贯听从长辈的教导，十几年来都守身如玉的视贞操如生命的女孩吗？我不禁为我的行为感到羞耻……

　　我想我得回到蔷薇身边去。

　　我悄悄起身，拿过裙子，刚一抬脚，下体一阵钻心的痛从胯下延伸至脚踝。地上丢着卫生纸，一团鲜红映入眼帘。我的处女血！床上应该也有印迹吧！我深吸一口气。我以为我会像电视里的那些女人，当献出自己宝贵的第一次后委屈地在那个男人面前哭泣。我也想这样，我很想哭，以此来发泄自己不可言喻的痛楚心情，可是，一滴眼泪也挤不出来。

　　痛并快乐！

　　拉过一条毛毯盖在陶醉身上后，我轻轻地离开。

7

天已麻麻亮,街边清扫的声音清晰传来。

蔷薇已醒,打着哈欠坐在床边上。

"你到哪去了?"

"上厕所了。"

"我去找开锁匠。"蔷薇说。

"你忙你的,我还要睡会儿。"我假装睡意正浓,不再理会她,匆忙钻进被窝里。

凌晨的疯狂让人筋疲力尽。我不知不觉就睡着了,蔷薇何时走的我不知道。

一觉醒来,已是日上三竿。我占着人家的房,不会耽误了陶醉的大事吧?今天他应该急着回家的。我想着,慌忙起身去开门。果然,他已精神奕奕地候在门外。手里拿着新买的毛巾和牙刷。

"去洗吧。"

"谢谢!"我难为情地接过洗漱用具跑进洗手间。

出来时他正整理着床铺。

"那个——把胡一天的床弄脏了。"想起昨晚,我不禁有点难为情,"你,还条新床单给人家吧!"

陶醉一听竟然脸红了,低着头不敢看我。

"我——昨天——太冲动了。我酒喝得太多。"他的声音小得像蚊子。

"你后悔把你的第一次给我了?"我故意说。

"不是——"陶醉变得有点激动,"我是在乎你。你,你也是第一次嘛!"

"我也不后悔。"我走到门口然后折回,"所以,这事别放在心上了。还有——不要再喝酒了。"

"你的意思——让我不再喜欢你?"陶醉一脸费解的神情,"为什么?我觉得你是喜欢我的?"

我是喜欢你的。我在心里说。可我不确定自己能深深爱上你!

我快步走出门外,胯下又一阵疼痛。我放慢脚步蹲下。

"怎么啦?"陶醉小跑过来。

"有点痛。"我不好意思明说。

"对不起,都是我的错!"见我的表情,他似乎明白了,弯腰把背向着我,"我背你下楼。"

我无法独自下楼了,只有乖乖地趴在他宽阔的背上。

"我今天回龙泉驿看爸妈,和我一起回去吧?"走在楼梯上陶醉说。

"我回我姑家。"一年中,我最盼望的是过年。因为父母忙碌了一年只有春节才会回家。可是,今年他们不回。

陶醉一直送我到了宿舍,拿出钥匙打开门。

"你怎么有钥匙?"

"当然是蔷薇新配的。"陶醉说。

我笑了,推开门要进屋。

"可以送个离别的礼物吗?"他站在门外,语气很伤感,当我要转身时他大步走过来,从后面抱住了我。

"就一会儿。"他说,"一会儿就好!"

片刻,他松开了双臂跑了出去……

回到姑家,第一件事就是打开姑父的电脑挂上 QQ 收邮件。

不一会儿,有个叫"牧马人"的陌生人申请加好友了。看了资料我知道他是阿诺。

他说,小时候,大家都盼望过年。可是,不知什么时候开始,这种心情已悄悄地丢失了。或许,你感受不到我这种莫名的情怀,因为,我们毕竟相差二十岁。

过年跟年龄有什么关系呢?我问。

你的世界那么年轻，可我觉得我和世界一起老了……

本来心中有说不清的烦恼，阿诺的话让我更伤感了。我的心揪得紧紧的，他真是一个纯粹的人，一不小心就打动了一个人的心。为什么要强调年龄的距离？难道是想告诉我岁末交替，我们又长了一岁吗？

阿诺打字慢腾腾的，我等得有点不耐烦了。他说，他习惯写信。我想，聊QQ本是随性开心的。要是写信，讲究就太多了，字里行间都要斟酌。不过，他心思细腻，文字充满着诗意，读信的感觉也很美妙。

他说半小时后把信发到邮箱。

在等阿诺的同时，陶醉的图标亮了。他上线了。我赶紧隐身。

我知道你在。陶醉说。

今天好冷。想到你，就暖和了。

这个阿诺，信再不来，我就下线了。我想。

陶醉有很多话对我说，可我却不知该说什么。沉默是最好的回答吧。

刷新了页面，信终于来了。

好长！

……一个人走的日子，总是有些不顺心的事。就如你所说，你的爱情，前途十分渺茫。这是世间大部分人（像我这样的或像你这样的人还有其他类型的人）围绕的一个大问题。我和你只要坚持一个信念，自己的信念向前走，前途会越来越清晰的。

但确切地说，我不知你在哪些方面遇到了不如意的事，可千万别哭鼻子。因为，眼泪是流给朋友的，不是流给敌人的。本来春节要回去与家人团聚，但到底还是因故没能回去与父母兄弟共聚天伦。梦里不知身是客，其孤独难耐的心情不想破坏你的喜庆。因而，案头与邮箱积满信件均一封没回也没看。

所以，今天只想告诉你，我的年就这样平平淡淡地过去了。

阿诺，他到底是个怎样的人呢？看完他的信，一个下午满脑子都在想象他的形象。他的儒雅，他文字中散发出来的那淡淡的忧郁、失落把我深深地缠绕着。

一封平常不过的信为什么让我如此心绪不宁？

为什么孤独？你们做记者编辑的，生活应该很充实才对。要开心哟！

我说。

中指敲下回车文字便弹了出去，石沉大海没有音信。

不想再等，下线。

百度"阿诺"两字，出来上千条关于他的新闻，均是些采访报道，以及诗歌、随笔。本以为可以看到他的照片，却一张也没找到。

一周后，邮箱里有一封他的来信。

至于孤独和寂寞是常有的事。只是在于与家人团圆之际显得凄楚罢了。一般情况下我不想诉说，特别是你这样年轻的，不想将我长大后的忧郁弄湿你花开的年龄。人的一生，迟早会经历这些。既然如此，又何必让你过早地知道人世的艰辛呢？

有些事情还是让自己慢慢体验好。我的意思不是"小瞧"你，是实际的年龄差别。在我与你年纪相仿的时候，我也不喜欢"大人"深沉的道理。我一直认为，该天真就天真，该幼稚就幼稚，该长大就长大，该出嫁就出嫁吧！何必去刻意寻找什么或逃避什么呢？

一切顺其自然。

记得还是我主动邀请你做我朋友的。我心里明白是为什么，但对你来说或许是个谜。我不想告诉你，或许永远不告诉你。有位名人说，如果是谜底，最好永远把它锁在抽屉里，如果打开它，无非就是那么回事。人生如此，爱情如此，一切如此。

好吧，读书是读书，友情是友情，读书有限期，友情无止境。但愿你毕业后，十年后，二十年后，你还是林比邻，而我依然是阿诺。

世界不变吗？

世界从未变，变的是人心。这个阿诺！我一直想弄清楚他为什么想和我交朋友。他却故弄玄虚，卖关子。

世界不变吗？

这个男人阴阳怪气的。

阿诺，你究竟想干什么？虽然你信中的话都是在理的，但难免有"假正经"的嫌疑。好吧，既然这样我就静观其变，赌一赌谁沉得住气！

"看了阿诺的信你在想什么？"

蔷薇终于不用打工了。一回家我就跑去找她。

"正如你所说，这个男人不简单。"

"你想怎样？"

"试试他的毅力，看他会把我怎样？"

"明知山有虎，偏向虎山行！"

"其实与他聊天挺不错的。他很有思想，有时候说的话总能说到心坎上。"

"女人可以造就一个男人，同时男人也可以锻炼一个女人。"

"爱情是危险的，也是甜蜜的。"

"危险又何妨！"

我决定暂且不上网了。

开学了。

我的心和春天一样欣欣向荣。图书馆前的草坪又悄然泛绿了，小草毛茸茸的，挤得紧密，走到那里我的腿就发软，只想把自己整个人丢在上面。这种感觉又像是在陶醉的怀里一样。

"陶醉要去实习了。"蔷薇说着，有点伤感，"明天他们要搞露天化装舞会。"

"我不去。"我说，"对于跳舞我没兴趣。"

"你这人真是扫兴。大家都要去。"蔷薇特爱为我做主，"就这么决定了，我们今天下午去准备准备，看买什么装扮。"

我满脑子就是上网，就是想QQ。哪想参加什么舞会？还有陶醉，他对我来说是个问题。至今理不清他对我意味着什么？，没错，我和他上床了。看到他，我的心就要化了。心里想靠近又抗拒，是什么病态心理？对，他长得帅，行走的荷尔蒙。我喜欢他是身体的本能。我要的是激情四溢火花四射而有内涵的爱情。

可是，不去是不可能的。蔷薇翻脸比翻书还快！

女生就是这样，总是爱别出心裁地耍花样。离舞会还有二十四个小时，寝室里就闹翻天了，讨论化什么装好。想一鸣惊人？那小脸不是抹了粉就是戴着面具，谁又知道你是谁？当然，女人自娱自乐的本领一向是高强的。自己开心就好！

"《金枝玉叶》里那个袁咏仪，在派对里她戴的那个面具不错。"我说，"如果能找到那个，我倒愿意去。"

"你这可是技术活。"蔷薇为难地叹了口气，"试试吧，谁叫我是诸葛亮他妹呢！"

我是成心给蔷薇出难题呢！第二天，她还真拿着一个电镀侧花白脸面具回来。

"找不到那款。这个不错，你戴着一定气质出众。"她上气不接下气地说完，就忙着装扮自己了。

"快走啊，下面一定很热闹了。"欧娜戴着一顶红亮的长假发出现，把我吓了一跳。

"你看你，不就是个舞会嘛！又不是看露天电影。"胖贝不紧不慢地从帐子里钻出来，大家惊呆了。

金色短卷发，性感红唇，白裙，唇角还点了一颗痣。

"梦露？"我们齐声说道，"今天评化装第一人，胖贝首当其冲。"

"还差点什么？"蔷薇说。

"不就是鼓风机呗。"我一说完，大家笑得前俯后仰。

只见胖贝得意了，马上搔首弄姿了。

大家整装待发，见我没反应，把面具往我脸上一扣，一窝蜂拉着就往外走。

体育馆好热闹。女孩们疯起来可怕，何况是戴着面具！什么仪态都不顾。我们小团体找了个地儿围成一堆。

"我听见风声，你有'情况'了？"蔷薇不知何时把时辰找来。

她还是穿着那身军服,与往常不一样的是多了顶帽子。

"又不是地下党,打什么暗号?我听不懂。"我是心虚的。时辰一说到"情况",我就联想到夜宿男寝的那次。

"就是陶醉呀!"人声鼎沸,时辰声贝抬高了,"我说,身边要放避孕套啊!"

"仙人板板喔……"见她不分场合的样子,我怕了。我闪人!

"我去上茅房了。"我说。

她们与男生们打得火热,哪里听到我说话,我庆幸可以溜得快一些。

"跟我走!"刚挤出人群,被一个男人一把拉到拐角。

"你是谁?"我问。

"你猜?"男生故作神秘。

"陶醉!"还会有谁呢?尽管他戴着面具,但他高大的体型和他手里的温度我怎么会忘呢?

"你怎么知道是我?"我不解。

"就如你能猜出我一样。"陶醉无奈地一笑,"我知道你不想见到我,但是今晚让我陪着你吧。估计到宿舍也静不下来。你看,人这么多,音乐这么响。我怕你得人群恐惧症啊!"

"走吧!我们到府南河边散步去。"见我不说话,他环顾四周说,"面具就一直戴着吧。出校门再摘下来。"

这个主意真不错!我想。

我点点头,他笑了。

我们沿着滨江东路到了灯光璀璨的合江亭。早春的夜晚,河面的雾愈来愈浓,午夜游人不减。

"听说合江亭私藏了成都最美夜景。平常读书,没有时间过来看看。"

"唐代的时候,合江亭是繁华热闹的渡口。"陶醉老夫子上身,"对合江亭了解吗?要不要我跟你科普下?"

见我笑着不作声。

"杜甫在成都住草堂,他写的'窗含西岭千秋雪,门泊东吴万里船.'当时的草堂旁边是万里桥,桥东边是合江亭。从成都到江苏、安徽、浙江那一带船只都在这里停靠。这里是出川的主要口岸。所以,它绝对是块福地啊!"

"历经1200多年,现在古韵犹存,应该是政府翻新修建了吧?"

"是的。合江亭毁于蒙古军的铁蹄下。岁月流逝,几经繁华几经衰落,野草横生,被人遗弃又被人记起。曾经变为废墟现在又是繁华爱情圣地。瞧,这又高又结实的垒基。"陶醉拉着我拾级而上,看到粗壮的圆柱感叹着,"这个连体双亭全靠10根这样的柱子支撑,构思巧妙意味深长呢!"

"神奇,怎么就成了爱情圣地了?"

"合江亭地处南河与府河交汇之处,两江汇合,如两人心心相印,爱的交融。在成都这是传统了,新人们都会来这里拍照祈福。前不久,我表姐结婚,婚车绕道都来到这里。"

"重生了!"世上万物百转千回,听他讲到这里,我心里五味杂陈。

"快看,有人放河灯了,今天是什么节日啊?"到了亭上,二江风物尽收眼底。一盏盏莲花状的河灯在河水中星罗棋布,随波浮动。

"真怕你不跟我来。看你这么开心,我也开心。"他看着我心满意足地笑着,整个人很放松地靠在桥栏上,在衣兜里一阵乱翻后,无奈地皱着眉说,"没有打火机!"

不知何时他手里多了一根香烟。忘了是谁说的,男人吸烟不是习惯,而是思考的一个方式。那么,他心里在纠结什么?

他有意无意总能打乱我的阵脚。我双手插袋,意外摸到了一盒火柴。真奇妙!

按捺住惊喜,抽出一根悄悄划燃举到他面前。火柴燃烧了,蓝色的火苗跳动摇摆着,像一只俏皮的蝌蚪。

"陶先生,请点烟!"我说。

"你在变戏法呀?"陶醉说。

简直意外至极,他捉虫似的小心地捧起火苗把它点燃。

"哎哟——烧着我的手指了。"火柴燃尽了。

见我疼得捧着手直跺脚,他迅速丢掉手中点燃的香烟,一把抓起我的两只手，猫下腰放在他的耳朵上。

"捏着我的耳朵。"他说。

这种被关爱被心疼的感觉真好！我顺从地用手捏着他的耳垂。

"好软啊！"我笑着说，"耳垂大的人有福气。"

"你的耳朵呢？"陶醉抬手拂开我耳际的长发，"你也是有福气的人呢！"

他抚摸着我的耳轮，一阵酥痒闯进我的神经区。我条件反射地弹开！

"你不抽烟了？"我慌乱地问。

他凝视着我不说话，我看见他眼里有两团火焰在跳动。还没待我反应过来，他的吻像雨点般落在我的脸上。

这次不能失守了！我在心里对自己说。

他的吻那么炽热，让我热烈地迎合，却又极力地回避。

要崩溃了！头脑一片空白，我狠狠地咬住他的唇，咸咸的血从他的嘴里沁出来。

"你对我不是没有感觉的，是不是？"陶醉捧着我的肩问，"为什么不给我一次机会呢？为什么我们不试一试？"

"不确定为什么要试？"我摇着头，泪水不争气地流出来，蹲在地上拼命着地摇头。

回去的时候是凌晨了，我们翻墙而入。

"你不回来，我们是不是都要陪着等到天亮？"欧娜打着哈欠不耐烦地说。

"下不为例！"我赔着笑钻进蚊帐，我不想让大家看到我的异样。

"眼睛怎么红红的？"细心的蔷薇还是发现了，"你和陶醉吵架了？哭了？"

"藕断丝连——痛苦啊！"欧娜一副看戏不怕台高的样儿。

"睡你的吧！"胖贝小声说。

蔷薇走到门边"啪"的一声关了吊灯走到我床边。

"真后悔替你们撮合。他要走了，你就不用再为他进退两难了。不早了，好好睡吧！"

"我没事。睡吧！晚安！"

立夏。陶醉走了！
周末。女孩子们都出去了，我守着电脑哪里没去，心里空荡荡的。
上网。没有邮件！看来是我沉不住气了，我自嘲地笑了。
中午。收到一封来自海南的特快专递。
看来阿诺没我有耐性。

比邻：
你好么？整个下午太阳懒洋洋地透过绿色的窗帘照进空际的小屋。这里没有蝉鸣，否则在这凄婉的声音中我该对谁诉说——这么无奈地过着日子。一段时间以来，我的生活糟透了。我不想对你说，我面临很多中年男人的困境，工作，事业，前途等。以致没心情写信。
我很累，是心累。你要原谅我！
不知为什么，今天写字很不顺当。笔不由自主颤抖，我极力镇静，甚至想搁笔不写！可枯燥的心情难以平静，这时正值夕阳西下之时，没心思做正事，许多来电来稿堆积如山了。方才在床上躺了一会儿，想起了你，便坐于桌前，想利用吃饭之前的时间和你聊几句，以打发孤独寂寞之时光。但提起笔又感到挺沉重，不知写什么为好，如果把那层雾拨开，那层纸撩破，或许会轻松些。
昨天九点一刻，想听听你的声音，想给你打电话，才想着我没有你的电话号码。我很茫然地在大街上走着，走了一个无聊的星期三。谁叫你是学生呢！
本月十七日，我给你寄过一封很重要的快递，收到了吗？确实是十七日寄的。我记得很清楚，因为我那天开车违章交警罚款了。
我的心乱极了，我的手不听使唤。你原谅我好么？等夜深人静时找个好心情再写。今天暂且到这儿——我是个情绪化很浓的"诗人"。提笔之前，我还很有信心写完，现在临街的行人匆匆掠过我的眼前，看着滚滚红尘中的人们，不由得想起许多的哲理，恰巧有人约我出去晚餐了。

等会儿，我先将这封信用平信寄你，然后等心情平静下来再给你写好不好？

你，比邻！心情要轻松愉快些。多吃多睡多照顾自己，不要把自己弄成"林妹妹"了。答应我好么？

阿诺（未完待续）

"如果把那层雾拨开，那层纸撩破，或许会轻松些。"这句话是指的什么呢？我琢磨着。这个故弄玄虚的男人！

唉，真是被这个人弄糊涂了。急！

阿诺：

来信收到。

我是一个直爽的女孩，不喜欢拐弯抹脚地说话。虽然信中你一直强调你内心多么不平静，可我觉得你是清醒的。所以，你为什么不把话挑明了说呢？让我这个小朋友总是犯糊涂啊！

我不明白，是不是大人们都喜欢耍深沉装忧郁？还是，你故意逗我玩儿呢？

是的，我肯定地告诉你，我对你有好感。因为你吊足了我的胃口，祝贺你成功地把我"钓"上了。

一个愣头青和一个熟男两选一的话，我会选熟男的，我等着你的新花样。

不过，你老和我若即若离的，我不喜欢这样的感觉，非常不喜欢！

比邻即日

发出这封邮件，我大舒一口气。不想老被这个坏男人玩了，我要变被动为主动。看他还有什么花招？

几分钟后，牧马人在线。

看吧，你说我玩深沉。这就是年龄差距的体现。也就是所谓的代沟！

喜欢就直说呗！何必打太极。我说。文人怎么都酸溜溜的。

他说，我这样的人，一个快四十还没成婚的人能轻易开口说爱么？

或许你爱得麻木了。我说。

从十八岁算起一年两个，女友总共也有二十个了吧。神交的不算。

沉默——

或是想对策怎么回应我？我想。文人打字似乎不擅长，他们喜欢用笔的感觉，那样实在。可能伏桌写信去了。

不管他了。我关掉电脑，躺到床上去。

"昨天九点一刻想听听你的声音，才想起没你的电话。"

他这样是不是在向我讨电话号码？

见鬼，说是不想了可思绪还是被阿诺牵着走了。

为了让心情平复下来，我把枕头边的《圣经》拿在手中，关上蚊帐，念起《玫瑰经》。

忽略不是等于遗忘。在这个初夏的午后，当我把《玫瑰经》念到一半时，心中就像有双神奇的手抚平烦郁的灰尘一样，轻松了许多。

8

　　一连几天没有回音。没平信没快递没电邮，更不在线。想起他上封信里的"未完待续"，我有点焦急万分。
　　二周后，牧马人从 QQ 里跳出来。
　　是的，我喜欢你！他说。
　　我一向讨人喜欢！我说。心里不禁暗自窃喜。
　　是啊！你的身边一定有青春活力的男生围着你转。
　　他的语气似乎很落寞。
　　有那么一个人让我偶尔沦陷，让我不知所措。
　　你要坚守阵地啊！我喜欢的女子我希望她是完好无损的。
　　真是大男人啊！我说。我爱上你了吗？我属于你了吗？
　　或许是心虚，我知道我已不是处女，没话好说了。我想。总是允许你玩失踪，这次不理你。当是惩罚你这个坏男人霸道无理了。
　　"潜水"。

　　"我觉得你变了。"蔷薇说，"空闲时间全浪费在这台电脑上了。那个男人把一个聪明的女人变成傻瓜了。"
　　不用蔷薇提醒，我也逐渐意识到自己这三个多月来的变化。
　　等待来信。等待上线。上课下课甚至吃饭上厕所，满脑子都在琢磨那个阿诺欲语还休的话。
　　"打工去！"我说，"我要让头脑清醒清醒。"
　　"这儿有张招聘家教的启事。"蔷薇说，"挺适合你的。"
　　"英文家教。女性。有意者面议。"
　　我连忙拨通上面的联系电话，刚报上姓名，对方就连说 OK。立刻面议。最后他强调，我的学生是个小女孩，叫小蓟。这下把我急坏了,我都没有准备,怎么去呢?

"别怕,小孩子的英语家教嘛!都是教些简单日常的口语,难不倒你。"蔷薇把我从头看到脚,"对方是男的,还是女的?"

"可能是女主人吧!"

"这就好了,不用打扮得花枝招展,惹人妒忌。"

这点我是相信的,蔷薇是打工皇后。当然有不少经验的。

我火速赶到应聘地点。这是一幢独立住宅,气派的大门与挑高的门廊,圆形的拱窗与转角的石砌。整个外观是那么浪漫与庄严。虽然电话里没有说具体时间,但我听到她在电话里说"马上""立刻"。相信我不会令她失望,来不及细想,我按响门铃。

没多久,门开了。一位保姆模样的中年女人把我请到屋里,客厅简洁沉稳的布局不落俗套。我不好细看,因为打扮入时的女主人就坐在浅紫色的沙发上审视着我。她跷着二郎腿双手放在膝头,鲜红的指甲油很夺目。

就是这样的一双手打造了整个客厅吗?我浮想联翩。

这时,一个瘦弱的小女孩不知从哪里冒了出来。

"你叫林比邻?"不待女主人开口,她就忽闪着大眼睛问。

"是的。小妹妹,你叫什么名字?"我猜,她定是我要教的那个小朋友了。我伸出手想与她握手,她却不乐意地把手放在身后。

"不告诉你!"她不耐烦地说。

"那我猜。"我逗着她,"如果姐姐猜对了,我们就做朋友,好吗?"

"谁和你做朋友?"她警惕看着我,"好啊,你猜。我倒要看看你有什么神奇的地方?"

"我想,你是不是叫婷婷?"

"好难听。爸爸怎么会给我取这样的名字。"她的头摇得像拨浪鼓。

"叫秀秀,是吗?"

她的鼻子皱成一团了。

"让我再想想。"我佯装冥思苦想的样子,"你这么聪慧,又这么可爱。这个名字一定与众不同。是不是叫蒻啊?小蒻。"

"啊。怎么可能?"小女孩惊讶地睁大眼睛,苍白的脸上因激动泛起红晕,"肯定是有人告诉你的。"

"是你妈妈。"我笑,指着女主人揭开真相。

小翦不屑地看了一眼旁边的女人:"她不是我妈妈!她真多嘴,怎么把我的名字告诉人家!"

女人脸色瞬变。会不会是后妈呀?我的处境有点尴尬。

"我是他爸爸的女朋友。"被戳穿了身份,漂亮的女人完全没有了刚才女主人的派头,她站起身,说,"想不到你带孩子有一套。行,就定了吧。每周来三天。你哪三天有空呢?"

"二四六吧。周六可以在白天,但周二周四只能在晚上。每次二个课时。行吗?时间久了,小孩子会累的。"我说。

"是拿月薪,还是按课时收费呢?"

"按课时吧。每个课时五十元,也就是每次一百块。没有乱说,按行规来的。"

"行。从后天开始就来吧!你先去和她玩玩再回吧。"女人漫不经心地说。

我心里有点纳闷,这女友当的。请家教这么随便,对老师的一切都不问。对孩子怎么能这么不负责任呢?

做人也真是矛盾。我现在需要这份工作,想那么多干吗?就这样吧!先干干再说。

"林老师以后就教你英语了,知道吗?"女人拿起包,用严肃地语气对小翦说,"我走了啊。你和老师先玩玩吧。"

"你的话不就是爸爸的话吗?"小翦虽极不情愿,但她还是拉着我的手说,"走,到我的书房来。"

小翦说的书房其实是一个玻璃花房,里面种了许多好看的花草。一串风铃在花架中荡来荡去发出好听的声音来。风铃下有一个藤编吊床,床上放着布娃娃。吊床边支着画架。

见篮筐里有好多画,我随手拿起一幅来看,是一个女人的侧面。

"你喜欢?"她并没回头,拿起画笔开始作画了。

"你的画很有功底。学了多久了?"我俯下身贴近她的身边。

"学了三年。三岁爸爸就教我画画了。后来,我又拜了一位名师。这位大师不容易请的。一年半载才教我二三次。"小翦静静地边说边画,完全没有了之前的娇蛮之气。

"好厉害。大师教你画画。他是谁?"

"你总爱打听人家的名字吗?"她放下画笔又不悦了。

真是小大人一个!

"多好啊!我像你这么大时,画笔都不会拿。"我想,这女孩太敏感,说话要小心。

"不如,你教我英文,我教你画画吧?"小翦认真地放下手中的东西天真地看着我。

"行啊!"我高兴地捏捏她的脸,真让人出乎意料。我还以为我的工作是枯燥无味的,这么看来会很有趣!

这是我第一次拥有一份工作,兴奋得不能入眠。头脑一热打开电脑,就想把这个消息告诉阿诺。回头一想,利用空闲时间工作就是为了摆脱他,充实我的生活。怎么能给他发消息呢?要不然这份工作就失去它的意义了。罢罢罢!

树欲静而风不止。他的信来了,是一封快递。

现在,收到阿诺的信就跟做贼一样。我担心被蔷薇看到。我怕她取笑我心口不一,想法与行动不一致。

我找了一个僻静的角落,手违背了意志,拆信的速度极快。

两只纸鹤。一首诗。

他在页眉用红笔写着:诗赠我唯一的比邻!字迹别树一格,很有风范。

我按住激动的心情开始读——

这颗种子没有打招呼
就埋入你的处女地
不管是开花
是结果还是收割遗憾
脉脉在南方生长
用泪水养活

想你长大后的太阳雨
能把它浇灌
现在不敢告诉你
害怕过早地枯去
我曾开过一朵稚嫩的花
被一个女孩摘去
结出一枚酸涩的苦果
你告诉我过去的总会过去
太阳每天都是新的
庄周梦里的那只蝴蝶
飞过历史在我的花园起舞
似乎说花开就摘吧
不要无花空折枝

下面附有多余提示：

一、能在两只纸鹤里找到你的名字？
二、这是真正产于南国，绝非工艺品。
三、此物系七年前所得，一直保存至今。
四、建议不要联想起王维的诗。
五、切勿靠近泥土，否则生根芽后果自负。
六、如果遗失，建议立即通知本人以免作废。

  再看两只纸鹤，不用找，用手捏肚子，里面硬邦邦的一定是"相思豆"了。我整个人热乎乎的，身心处于亢奋之中。我忘了什么时候告诉他我的小名了。
  我已不需再去深究他的举动，雾里看花的意境总是让人费解的。透过虚虚实实的文字，他也许是点头也许是摇头！无须知道，已不重要，因为我已沉醉，迷恋，不可自拔！
  我突然发现，他就像个悠闲的散步者，倒背着双手，不紧不慢地向我走来。他已走进我的心灵。

阿诺借物抒情，我是不是应该做点什么？

告诉他我爱上他了？

还是假装糊涂，翘首看他的行动？

我抓狂了。

我迫切想与他互动。一个只见其文的男人，他现在还是天边的陌生人而已。我岂能贸然迈出那一步？

我该怎么办？

控制。忍耐。

走在去小翥家的路上，不由得回想起初次看她的情景。举手投足间，让我看到她倔强叛逆、老气横秋以及脆弱敏感的心灵。她就如我幼时的缩影。从她的身上，我看到自己也曾是这样没安全感，拒绝和陌生人接触，害怕被人伤害。我以为，住在那样的房子里的小女孩，就应该是无忧无虑天真烂漫的。我不由得加快脚步，我想尽快看到小翥。那幢漂亮的房子里的一切对我来说还是个谜。

门开了，我径直走向小翥的书房。花房里静静的，风铃也死气沉沉的，没有一点声响。小翥躺在吊床上抱着洋娃娃发呆。

"小翥。"我轻声叫她。

她睁着无神的双眼无动于衷，一声不吭。

"小翥。"我摸摸她的小手，冰凉，"你哪里不舒服？"

"嘘！林小姐。"保姆在花房外示意我出去。她压低嗓门说，"小翥又犯病了，刚才吃了药。李先生有生意要谈赶着走了，她就生气地躺在那儿拒绝和别人说话。你刚刚来，不要奇怪。她一会就没事了。"

"小翥是什么病？"我吃惊地问。

"心脏病！定期会有医生上门检查。万幸，听说过不了多久，就可以做手术了。"保姆说完下楼了。

挣钱有那么重要吗？我想。女儿病成这样，为什么不陪在身边？

这时小翥已换了个姿势趴在床上，眼珠开始东瞅西瞅了。

我俯下身去捡她丢得一地的东西。这时，她突然跳下床暴跳如雷地吼着："不要了不要了，把它们都扔出去。爸爸都没时间看，要它们有什么用?"

"谁说不要了?你画得多好啊!我来时在路上碰到你爸爸,他说要我好好照顾你,还说你的画最近有明显进步呢!"有时候撒谎是不经意的。

"你见过我爸爸了?"她静下来。

"是啊。你爸爸要是不同意,我能做你的老师吗?"

"那是。就凭那个女人怎么能做我的主?"小翦心安地笑了。

收拾完花房,我想我还是回学校做功课。小翦状态不好,恐怕没精力听课。

"不行。陪我吃晚饭吧。"听说我要走,小翦拉住我的手,"一个人吃饭好闷啊!"

"平常妈妈不陪你吗?"我这个人有时还真是多事。

"我妈和我爸离婚了。她嫁人了。我不想去她家。再说,她也讨厌我这个药罐子。"她说得平淡,像在说别人的事。然后故作轻松地望着我,"现在有林老师,我就开心了。"

"这么说,我们已经成为朋友了?小翦,别叫我老师,叫我姐姐好了。"

"好啊!"小翦异常兴奋,表情调皮极了,"你做我爸爸的干女儿吧。我们就是姐妹了。"

"做不做干女儿没关系,一样可以做你的姐姐。"

"做了干女儿,你和我还有我爸爸不是更亲近吗?"小翦一边说着一边把我往餐厅拉,"吃饭了。"

这么小的孩子还挺世故,懂得拉人情套关系,真是一时天真一时老成。我偷笑着。

午餐很愉快。这可能是小翦难得的一次胃口大开,保姆乐得来回跑着张罗。吃了饭,按照保姆提示,我又哄着她吃了药上床睡觉。冥冥中觉得小翦似乎与我有千丝万缕的联系,看着她的小模样,我就想到我的从前,竟有种同病相怜的感觉。

小翦睡着了,时间已是晚上九点。

可能没有回学校的公交车了。我想。

我慌张地小跑着下楼,在楼梯拐角处一头撞进一个男人的怀里。

弱小的我抱着头眼冒金星蹲在地上，而那个人像没事一般，一动不动站在那儿，身上散发着沐浴露的味道。先入我眼的是一双穿着拖鞋的大脚，接着是白色的浴袍，再往上看是裸露的胸膛。像是刚洗了澡。我吓了一跳，不敢看！缓过神来的我赶紧低下头。

什么人？是男主人吗？我想。

"虽然是我撞到了你，可受伤的是我。"我的胸口闷痛着，"怎么一点都没同情心？"

"现在道歉不迟吧？"男人说，声音好熟，在哪里听过。可是，一时却想不起来。

"我扶你起来。"一双骨节分明的大手伸到我眼前。

我还没点头，他就抓着我的胳膊把我拉了起来。

"什么人哪？"我心里怨着，想看清这个男主人的脸。

"好久不见！林比邻。"

我一阵眩晕。怎么在我身边有这样的奇迹发生？我不敢相信自己的眼睛。但是刹那间我清醒了。那个人两鬓有了白发，眼角有了鱼尾纹，但是他还是老样子，睿智的眼神，含笑的嘴角，还有那双大手的温度。我坚信，是他出现了。李卓贤！

哎，女人的皱纹是丑陋的罪恶，男人的皱纹是精美的雕刻。看他的气场，他的身份地位似乎发生了翻天覆地的变化，在我眼前的应该是一位成功的商界精英了。跟我打招呼，尽管只有短短几个字，语气与往日不一样了，一副居高临下的派头。他似乎竭力隐藏着在商场中练就的锋芒不让它流露出来。可我还是体会到了。

"走，到那边聊聊。"他牵起我的手，还是那么自然，可是我却浑身不自在。

我们在走廊的边椅上坐下。说是聊，他却不说话，只是看着我。

"李老师，我们是偶遇吗？"

"当然是偶遇了。缘分真奇妙！"李卓贤抿着嘴一笑，"我们本来可以早相见的。上月去你学校办事，你正好从我车前经过。当时就想叫住你呢。而我有生意要谈，就急着走了。本想去学校打听你来着，奇迹出现，你来到了我的面前。"

"为什么要找我呢？"我明知故问，"我就一小屁孩啊！"

"你就是我的心病。"李卓贤叹着气，沉默了许久，说，"那年没考虑年少的你，给你写了信，害得你连书都没法读下去。后来听说你也走了。我就在想，你的前途会怎样呢？如果耽误了你的学业，毁了你，将是我这辈子最痛苦最遗憾的事了。所以，离开家乡后，我拼命做事，想挣大钱，然后再去找你，给你创造最好的生活环境。说起来好笑是吧，放弃做教师，挣大钱就是我最大的理想了。"

李卓贤的话让我不敢相信。挣大钱的理由是因为我？我能给他这么巨大的动力？

"四年不见，都发生了大变化。您今时不同往日，而我，也不是那个前怕狼后怕虎的小姑娘了。我长大了，我思想成熟了。您以前呵护我，开导我，至今让我记忆犹新。十五岁的我哪里懂什么爱情？看着您离开，天塌了一样，可以保护我的人没有了。但是，随着您的离开，我也长大了。我都十八岁了。"

"是不一样了——"他大呼一口气站起来，"好吧！我送你回去吧！"

"你不换衣服？"我指指他裸露的上身，笑。

"那我去去就来。"他难为情地跑进他的房间，不一会儿焕然一新地出来。

见我盯着他看，他说："老了？"

"不是啊。永远三十岁。"我说。

这个马屁拍得他很受用，心情与之前相比好了许多。送我回去的路上，我们没怎么说话。分开多年，一时找不到话点是正常的吧！从内心来说，总觉得出现在我面前的是两个李卓贤。不知哪个李卓贤是我应该好好凝视的。

回到寝室，回到现实中。我喘了一口气，像活过来一样。

距离产生美是没错的！想象是无限的，在深夜，那个没有脸谱的陌生人时而儒雅霸道，时而忧郁冷漠，时而多情深沉。他在我的脑海里沉浮着游移着，诱惑着我的心灵。

我要揭开那张面具！有个声音在我心中尖叫。

QQ上显示阿诺明天生日。我能装作不知道吗？我想。应该表示一下的,这是礼貌。

想想送什么好?千里迢迢物质上的就免了。

看到桌上的音乐盒,我有了灵感。做个电子贺卡,配个好听的音乐和文字不就是个好礼物吗?

想到了好点子心中很是兴奋。

趁大家都睡了,我在电脑上开始制作。虽然熬着夜,心情却是愉快的,配上一首老歌《千纸鹤》,再写上要说的话。

阿诺:
年龄不是距离,外貌不是问题。就看心与心能否相连?
生日快乐!

哎呀!我的举动就跟村姑为情郎绣鞋垫似的。

这是我吗?是林比邻吗?我不敢正视自己。

"快睡吧!"蔷薇叫,"明天要起不来了。"

一周后,阿诺的快递像鸿雁飞来。

比邻:
收到你的贺卡,我感动了许久,觉得很幸福!这一切使我措手不及,沉思静想多日,迟复为歉!

现在,接着那天未完的话题。此时,是"六一"儿童节的最后几分钟,晚风带着一丝海味从窗口飘来,在午夜时分与你交谈,你,也许进入梦乡。你的话题是个严肃认真的主题。我不否认当初与你"建交"时有些"诗意"的想法,但那毕竟是瞬间的"意念",还有很重要的因素,我不准备告诉你。记得有一次对你"悬念"过,你最好不要问为什么,这样你会伤心,而我不想伤害你,你是一个纯纯的女孩。

我试图回避面临的话题,也为此而"三思而后行"了些日子,但面对你的投入,我不忍心让你难过。诚然,"伤心总是难免的",但你在求学,身心的健康直接影响你学业的成败,如果我就这样沉默下去，对你是不公平的，对我也是不负责任的。你为我付出那么多（思念，牵挂），难道我真的不会感动么？

1999年，家弟先结婚了。（我无姐无妹，只有一个弟弟，小我十岁。）本来愚弟是等我春节回去之后再举行婚礼的，但因风俗习惯，认为兄长尚未婚配，不宜让兄长参加，便提前了。我很难过，当天在海口喝了很多酒，毕竟是我唯一弟弟的婚礼，一生一次的大事，为兄不能亲躬，是我一生之遗憾。上月下旬，弟弟来电话说，我做伯伯了，弟媳生了个大胖小子，我自然很高兴。乐极生悲，夜凉时又想自己这么多年背井离乡，一事无成。

想起自己至今孑然一身，就想哭。而故乡亲朋好友，势必为我担心了。特别妈妈，当春节返乡时，妈妈都哭了，泪水几乎打湿我所有在外漂泊的日子。爸爸不言语，爸爸是把最深沉的父爱藏在最深的心灵。照此来说，我的确该有个对像，该有个家了。

我不否认，也不夸张，确乎"许多"女孩子对我有梦想，有"那个"意思，有见过面的，有素昧平生的，这令我很幸福很感动。但我也不否认我的"爱情"正如登楼，我上楼时她正下楼，我下楼时她正上楼。就这样错过，多少佳期难定。

关键是我，在商品经济的繁华都市（你可以想象，但无法理解，至少现在）衣食住行比艺术比爱情重要，而我浪迹天涯，居无定所，我亦渴望有"家"，可现实生活总是粉碎我的梦。于是，早些时候我便决定，在没有一定"物质"（至少有一套属于自己的房子）基础上，我拒绝婚姻。这是很现实的问题，外面的世界很精彩也很无奈，我没有"能力"让她幸福，使她受苦受累，这是我不愿看到的。宁可终身不娶。

我便拼命工作，辛苦挣钱。我不否认曾经辉煌过，但后来因种种因素的影响（政治的、经济的、个人意识等方面），到如今，我几乎又回到我12年前来海口的起点。

上封信流露些许困顿，我不想说得太深刻。毕竟你还是多梦季节，在梦季是鄙视物质重视精神的。尽管你以后会明白，哲学意义上的"爱情"，尽管你知道"物质第一性，意识第二性"的基本辩证法。但在这个时候要你接受我的观点，是不合适的。

还有很重要的一点，我们不能忽视，我们是不是浪漫到了极点，彼此仅凭数信就"私订终身"，是不是大家都不负责？诚然，我们懂诗意，懂人生和生活，甚至懂感觉。但我同样深谙实际。你还单纯，可塑性很强。现实生活中的我，与诗中，与信件，与文字你不能简单地联系在一起。也不能靠想象把我美化了。请记住这段文字，如果你以后见了我，免得"骂"阿诺是个"骗子"——揭开面纱，他其实是个其貌不扬的家伙，个头并不高大，甚至可以说是"二等残废"（但残联拒绝我入会）。老实告诉你这点，同样对你很重要。还有很多缺点，比如抽烟喝酒什么的便不提了。反正，我不是你所想的那个人。我是阿诺，一无所有的阿诺。

由于家弟成家得子的影响，原来计划在适当时了却家父心愿，也就是说在四十岁之前结婚（虽然现在没有严格意义上的"对象"，但我觉得人要结婚似乎挺"容易"?）再说，我确实很累很累了。现在好像有些动摇了，你可以参见之前给你的信之结尾一段，也可以参见本信第二页之第三段。总之，我近来越来越坚定抉择，人生最有意义的事，那就是如果星辰不陨落的话，我愿意等你。现在，让我们好好爱自己好么？

补白："六一"儿童节的早晨九点，我坐在窗前正在"思考"，同时，读《千纸鹤》歌词，玩味之间睡着了，梦到你。

阿诺

看完了信，我的内心并不是惊喜反而变得沉重了。之前的期待让我觉得自己可笑。貌似情真意切的一封长信，一语双关，暗藏话外音。感觉是我自作多情了？我心里有点恼。哑巴吃黄连，有苦说不出！

只能找蔷薇帮我把脉。我拿不准这个男人，吃不透他了！

"狗屁话说了这么多，就是拒绝你。"蔷薇咬牙切齿地，"看着几百字的信，真真假假有多少真诚在里面？看吧，天天引诱你，你一认真，他就跑。什么物质第一性意识第二性，他用'没钱'在搪塞你呢！这种人他就是专玩女性的骗子。"

我从头到脚的发凉,像是被人泼了一身冷水。

"他真是老手。"蔷薇指着信中的几句,"先说自己的窘境,再说自己差强人意的外貌。看起来是先小人后君子,言外之意,'瞧得上,还是瞧不上,我就这样!'"

好!就这样吧。我想,我的尊严不能被他摧毁。

我决定不上网了。多学习,多做事!

学校图书馆前的草坪是我的最爱。每次见到它,就像是见到分开已久的恋人,直想扑到它怀里被它抱一抱,享受久违的亲昵。

我们笑着跳到草坪上。那个熟悉的背影跃入我的眼帘,扰乱我的心情。陈教授的疯太太丑态百出地在他面前张牙舞爪,他坐在那儿,依然是没有表情地盯着远方。或许他已习惯了他太太的一举一动,他对这样的生活早已麻木了。

"走吧。"我和蔷薇她们准备悄悄地离开。

陈教授站了起来,一转身便看见我们几个女孩子。

"林比邻。"他叫我。

"哇,他叫你干吗?怪怪的。"蔷薇说。

"林比邻!"他又叫,还朝我招手,示意我快过去。

我犹疑着,片刻,还是小跑过去。他的疯太太见我过来,咧着嘴对我傻笑。

"有事吗?教授。"我一边问一边提防着那疯女人,因为她看见我跟他丈夫说话,眼神变得好凶恶。

"不要怕,她现在状态很好,不会动粗的。"陈教授说,"你能不能抽出一些时间教我儿子一些电脑的基本操作?"

原来要请家教!这是教授,我不好拒绝,他要给我学分的。我想。

"好吧!"我说,"一三五晚上好吗?您知道平时要上课的。"

"工资呢?"陈教授笑着问。

"没几天他就学会了。再说,您是老师,谈什么钱啦!"

"那好吧,我会通过其他方式感谢你的。"陈教授指着东边的方向,"我们住在职工楼7栋1单元。明天正好是周一,晚上见吧!"

有点小兴奋。与陈教授搞好关系，以后在学业上希望他多给我开点小灶！

我挥挥手跑了。

"好事？"时辰问，"看你眉飞色舞的？"

屁股还没在草坪上坐定，小女人们围上来。

"又兼了一份工。"我说。

"你怎么找工作这么容易？"李伊然有点不爽。

"哎呀！不与钱挂钩的。"我说，"给教授的儿子上电脑课。"

"什么？"时辰大叫，"听说他儿子自闭，很难对付的。"

"不会吧？"听了，我心里发虚，"你哪里听来的小道消息？"

"我是什么呀！"时辰得意地拍拍胸，"军区的人在这儿就跟老熟人似的。我爸偏头痛，陈教授给治好的。"

"别去了。吃力不讨好！"蔷薇也劝阻了，"其他什么都不说，就说他老婆，仇视一切女人。那是个精神病患者，做了什么事不承担责任的。"

他们这么一惊一乍，我有点后怕。但是，该怎么回绝呢？刚才还一口答应了。我看了一眼不远处坐在花坛边的陈教授，凄凉的背影让人有点不忍心了。

"没事。先看看再说。"

事实证明，小伙伴们的劝阻是对的。我度过了一个惊险的夜晚！

去之前打了电话，教授和蔼地站在门外等着我。

进了屋，里面暗红色的中式家具，太师椅、八角桌、木雕、屏风，我以为自己进了一个博物馆。

压抑！术有专攻的陈教授，医学界赫赫有名的陈教授，难道不知道这样沉闷的摆设，对家中的精神病患者是一点好处都没有的吗？

我小心地四处张望了一下，没有看见他的疯太太。

在哪儿呢？我心里犯嘀咕。不会突然跳出来吓人吧？

"我太太在园子里。"大概是看穿我的心思，陈教授领着我穿过客厅走到窗前指给我看，"我跟她说有客人来，她很开心，还打扮了呢！"

我举目望去。夕阳下，一个身穿黑色的天鹅绒长裙的女人提着水壶正全神贯注地浇着花。

"渴了吧？小宝贝儿。"她自言自语着，"一个一个慢慢来。"

与昨天判若两人。今天这个人举止优雅，神情娴静，和正常人无异。

她察觉到了我们，顿时丢掉手中的壶，像受惊的兔子闪到屋内。

"老陈，她是谁？"

见她疯态慢慢显现，我有点吃紧。

"是宝宝的老师，来教电脑的。"陈教授上前握住她的手，"进屋休息吧！"

陈教授的安抚很受用，她镇定了，冲我笑着又回到花园里。

我松了口气，进了他儿子的房间。

一个十岁左右的小男孩正在电脑前胡乱地点着鼠标，嘴里烦躁地嘟囔着。

"他叫宝宝。"陈教授说，"有点自闭不愿出门，只喜欢玩电脑。我希望他多与人接触，所以请你来教教他。"

"行，我试试看。您忙去吧！"

来了，只有硬着头皮上了。我想。

"我在书房，有事就叫我。"陈教授说完走了出去。

我犯难了。这个一言不发的怪孩子就像刺猬，无从下手。

"宝宝，你在玩什么呢？哪里不会，我教你吧？"我问那孩子。

不吱声。

"来，有个游戏可好玩了。让我给你下载啊？"

没反应。

"看样子电脑很棒，新买的吧？"

我伸手摸了摸显示屏。

"别动我电脑！"一声不吭的男孩突然抓住我的胳膊，一口就咬下去。

"啊——"钻心的疼痛！我狠狠地推开他，男孩大哭起来。

"你这个坏女人。"我还没有从疼痛中反应过来，脖子被人从后面掐住，我知道是陈教授的疯太太。

我挣扎着。这疯女人的劲比牛还大。我要叫，叫不出声。

我不会冤枉地死在这儿吧？这样的死太没有价值了。我想。陈教授哪里去了？

那个男孩拼命地哭着。此时，我希望他哭得大声点。

挣扎中我踩到疯女人的脚，疼痛让她的力道变轻了。我趁机狠狠地用手肘击打她的两肋，咆哮中她松了手。

陈教授终于现身了，手里拿着耳机。天哪！他竟然有闲情听音乐？没法理解。

我真是个二货啊！我在心里骂着，狼狈不堪地逃出了7单元1栋101室。

当我衣衫褴褛地跑回寝室默默啜泣时，把蔷薇她们吓了一大跳。

"这个禽兽。"蔷薇跳起来，"走，到学校派出所报案去。"

"报什么呀？"我一边抹泪一边说，"他够可怜了，就给他留点尊严吧。"

"什么？我没听错吧。"欧娜走过来，"他强奸你，你同情他。这是什么逻辑啊？"

见他们误会，我笑了。

"是他老婆发疯把我弄成这样的。还好保住了小命。要不然一命呜呼，到哪里申冤啦！"

电话响了，陈教授打来赔礼道歉。

"对不起，在学生面前我犯这么大的错，都是我欠考虑。"

我也是有错的，明知不可为而为之。我连连叹气坐到床上。

9

我现在特别怕闲下来。人一闲，脑子就忙起来了，尽想一些不切实际的事。我发现想得太多，人的心灵会变得很脆弱。特别是在晚上，我不想独处，不想让那个阿诺钻空子。

不知是不是周末，李卓贤很意外地陪着小翦在画画。见我出现，两人都显得特别高兴。

"姐姐，你闭上眼。我有一样东西给你看。"小翦神秘地说。

我看了李卓贤一眼，他笑得像个阴谋家。

"必须吗？"

"有这个必要。"

小翦惹人爱的样子，我想我应该配合，不能扫兴。我顺从地闭上眼。

"我数 10 声。"小翦说："1——2——3——"

我听到折纸的声音。

"行了吗？"我说。

"等等！4——5——6——可以了。"

被我一催，小翦动作麻利起来。

我睁开眼。

"看吧。这是什么？我今天学会的。"小翦兴致盎然地拿着一个红色的纸青蛙。

"谁教的？"我问。

"爸爸。"

"不记得了？折纸青蛙还是你教我的。"李卓贤深情款款地望着我。

"我忘了。"我不喜欢他用这样的眼神看着我，我转过脸去看小鬲，不想与他对视。

"我学得快吧，只用了几分钟。"

"你教的啊！你竟然不记得了。"他心有不甘。

我怎么会忘了呢？可是，李卓贤的动机我心里十分清楚。我不能让他抱有幻想。

"这么多年谁还能记得啊！"我说。

"爸爸，不要紧。姐姐忘了，我来教她！"小鬲说。

"我们先上课吧。姐姐回去晚了可不行。"我对李卓贤说，"你先出去吧。不要打扰我们上课。"

李卓贤无奈地耸耸肩走了出去。

时间一晃而过。李卓贤双臂环抱地站在花房外，一副无谓的神情。可我看得出他在等着我收工。

"我送你。"他说。

"你不陪小鬲啊？"我说。

"有陈婆。"他说，"这么晚，我是不放心让你单独回去的。还有，小鬲吩咐的，以后我要做你的专职司机。"

"随传随到？"我笑，"要是那样，该被人说闲话了。要不了多久，什么小三、二奶、富二代就成了我的代号了。"

"那是你多想了。"李卓贤说，"我是有分寸的。"

"车钥匙。"小鬲真是人小鬼大，用紧张的语气说，"姐姐，还是我爸爸送你吧。你这么漂亮，路上很不安全的。你没看新闻吗？最近好多女孩子出事了呢！"

我被她逗笑了。

在小鬲的目送下我们走出了门。

"不用你送。小鬲才是需要你的人。"对于李卓贤，我的立场一定要明确。丁点暧昧的言行都可能让他误会。

"免费的车你也不坐？"他在身后紧跟着，他的司机开着车紧随其后。

"不坐。你回去吧！或者找你女朋友去。"

"我哪里来的女朋友？"他用玩世不恭的语气说，"一天不住进我家都不算是我的女人。"

男人有了钱，都来这套。反感！

"合作一点吧。小蕲正看着我们呢！"

"千里眼？"

"高倍望远镜。这丫头鬼着呢！"

"看来，我非得坐你的车了？"这点我相信。

"是！"

他招招手车子停下来。

如今的李卓贤是个有魄力的男人。他认定的事，想方设法也会做。我这次依了他，有了初一必有十五，他会上纲上线与我纠缠不清。

"不坐。我还是走平民路线的好。"我说。

"不行！"不待我反应过来，他一下子把我拦腰抱住扔进车内。然后，他快速坐上驾驶位并锁上车门。

系上安全带猛踩油门，车子在他的操控下像箭一样飞驰而去。我呆坐着。

"有福你都不会享。我挣的钱将来都给你。你嫁给我他们还会说什么？单身男女在一起还怕别人说？我又不是和你偷情。"他也不看我一眼自顾说着，根本不在意我的感受。此刻，李卓贤对我来说完全是陌生的。他的言论他的举动跟土匪没有两样。

财大气粗的土匪！

"原来那个叫陶醉的你们还联系吗？"

陶醉？他是如何知道陶醉的？

"有了几个钱还真是无所不能！"还用猜吗？八成花钱打听我的一切了。

"你是在讥讽我吗？"他"嘎"的一声把车停在路边，"你原来不是这么跟我说话的。"

"现在我是成人。有思想有主见。你找人调查我是侵犯了我的隐私。"我大叫着，"开门，我要下车！"

"我所做的这一切都是因为心里有你。"见我情绪激动，他转过来拉着我的手，"我错了。我向你道歉！别生气了。"

"那快点送我回去！"我闭上眼。隐藏在我心底的那个人，我一拳彻底把他击碎。

　　车子开动，我们各怀心事，都不说话。车外淅淅沥沥地下起了雨，路面湿了。没多久，不平的地方积起了小水洼。我的心就像这湿漉漉的雨夜糟糕透了。

　　先敬罗衣后敬人！保安都不过问便放行了。开着豪车的李卓贤直接把我送到了女生宿舍楼前。

　　"快走吧。别让我同学看见了。"不待他拉开车门，我自行下了车。

　　"我见不得光吗？"或许是我的话激怒了他，他走过来一把捧住我的肩埋下头狠狠地在我脸上亲了一下。

　　我一把推开他。这个比阿诺看起来还遥远的人，我不认识他了。

　　我们就这样僵持着，任雨水落在身上。

　　"你这是存心的。"内心的怒火漫延至脸上。我无法沉着应对这个人了，我说，"我不会再去见小翥了。"

　　"再见。"说到女儿，他投降了。

　　我向楼里走去，夜色下陶醉的身影在门口的大树下一晃而过。

　　他来找我了吗？他是否看到刚才发生的一切？他会怎么想？他不要伤心才好。

　　不只是陶醉，蔷薇与室友们都目睹了李卓贤强吻的整个过程。

　　"你的桃花运真是不错。那辆车是奥迪么？"李伊然说。

　　"何止不错。是乱花渐欲迷人眼，浅草才能没马蹄。"蔷薇说。

　　"别取笑了。"

　　我疲软地躺在床上。不要想，不要想，什么都不要想。我在心里说。

　　"陶醉回来做论文答辩了。"蔷薇叹着气，"他说不想打扰你，只想远远地看看你。他一直在下面等你回来。做完答辩，拍了毕业照，他就真正地要离开这所学校。下周，你抽个时间吧，我们为他饯行。"

　　"好吧！一切你安排。"我说。

　　"他要离开了，你一点感想也没有？"蔷薇问。

　　我能说什么？不只是她们，我都觉得自己是铁石心肠。或者说，我的心已被他人占据，腾不出一点空隙。

尽管蔷薇那天把阿诺说得体无完肤批得血淋淋的，可想念他的心反倒是更加炽热了。我清楚地知道我已不知不觉中了他的毒，陷进他编织的情网无法自拔。

我再次践踏自己的诺言，打开电脑。没电邮。

电话？看着墙上的电话。为什么不给他打电话呢？

无可救药的我！

我找出他给的名片，按上面的号码拨了过去。

打过去是电话录音。

"我去深圳出差，有事回来联系。留下您的口讯。"

虽然没有在线，但会不会有离线消息？我登上 QQ。果然，电脑右下角他的图标正有节奏地跳动着。

点开。

他说——

今年来，遇到一些曲折。渐渐有些转机，但还需要做些更大的努力。几天前，看到再版的席君诗集，想必你也会喜欢，便送你一套（已寄出），虽然是别人的思想，但望有自己的感受。

"只要你过得比我好……"这句歌词的背后包含了更深层的祝愿。以致我现在的努力，似乎就是为了今生的你了，现在和将来，我都默默承受。我去了深圳了，回来后再叙，好不好？请你好好珍惜自己！拜拜！

十多天来阴郁的心房一下子变得敞亮。

最近特别爱做梦，不是在梦里笑醒就是从梦中哭醒。我告诉阿诺，他说只因你在花季。或许是吧！我和他一百多个日子都在想象与思念中度过，所以连梦都那么情绪化了。

今天又做梦了，梦到自己怀了孕生了小孩。惊醒后抑郁万分时，小蕲走到我的床前。

"谁带你来的？"

"陈婆！"

"怎么啦？"看着小蕲可怜兮兮的样儿，我心跳加快，"出什么事了？"

"爸爸要死了！"小翦说，"他那天送你回来后开车出了车祸。"

我不敢相信自己的耳朵，好好的人怎么会——我一连两周没去给小翦上课，会不会是李卓贤利用年幼的女儿演的苦肉计逼我现身？要真是那样，就离谱了。不过，他不是拿女儿的健康开玩笑的人，小翦可是心脏不好的孩子。

猜想没用，去看看吧！

李卓贤的情况的确很糟糕。在小翦的眼里，这个头缠绷带、脚打石膏的父亲像是命不久矣。现在我放下心来，能回家休养应该没那么恐怖。

"陈婆！您带小翦去休息。这里有我，我今晚留在这儿。"我说。

"我也要在这儿。"小翦说，"我和你一起陪爸爸。"

"人多会影响你爸爸休息的。他现在需要静养，才能好得快。"

对于小翦来说，父亲是天。听我这么一说，便乖乖和保姆走了。

熟睡的李卓贤没那么让人烦。环顾四周，白与灰之间只有床头灯那一抹红色。房间的陈设让我看到一个简单男人的简单生活。难道，在江湖中的他不得已学会了伪装，是不是偶尔会忘了卸下那张浮华的面具？

我宁愿这样相信。相信眼前这个男人如他的卧室一样，高贵朴素有质感！

他醒了。

"我要上洗手间。"他说。

这是给我出难题了。

我看看他，右手左腿都挂了彩。虽然厕所近在咫尺，但是要平稳地走过去实属难事。

"旁边有拐杖。不用你扶。"他语气像是对我不满，皱着眉头说，"快点，我憋不住了。"

我急忙扶他起来把拐杖塞进他的左手。我想，他要起立有点难度。患处一左一右，人不能平衡，拐杖也就无法协调使用。

果然，任凭他使了吃奶的劲，也没能走上三步。迈出第三步时，他就摔倒了。

"啊！"我吓得蒙上眼睛。

这一摔，痛得他直冒冷汗，侧趴在地上起不来了。

"应该请个护工。"我蹲下身拉他起来，但是面对他 70 公斤的体重我只有叹气的份。

"你就不待见我？"他说，"我要拉在裤子里了。"

看在他是病人的分上，我不想与他计较。没力可使就帮他借力吧！我把床头椅拉到他跟前。

"你的手要撑在椅子上，我再抱住你的腰。"我说，"咱们一起用力。"

尽管很勉强，在我的努力下李卓贤的屁股终于坐到床头椅上了。

"拿你没办法了，你现在就是一个软骨人。"我找来洗手间的一个痰盂放在他面前，"将就用吧。"

他难为情地说："会洒在地上的。"

"洒在地上好呢？还是拉在裤子里好？你方便吧，我出去了。"

"求你了。把痰盂递到我手中，然后转过身拉下我的裤头就行了。"

一泡尿难倒英雄汉。看他可怜的样子，无奈，只有依他了。

许久，终于听到"嘘嘘"的声音。我舒了一口气，摸索着帮他提上裤子，然后拿走了痰盂。

回来看他，已是大汗淋漓。

"你走吧。不用管我了。我等一下打电话叫护工。"

"那我走了。"我说着走了出去。

"你真的走？比邻。"他的叫声充满绝望。

我在外面恶作剧地偷笑，不理会他的呼声。当我再次拿着湿毛巾出现在他面前时，他又哭又笑的表情像个小少年。

我请了一周的假专门去照顾李卓贤。因为总不在线，阿诺话多起来，他给我的手机发来短信。

"你最近很忙？"

"是啊。因为——"我在想我该对他怎么说。

"因为生病了，在医院里。不想让你担心。"这是善意的谎言。我对自己说。

爱情就是猫抓老鼠的游戏。蔷薇说。

我扮演的是"猫"还是"老鼠",我不知道。

"快递!"蔷薇说着坐到桌前,拿着眉夹对着镜子准备修她的细眉,"女人的眉毛就跟男人的胡子一样,一天不修就乱糟糟的。"

比邻:

你好!

那天你说你生病住了院,这个"消息"我知道得太迟。如果我在成都的话,会立即去看你的。除了送一束鲜花,还会带上你爱吃的零食。你喜欢吃什么零食?

给你安慰给你关怀给你照顾是我最大的心愿,然而的然而是不言而喻的,你要谅解我了。

现在,你的病好了吗?打针的地方还疼不疼?是不是孤单和寂寞?

哭鼻子了吧?

"老郑"曰:"他说风雨中这点痛算什么,擦干泪不要问为什么……"

我是在临乘船赶赴湛江后,坐开往成都方向的火车去柳州等地的前几分钟,接我们的轿车已在楼下时收到你的短信。手里的火车票真是诗意,居然是开往成都方向的×××次列车,这是走向你的方向。

而此行的目的是非常沉重的,旅途是不愉快的。如果再多坐几个小时便能走向你(在途中我还和我的朋友戏言干脆回成都吧,那儿有牵挂的人,此君的女友在某房产公司)。然而,我的目的和愿望不是那样的。

最近的一些不顺心的事接踵而来,我本不想告诉你,毕竟你还是单纯的学生,对人世的艰辛,生活的风雨还待慢慢去体会。我当然不想将我的烦恼扰乱你的平静,让你平添一份忧愁,于学习于生活都不好。但刚才很烦躁地躺在床上,想找个人倾诉,然而四壁空空,想说找谁说去?我是前天晚些时候回海口的,许多来信来稿都没有心情处理,包括你——我是想心情好些了再给你电话(我们还未通过话呢),也没打算写信给你。就在方才一瞬间,我寻思如果有

"另一半"的话，肯定会一吐为快，然而在这之前，如果没有承诺会变成真实的话（还可以用几个假设词），我只有对你说了，不妨把自己扮进角色中，是我今夜的感觉。

有句广告词云："其实，男人更需要关怀！"

读到此，云里雾里了吗？

其实，不是我故意卖关子，是我此时复杂烦乱的心情的文字体现。

就说此行的目的罢。我有个本家叔公，应我此行之邀来到海南，帮我打点"业余生意"——有待开业的川菜馆。在成都坐火车至南宁的途中，在贵州境内他所带盘缠几乎被扒手偷光——只剩五十元。他在广西宜州给我打电话，我叫他立即找个旅馆住下，我马上汇钱过去，但住下后一定再来电话告知我详细地址。那是本月九日八点的事，放下电话后，我便再等电话响起，然而等了三天三夜，铃声响了无数，没有一个是我期盼的。一定出事了。我心神不定，着急忧怨。实在坐不住了，便约了好友踏上寻找的路程，到宜州，至南宁，返柳州，下北海，均无踪影。马不停蹄五天，风餐露宿，毫无所得，加上心情紧张，我瘦了一圈。回海口这几天，我吃不下饭，睡不着觉。我的这个本家叔公人很老实，家居乡下，老婆孩子整天心急如焚，家父也忧心忡忡，每天和家里通电话，我的家庭每天都笼罩着阴郁的气氛，我在外面能安宁吗？

到今天我已搞了十三年新闻文化工作，经不住商品经济的冲击，第一次"下海"办实体，然而"出师未捷身先死"。刚才写到第二页的时候，接到一个老大姐的电话，她说下午为我去卜卦。说很不吉利，叫我放弃川菜馆。我是把所有积蓄都投入到前期准备中了呀！眼看就要成泡影了，在这个时候我的心情你懂了吧？

在柳州，与朋友聊天，我又一次确定我人生的目标——2003年之际，我要拥有自己的房子和自己的老婆（最后一项很有意思吧，你愿意等我的话）。我要为这个目标去奋斗，我要重新调整自己，重新布置生活。为了那天，哪怕头破血流——你那时如果是医生就好了，可以为我包扎伤口——你也要不懈努力。

并非我俗气，这是现实生活和需要，等这一切实现以后，我便好好过日子，甚至找个古朴宁静的乡村去写作。

也并非十八九岁才有梦，三十四五仍有梦。只是梦的内容因不同年龄阶段有不同的含义而已。其实，人的一生就是不断做梦的过程，破碎了再做，一直到老死，我们都有许多遗憾。

人呀，难啦！

在我的本家叔公未有消息前，这段日子我是不会开心的。我多么盼望奇迹能够发生，那便是我石头落地的时刻——愉快的时刻——毕竟钱财是身外物，找到了人就有了一切！

你的生日不远了，我会兑现承诺的——写诗。听话吧，好好养息自己，明天会更好！

阿诺

看了阿诺的信，我心里久久不能平静。所有的来信阴沉多于明朗，困境老是像巨石横在他的眼前，总也移不开。不过，在困难面前他却像弹簧，越压就越强。

我多么希望他哪一天捎来的是逍遥与自在啊！他不开心我也打不起精神来，觉得自己头顶总盘旋着一团乌云。唉，何时能拨开云雾见晴天呢？

想起自己谎称生病住院，一定平添他的烦恼了？我给他QQ留言说：不用为我担心，一切都好。已出院！

我们几个女人收拾妥当。蔷薇拿起最爱的小皮包说："出发吧！"

兰特伯爵——一处很有品位的西餐厅。那阳春白雪的感觉足以诱惑我们这些涉世未深、憧憬浪漫格调的女孩子。

几次经过这里，看见那个露天的花园，忍不住就想进去看看。因为囊中羞涩只好作罢了。

托陶醉的福我们今天来到这里。

奢华一次吧！我和蔷薇合计，各自拿出一个月的薪水。要是消费超额的话，就由小伙伴们凑份子了。

初夏的晨光下，兰特伯爵花园里牵牛花缠绕着铁艺桌椅，一柔一刚，相得益彰。

女孩们压抑着内心的激动，一副淑女的姿态穿过牵牛花园进入餐厅。随意朴素的酒桶形木门，更吸引眼球是那用蒸馏罐大铜盖子做的饰物架，目测直径足有五米，上面挂着许多与酒相关的主题物件。有趣！还有个金发小男孩正在上面跑小火车。

侍者带我们进入"施瓦姆厅"。映入眼帘的是讲述格林童话的彩绘玻璃，共有十幅。浓郁的异国情调让人迷醉。

"一会儿有地道的德国啤酒，你们悠着点喝，别醉了出洋相。"我对蔷薇说。

我们坐定，只等贵客陶醉了。从虚掩的门缝，穿着巴伐利亚风格的服务生端着托盘来回跑着，一阵阵菜香扑鼻而来。

开始点菜。菜价让大家吓得相互推让，吐着舌头。

"有点小贵！"蔷薇小声对我说。

"来了就要吃好喝好，不是吗？"我拿过菜谱，"考虑到大家是第一次吃德国风味的食物，按人数适当地少点些。"

"听说烤猪肘和香肠是这家的特色。"蔷薇说，"不如每人来一份好了。"

"都是肉啊？"李伊然说，"太腻了。"

"这样吧。烤猪肘和香肠、鹅肝以及牛排大家各取所需。然后每份配上酸黄瓜和蘑菇汤。酸黄瓜解油腻，我觉得这不错。"我说。

"今天我们浅尝辄止。以后有机会的。"蔷薇说着看了一下时间，"陶醉不会放我们鸽子吧？"

"怎么会呢？"时辰疑惑着。

"怎么不会？他怕热脸贴冷屁股啊！"蔷薇含沙射影地冲我翻了一下白眼。

正说着门推开了，陶醉阳光灿烂地走了进来。

见到帅哥，大家笑开了花。蔷薇更夸张地迎上前，准备来个热情的拥抱。但瞬间，笑容随即凝固在嘴角，人像被孙悟空施了定身法一样僵在那儿一动不动。原来，一位短发女子从陶醉的身后闪出来。她亲昵地挽起陶醉的臂弯，然后向我们挥挥手："大家好！"

"要超支了。"蔷薇嘀咕着小声对我说。

小女人们坐下，脸上露着不乐意的神情，都不说话。

"这是我的高中同学。"陶醉拉着那个女孩坐下，"叫陈然。"

"食物我们是按人数点的，不知道多了一个人。"欧娜不悦。

"对不起，冒昧地过来不会影响你们聚餐吧？"陈然问。她嘴上虽然抱着歉，但她的举止在暗示我们这一切无所谓。

她打了一个响指叫来守候在门外的服务生："点菜。"

训练有素的侍者把菜谱递到她手里，她转手传给陶醉。

"喜欢吃什么？"陶醉看了我一眼，转头看着陈然，用无微不至的语气问。

"你给我拿主意吧。你点的我都喜欢！"陈然的语气明显充满着炫耀。

姐妹们的嘴角不屑上扬。

"香肠总汇、牛肉汤和沙拉，怎么样？"

"行。黑啤免不了的哈！"

相比之前的叽叽喳喳，席桌上安静了许多。大家低着头各自吃着盘里的美食。好酒的蔷薇这次面对黑啤的诱惑很淡定，上了一米的啤酒，她却只喝了二杯。豪迈的风格消失不见。

"好吃吗？"陶醉喝了一杯又一杯，喷着嘴皱着眉对陈然说，"感觉像兑了水的？"

你就是白酒喝多了！我在心里说。

"好吃吗？"蔷薇也扭头问我。

"之前和李卓贤去过一些西餐厅，觉得都差不多。服务倒是不错。"我遗憾地说，"要是有餐前蒜蓉面包就好了。"

"你好像不在状态呀！心里在想什么？"

我心里能想什么呢？我刚才变成一只兔子，耳朵竖起来听别人讲话了。进餐过了二分之一，陶醉连正眼也没瞧我一下。

"我想问阿诺，海口有兰特伯爵吗？"我说。

侍者又送来一米啤酒，我不禁也想尝尝，喝了一口觉得清淡，便想喝上第二口。很快一杯见底，我又端起一杯。

"你都长胡子了。"蔷薇笑。

我知道是丰富的酒沫沾在唇上。不管它了，我对大家举杯说："来来来！今天杯都没碰一下。干啊！"

在我的带领下，大家一哄而起。

把它喝个精光，不能便宜陶醉一人。我暗自笑。

啤酒胀肚，我开始频繁向洗手间跑。当我第三次从洗手间回来时，陶醉和陈然已经离开了。

"陶醉这个瓜娃子，"蔷薇拍了拍桌子，"搞啥子名堂吗？带个胎神来！"

第一次见蔷薇爆粗口，小伙伴们惊呆了！

"成都姑娘要讲形象。有人看着啦！"我说。

陶醉与陈然一走，我们便甩开膀子喝开了。

买单进行时——

侍者告知，已结账！

"好安逸！划算。"蔷蔷终于笑了。

看来，这是陶醉今天做得最对的一件事。

都说女人自带三两酒，但我是差强人意。虽不是酩酊大醉，头昏脑涨，步履也有点飘飘然了。

我们在路口拦的士。见是六人，司机拒载。

酒足饭饱，却还省车钱？为安全考虑，我们拦了两辆出租车。上车前，我数了数，还差一人。

"1—2—3—4—5—"我大惊，"有人掉队了。八成是喝醉了倒在哪呢！快回去找。"

"这酒你得戒了，哪天非把你给害了。"蔷薇把我推进车里。

"快去找啊。不能不管啦！"我在车里嚷。

"哈戳戳。掉队的那个是你自己呀！"

时辰张嘴大笑，差点把吃的东西要全吐出来。

进入夏天，中午容易犯困。回去时，我竟然在车里睡着了。

蔷薇把我叫醒，才知车已停在宿舍楼下。

"林比邻！"

刚一下车就听见有人叫，抬头一看，却是李卓贤所谓的女友。

来者不善！我心里有不祥的感觉，你看她站在台阶上扬着头瞪着眼斜着肩抿着唇,一副要生吃活剥我的样子。

"找我?什么事?"

我走过去——脑子里闪现四年前的那幕。那一巴掌我挨得有多冤啦?但今天不会了。

她的手挥空了,当她气急败坏地再次抬手时,却被时辰冲上来一把钳住。

"哪里来的瓜婆娘?"

"当兵的打人啦!"

这女的一叫,把进出的同学都引上来看热闹。

"哎哟,我的仙人。你打她,你要挨打,你挨了打,我们要挨骂。算了算了。"蔷薇赶上拉住时辰高举的手。

"是啊!我们走。"我说。

见我们低声下气不敢大动作,那女的气焰更嚣张了。

"傍大款要找对人啊!能做你爸爸的人你缠着干吗?"

"谁傍大款了?"我也急了。

"现在的女娃儿一心想着吃现成啊?"那女的脸红脖子粗的,撒野的功夫一流。

"嘴巴放干净点!"

只听一声大吼,回头一看,陶醉不知何时出现了。他挤进人群一把抱住我的肩,对那女人说:"你给我听清楚了,林比邻她是我的人。你不要在这儿无事生非,乱造谣了。你回去管好自己的男人,别一天到晚招蜂引蝶惹火上身。"

"这样最好!"那女人看了我一眼,一跺脚喘着粗气离去。

女人一走,我天旋地转的感觉。

泄气?不是。

醉了?酒劲已过。

丢脸?已有抗体。

感动?那么多的好哪能用感动就能概括的。

那是什么呢?不知道。总之,我想睡一觉。

我倒在陶醉的怀里不省人事。

醒来时,我躺在宿舍的床上。小伙伴们的五双眼睛盯着我滴溜溜地转。

"天哪！"蔷薇低头看着我，"你呀！把陶醉的胆都要吓破了。结果呢？背你到校医那儿，医生说你睡着了！"

"这下，他又把你背回宿舍，搞得他一身臭汗。"李伊然满是羡慕的表情。

"阿诺的若即若离与陶醉的实实在在哪个好呢？"蔷薇问。

"当然是陶醉了。"女生们异口同声。

"是啊。阿诺和你交谈时用得最多的是'假如''如果''有可能'这些模棱两可的假设词。当然这也许是你们没有见面的关系。但是陶醉呢？大家看到了。尽管你不理人家，但在关键时候，还是非常肯定地说'林比邻她是我的人'！虽然，当时说那样的话是情非得已，为你找台阶下。但是，不排除他一颗真诚的心。他心里就认定你了！"

"说实话吧。阿诺对你有点小看。也就是对你不是那么在意。电邮、QQ这么长的时间，你们谈话的主题还是不着边际的。虽然他家长里短地对你讲了他不少的事情，但是见面才是正事。不是吗？如果那个人爱你的话，想见你的心可想而知了。他就是语言上的巨人，行动上的矮子！"胖贝说，"相反的，我们的陶英雄，视你如珠如宝。重要的是，他就在眼前。"

生活中很多事物不能相提并论。特别是人。

可人就是喜欢比较来比较去的。阿诺的藐视与陶醉的珍视对我来说不那么重要，我要尊重我的内心啊！

我的心到底想怎么样？

手机震动，陶醉发来信息：相信我在你的视线之内而不是视线之外！相信我！

从陶醉身上，我看到自己的身影。陶醉对我的心有如我对阿诺，在爱情面前，我俩变得是如此卑微和弱小。

"我是有点不识好歹。对陶醉不是没感觉，但我的心没法在他身上停留啊！"我说。大家每次发表意见的时候，感觉像是委婉地对我进行批斗。我有点无奈，有些莫名的委屈。

"陶醉没办法斗赢阿诺的。"胖贝说。

"为什么?"欧娜问。

"人就是这样。吃不到嘴里的就是香的。阿诺虚无缥缈,一天不见他的庐山真面目,你会把这个人当神仙一样在心中供着。想想看,凡人斗得过神仙吗?"

"赶紧的,把见面提上议事日程!"蔷薇说,"让他回成都。他不是说他老家在都江堰的么?让他回老家看看。他要是来了,就逃不过我们的法眼。到底是何方妖怪,立马现原形。"

他们的话触动我心中早已埋伏的想法。是该见面了!

阿诺邮件来了。

比邻:

你好!

总算知道你病愈出院了。"让你受苦了,同志!"

忘了告诉你,我住的地方旁边就是海南大学。虽此院非彼院,但有一种情结,只要是大学,便感到亲切。看见进进出出的学生,就想起你也在另一种同样的环境中,这很有诗意,也很牵强附会。

可惜,本月我就要搬离"海南大学"了。现在才感到,你离我很近又很远。

现在,我再次重申:一是保养身体;二是补好功课;其他的,什么也别想,包括大海和椰子树(若真是这样,你会一下子把我忘了吗?)。

听话吗?

一朝春尽红颜老,花落人亡两不知!

我比你清醒又比你糊涂!我比你成熟又比你天真!

你的运气真好!

我的福分不错!传说中,心与心相逢……

阿诺

读了这封信,想见阿诺的感觉越来越强烈。

10

进入"红人"大厦的底楼,一眼便看到"天籁"文化传播公司醒目的指示牌。上二十一楼出电梯,便看到"天籁"的接待处。漂亮的接待小姐正在与客人聊天。因为没有预约,她拒绝让我见李卓贤,并煞有介事地让我先登记。

他想见我,倒是说见就见。我心里十分不满!

"您行个方便吧!我必须马上见他。我给他打电话是关机的,麻烦您去通报一声。"我说。

接待员的脸马上绿了,眼皮一翻,说:"我方便了你,我就不方便了。"

这个员工讲得好!讲原则。我径直向写字间走,不想理她。

"站住!"她一把拉住我一改刚才霸气的样子,用细声细气的语调说,"我们西宫娘娘和老总在里面呢!你要是闯进去,她要骂死我了。我一个打工的,你就不要难为我了嘛。"

空穴来风未必无因!李卓贤私生活到底是怎样的我不想理会了。可是,我却不愿成为他谣言里的女主角。该是把关系跟他讲清楚的时候了。

"不会的。"我推开接待员,大步上前闯入了李卓贤的办公室。

他干什么呢?我不惊讶。他手中握着的不是签字笔,拿着的也不是策划案,把玩的却是女人的手。

女人涂了黑色的指甲油——原来她就是接待小姐所说的"西宫"!

"是林小姐。进来为什么不敲门?这点礼貌都不懂吗?""西宫"还真是久经沙场,脸皮比城墙还厚。

"你出去吧!"李卓贤突然大声对那女人吼道。

是不是被我撞见了心虚，才会发这么大的火？

"哼！""西宫"委屈地向外走去，到了门边那长指甲就戳到女接待的额头上了。

"比邻，我和她只是逢场作戏……"李卓贤瘸着腿走过来，"在重新遇见你之前——这么说吧，她和我一起打拼，我才有了今天。我对她没有爱情，我会和她讲明白的。"

"我没有权利干预你的私生活。我只是想跟你说，我不想成为你寻欢作乐的靶子。自从遇见了你，我的麻烦就开始了。过去的狗血，重新上演了你知道吗？我不想重蹈覆辙。以后，我们还是各走各的路吧。"

我气愤的样子把他吓着了。

"我的错，都是我的错！"他不断地点着头，"看在小蓊的分上原谅我！我把一切解决好了再去找你。只是千万别说咱俩一刀两断这样的话来？好不好？"

此时门被踢开了。

"好你个李卓贤！""西宫"大概是听壁脚了，"这些年走南闯北，最困难的时候我都陪你挨过来了。现在形势好了，就要把我一脚踢出局了？"

"出去！滚！"李卓贤见这个女人跑来火上浇油，大声呵斥，不留一点情面，"我们是什么？是合作伙伴。你等着分红就是了。出去——！"

"好！你做得绝！"那女人含着一汪泪水走了。

我不敢留下去，这里所有的一切都让人不可理喻！但是李卓贤拉住了我："你还没答应呢，不要不理我。你看，我的心里只有你。"

什么逻辑？有钱人都蛮不讲理。站在一定的高度就可以把道理妖魔化吗？之前不小心成为他婚变的理由，难道现在还想沦为他不负责任的挡箭牌？不。

看到他桌上折好的纸青蛙，我走过去拿起来。

"这纸青蛙怎么折我早就忘得一干二净。对于我来说，过去的事我不想再提，过去的人我更不想再见。所以，这纸青蛙摆在这儿没有任何意义了，撕了吧。"

"别撕！"李卓贤叫着，眼睛惊慌地看着我把纸青蛙变成碎片。

他流泪了。

我的心抖得厉害。这是我第一次看到他大滴的泪。纸青蛙在他心中的分量我是知道的。可我还能怎么做？我只是敬重他。我要让这畸形的爱胎死腹中。

"不要让我失望了，李老师！"

我转身背对他，吸了一口气，颤巍巍地走了出去。

那年，在大家鄙视的目光中我跟着他的脚步哭着追赶；这年，在他遗憾的泪水中，我迈着失望的步子在众目睽睽之下离开。尽管我深深地明白，他是爱我的。

"对不起小蓊！我们不能再见面了。"

路上，我把李卓贤与他的家庭电话拉入黑名单。

每个人都有历史，和李卓贤绝交并不意味着我要否定过去。我在乎那段情窦初开的日子，我不忍看着他在我心中的形象支离破碎。与我重逢的那个人他不是我心中的李卓贤！

就这么与他拉开了距离，直到暑期来临我过得都不是那么坦然。以他现在的性格作风，他将会有什么动作我不知道。

时间完全地空了出来，我的心和这成都的天气一样更加躁动不安。

青春无处安放的感觉你有吗？有的，一定有。

坐在窗前，听着蝉鸣会无比心烦。

路过府南河，看着水鸟起飞会万分失落。

走在林荫道上，看见大手拖着小手会伤感。

烈日下车水马龙，我的眼睛像被什么蒙住了一样，只能看到我自己。辛涅科尔说：对于宇宙我微不足道，但对于自己我就是整个宇宙。真希望我的视网膜能像超声波穿透世间的每个角落，现在的将来的都能尽收眼底！但这是我刹那间的想法，我柔软的心囿于阿诺的世界里，我把自己的生活套进了一个死结。

"我要见你！"我拨通了他的电话。

这是我们第一次通话。历史性的对话。

"比邻同学,你终于给我打电话了。听到你的声音,真好!"他的声音从遥远的电波中流出,低沉浑厚而富有磁性。言外之意他是在等我的电话,既然这样,为什么不主动打给我呢?是不敢?是犹疑?还是做高姿态?或是中年男人惯有的谨慎?

"阿诺大叔,我们可以约会吗?"心中不想细究,我也用调侃的语气问他。

"比邻,我也非常想见你。可是,我现在太忙,2003年元旦吧!那个时候来海南不是很好吗?"话筒里,他的语气很真诚。

女追男隔层纱!我想,没有这通电话,他会主动来见我吗?应该不会。

"数数日历看看落叶/人情冷暖还没弄明白/风景名胜还没看清楚/好梦还没成真又长一岁了/新的一年有什么打算吗/有空到海南走一走看一看/这里的冬天没有冷的感觉/来吗哪怕下雨也来接你"

QQ上他传来一首诗。他说:"就当是邀请函吧!"

一整天我都沉浸在与阿诺交谈后的喜悦中。

人们说乐极生悲!人们还说福祸相依!

那天,一个拿着公文包的男人找上门来。他自称是李卓贤的律师,受他的委托以我的名义进行了部分财产的捐赠。

"这是受赠单位开的收据以及签收后的相关文件,请您保管。"

"等等等等——"面对这个突然到访的男人,我丈二和尚摸不着头脑,"谁的财产?李卓贤搞什么?"

"是李先生把他自己的部分财产以您的名义捐给了教会、孤儿院和养老院。"

"那和我什么关系?是他做慈善你应把收据给他,给我干什么?"我心乱如麻,李卓贤的举动怎么这么反常呢?

"因为——李先生上周已经去世了。"律师的表情瞬间暗沉,无限悲伤的样子。

我是听错了吗?拿生死开玩笑,这个李卓贤太过分了?这定是他的恶作剧。我想笑,却笑不出。

"酒驾出了车祸。"律师再次对我说,"也奇怪。李总挺好的一个人,事业如日中天呢!也不知为什么,他一个月前办了财产捐赠和女儿的信托,像是知道自己要离开人世一样。"

"酒驾?他的司机干什么去了?"

腿都没好利索,怎么能开车呢?这一切都是一个月前办好的?财产捐赠和女儿的信托一起办的?

一起办的??这说明了什么?我不敢再想下去。这时的我整个人就如一截腐朽的树桩。律师接下来对我说了什么,何时离开的,我浑然不知。

"豆儿。"买菜回家的大姑被我的样子吓了一跳,她剧烈地摇晃着我,"你中邪了?发生了啥子事?"

在姑的呼喊声中我脑子清醒过来,径直跑回卧室拿出手机。

"打个电话看看,打个电话看看。"我慌乱地一遍遍自语着,手颤抖得不听使唤。

"豆儿,你到底在搞啥子?"只听姑大吼一声,"发生了什么让你傻了?"

"没什么事!没什么事!我要静一静。以后再跟你说。"

我烦躁地把姑推出卧室关上房门,靠在门边深吸一口气,再次在手机通信簿中寻找李卓贤的电话,但是任凭我一遍遍找也不见他的名字。蓦然,我记起那天愤然与之绝交,气头上的我走出写字楼删掉他所有联系电话的情景来。

我把手机摔在地板上,狠狠地捶了几下脑袋。此刻,他的笑容在我的脑海浮现,四年前对我说的话就像在昨日那么清晰。这一定是李卓贤跟我开的玩笑!

"林比邻,知道吗?就算哭,我们的心也要和向日葵一样朝着太阳的方向!"在晨曦的六角亭,李卓贤抹掉我脸上的泪水说。

拼搏的李卓贤,优雅的李卓贤不会死的!富有的李卓贤怎能就这样死掉?他的心那么骄傲,他怎么会如此看轻自己的生命?不会的!是的,他应该是故意和我玩"死亡游戏"。

我这么想着,心平静了许多,不禁为自己刚才如世纪末日般的行径感到可笑。

"混蛋！混蛋！混蛋！李卓贤！"我大叫着借此来宣泻心中紧张的情绪，顺势一头倒在床上。

"好好睡一觉，不理会他！"我自语着。

刚合上眼，门开了，姑走了进来。

"你怎么进来的？"

"我有钥匙呀！"姑说，"你要做神仙，不吃饭啊？"

"你先吃吧，我马上来。"

"不知发什么疯了！"姑不解地摇着头走了出去。

我极不情愿地从床上坐起来走到客厅，赫然看到了律师放在茶几上的文件袋，心瞬间跳得急促，双脚像灌了铅，只是盯着那包东西杵在那儿一动不动。

"是什么呢？"八姑走过来拿起文件袋。

"是我的！"我瞬间"解冻"，一把夺过文件袋。姑被我的举动惊住了，嘴巴张得老大看着我跑回房间。

打开文件袋，财产捐赠文件以及清单收据真实地摆在我面前。还有一封信。封面上写着：林比邻亲启。

天主！天主！我在心里念叨着撕开了封口，一个纸青蛙滑了出来。我打开它，短短几行字，那么触目惊心。

比邻：

我亲爱的小孩。在你漫长的人生路上若有一天想起了我，就折一只纸青蛙吧，就当是悼念我了。悼念我们曾经拥有过的岁月。

会为我哭吗？不要让眼泪爬上你的脸庞。死不是终结，对我来说只是另外一种有趣的旅程。我正在去天堂的路上！祝福我！祝福你！

亲爱的，来生再见时一定要认得我！我不想再与你擦肩而过。

李卓贤

上个月前还活生生的，没有亲眼看到他的遗容我终是不愿相信他死的事实。

"小翦！对，我得去见她。"我突然想到那个可爱的小精灵。李卓贤是她的一片天，突然没有了父亲，这天不是塌下来了吗？为了女儿，李卓贤他也不会轻易寻死的。

我冲出了门。

"伞！外面下大雨了。"八姑在身后叫。

我哪里听得进去。淋雨又算得了什么呢？在铺天盖地的雷雨声中我坐上了出租车。三十分钟的路程是那么漫长，到小翦家小区门前雨顿时停了。我三步并作两步地向李卓贤家的方向走着。远远看去，门前的紫薇与牵牛开得正盛，廊前干干净净，看不出有丝毫异样。

应该有琴声的，这时小翦会练琴的。我正想着，一辆奔驰从身边风一般晃过缓缓停在前方。看车牌，是李卓贤的车！司机出来恭敬地拉开车门等候着。是的，他一定坐在里面。我停下脚步大呼一口气，不知该哭还是该笑。

不一会儿，门前出现熟悉的身影——小翦。紧接着保姆也拉着两个行李箱出来，只见司机反应迅速地上前把行李搬上车。

要去旅行吗？我想。

"小——"我抬手欲召唤她，一个华丽的女人此时从屋里出来。

"妈妈！我能不能不去？"只听小翦一边哭泣一边跺着脚嚷着，我这才发现她胳膊上套着黑纱。我明白那意味着什么！李卓贤——我少年时期那一抹珍贵的曙光真的被死神给吞没了！

小翦被她的母亲连哄带骗地拉上了车，片刻便消失在我的视线里。我呆呆伫立在那儿，像化石一样，眼前一片浑浊，双腿瘫软在地，便什么都不知道了。

当我从昏迷中醒来时看到的是陈婆关切的眼神。

"林小姐！你终于醒了。想是中暑，再不醒我就要打120了。"

"小翦呢？"

"她妈妈带她去国外做心脏手术。刚走不久，你应该看到了。"陈婆叹着气，"你看看，李先生这么大的房子，这么多的家业，还有这么小的孩子，说不在就不在了。"

一切都是真的。世间万物像流星稍纵即逝，生死没有法则。

而对李卓贤的死确是有迹可循，都是因为我。我未杀伯仁，伯仁却因我而死。你为什么要死？你为什么要用这种残酷的方式向我宣告有多么爱我？你为什么要用这么极端的行为向我告别？

平生我是第一次来墓地。我不敢细看，感觉墓园很静，和风虫鸟的声音在这里显得很凄凉。虽然太阳当空照着，但是高跟鞋敲打在石阶上依然让我有点心悸。

似乎来到另一个国度，我大气不敢出，蹑手蹑脚地生怕有人突然跳出来说我贸然闯入。墓碑一排连一排，偶尔与陌生人的目光相遇，有跟活人撞个满怀的感觉。

他就在那里，他在凝视着我，嘴角有一丝讥讽的笑。

"你救世主般地降临在我的生活，又离奇般地从这个世界蒸发。你玩的这是哪一出啊？"我拿出一张纸青蛙放在他墓前。我宁愿相信这一切并不是因为我，而是一场事故。

如果真有亡灵一说，你就跟着我吧！永远地跟着我好了！而我会忘了你，绝不再想起你！我似在与他斗气，压抑着泪水，我在心中默念玫瑰经。

"上天堂去吧！在那里你的灵魂才得以安息！"我说。

太阳当空照着，街上人流如织。没有李卓贤的地球照常运转着。阿诺还是和我捉着迷藏，冷不丁总会从某段时间里跳出来拽一拽我的心。唯一不同的是，整个夏天我迷上了墓园。每天盛装打扮，就像去赴一场神秘的约会。我发疯似的折着纸青蛙，白的黑的红的绿的紫的蓝的……折了多少我不知道。我只知道风雨无阻地把折好的纸青蛙放在李卓贤的墓前。

我忍不住伸手去摸那冰冷的石碑。

"好烫！"多日的悲伤与自责压得我喘不过气。

你就是这样爱一个人的吗？你真失败！我们彼此凝视着对方。

我心中的怒火喷泄而出："李卓贤，你选择了这么糟糕的死法，为什么还如此虚荣地立一个漂亮昂贵的墓碑？这里种一棵长青树该有多好？你最后的一场生活秀都是如此垃圾。垃圾！"

其实，天主早就安排这个叫李卓贤的人堂而皇之威风凛凛地占据了我内心深处的某个角落。

在爱情的故事里似乎从来都不缺少一位名正言顺的第三者。他爱过，放弃过，卷土重来时已是物是人非！

我号啕大哭起来……不知是为了李卓贤而哭，还是为我那不堪回首的少年时代！

没有人懂我的悲伤……

11

阿诺对爱的态度将会是怎样？李卓贤的死让我更急于想见到他，我没有耐心等到元旦。

正巧，妈妈回成都。我给他发出了邀请回来一聚的邮件。

阿诺，我和你就是虔诚的修女与只闻其名而不见其人的耶稣。本来，我想听你的话等着元旦见面的，恐怕是不行了。我跟妈妈说到了你，她想见见你，你能来吗？

我守候在电脑旁，看他究竟给我什么答案，直到瞌睡来了也不见回复。QQ在线没有隐身。难道他视而不见，或是在忙着做事？

直到第二天，他的邮件才光临我的邮箱。

你的邮件像上帝给了翅膀，飞到我的眼前，让我一天并不多彩的日子明丽起来。

按照通俗的方法：确也是先生迈出左脚不惜山高路远"去看看你/居住在初夏中的小红菱（红豆）/朵朵是为谁开的/顺便问问少女的消息树/有没有一只相思鸟/在你的枝头做窝了么"的。一个女孩一个未出过远门的女孩独自旅行多叫人放心不下，况乎前方路凄迷又空远，谁知等待她的是什么呢？仅凭修饰过的几签文字，就去赴没有承诺的未来——如果是我妹妹，我会极力阻止的。

谁知道那个男人是好人还是坏人，是骗子还是君子？更何况是你的妈妈——我感到真的很开明——这样基本的、起码的要求怎么也不算高。我应该答应的。

我们还应该再作一些冷静和理智的思考，就凭一年多的"纸上爱情",从你的角度,你对我了解几多?从我的方面说,我对你了解几分?凭一份浪漫一份热情,一些幻想,就"私定终身",无论是对你还是我,我认为都未免草率。严肃的说调,是对双方的不负责——这样的论调或许你听多了,同窗的,好友的,亲朋的,特别父母的,但在你真正迈出第一步之前,作为一个有责任感的男人,我不得不老调重弹,以示无欺也。

我不是一个严格意义的"好人"(当然谈不上是坏人)。从家庭背景上,我出身卑微,家道贫寒。从职业职务上,我徒有虚名,漂泊不定。从外在形象上,我其貌不扬,老气横秋。从"内部环境"上,我才疏学浅,沽名钓誉而已——你不要笑话,此乃大实话也。

凡此种种,不一而足。总之,对于涉世未深的你,我必须提醒你"不要上当受骗",不要感情用事,不要待梦醒时分,才道天凉好个秋!

说正题。关于"男先女后"的程序问题。刚才说了,无论怎么说,我应满足"妈妈"的心愿的,这个道理我非常深刻明白,这个要求我十分赞同理解。

但是,你先别心惊肉跳,听到这个词似乎已知下文了——今年以来,我一直不顺,遇到挫折了,最近好像有转运苗头了,故而要抓住机会搏一搏——我正在策划一个小项目,我必须成功不能失败地去完成它,要不然我会损失惨重的。这段时间,我真的不能离开海口,哪怕一天都不行,也许你不会相信,但这是事实。如果我在"骗你"那该"多好",可惜我真的没骗你。

所以,请向"妈妈"说明并转达我的歉意!并谢谢她对我的信任。四个月后再见面,将不再遥远!好了,是钟情的花到了一定的时候,朵朵都是要开的,我们等着,期待着。好吗?

阿诺

对于在他来与不来这个问题上我钻了牛角尖。心里其实早已有了答案,只不过想更进一步证实而已。不来也罢!顺其自然吧。一块漂泊的浮萍最终会有它靠岸的地方。

约会倒计时。

现在是 8 月 20 日，离开学还有十天。而我将无聊地在一百三十多天的期盼中度过。在这一刻，我要武装自己，这是我最后的尊严。绝不再轻易想着独自去赴约的事了。

"女生要含蓄一点矜持一些！"蔷薇不断地提醒我，"把手机关了，暂时不要聊 QQ 了。"

人最怕孤立无援，尽管蔷薇帮不上忙，可她是最懂我的。这次我要听她的。

这天起，我们一起上课一起打工。就这样，一晃就过了一个半月。

10 月 15 日，我收到一封沉甸甸的来信。信很长，有近十页。

YES！我在心里说。

红豆：

你好！

这样称呼您，是首次。应该说，由于职业原因，对异性的称呼还很谨慎，从今开始我呼豆豆，老实说是感受于外，情动于中，先有感后有情，由感而情，由情而言不由衷了。

是从上周星期日开始，几乎每天给你拨两次电话均不通。星期一海口就下着毛毛细雨，我的心情就跟着天气一样，湿漉漉的。我心里特别难过，我知道，是我伤了您的心，您一定生气。

您在哪里，豆豆？这是一个多月来我时时刻刻牵挂的问号，为您担心，为您茶饭不思了。此时是午夜十二点三十分，但愿您做着甜甜的梦。

从上次网上断了联络，我就有种预感，我的那番话会深深刺伤你的心，将会改变您的人生，将会使弱不禁风的豆豆恨透我的矜持。我承认，由于害怕再次受到伤害而变得矜持的我变得"故作沉重"（摘自比邻语）的我，从来没有说过那说起来非常容易，而一旦出口便是一种责任的那三个字。现在也就是今天我要对你说，用我掩藏了许多埋在心里欲说还休的矛盾的却是真情的轻轻地轻轻地轻轻地轻轻地轻轻地对您说：

我爱您！我爱您！我爱您！……

当我说出千百年被许多人重复说了千百次的三个字时，心情又轻松又沉重，我不会轻易说出这很容易出口的三个字的。我知道这是我第三次对女孩说出。前两次"我爱你/我只轻轻地喊了一声/一朵稚嫩的花便结出了苦果"（摘自阿诺诗集）。这一次，不知结局如何，但我既然说出，就意味着用心，用我三十多年来的真情去浇灌去培育去经营去耕种。

不易啊，我已不再年少。作为一个有责任感的男人一旦说出那三个字时，就意味着自己的命运和那个人联系在一起了。同欢乐共患难，我就是你，你就是我，我中有你，你中有我，身是两形，而心只有一颗了。

但是，因为我的碌碌无为，无才无能不能使你幸福，将是我一生的罪过。即使仁慈的主能谅解，我都没法谅解我自己。为避免无数人感慨的那句"早知如此何必当初"的老话，请您再一次清醒认识到，天下比阿氏优秀的人多得是，为何非我不嫁？反之，天涯何处无芳草，我娶谁家女子不行？如果您想得很有哲理就如我想得很有道理一样，这大概就是缘分吧——那么，如果您爱我就别怕后悔！

今年我为什么不能来看您，就具体给您真实说明吧！从1988年我受聘海南某信息报开始直至1989年1991年，1993年到2000年这十几年中，我相继供职五家媒体，这些您已经有了大致了解。前七年我都是在"动荡不安"情况中，之所以居无定所，是因为在海南连市长级的干部都实行聘用制的特区政策，我亦如此自由，单位可以选择我我可以选择单位，哪里能干得称心我便到哪里……沿海特区莫不如此。因而，我是一片叶子，一丝浮萍，我也不知道我最终漂向何方。

如果你愿意跟我"漂"的话，就请看以下的文字，也许你就能理解我了。

我现在被香港××××聘为驻海南的记者，资本主义制度的香港是把经济效益和社会效益看得同等重要的，甚至更注重前者。在这种情况下，我必须拼命工作，除了公差除了假日，我是没有理由离开岗位的。就说年底的工作安排吧，从下个月开始，我奉命进驻文昌市，为该市编辑组稿做一个专辑，如果按部就班的话，大概元旦前后。2月1日我计划去深圳，时间半个月，包括在香港三天，大概腊月二十几才能回海口，那么，如无意外，我则马上飞回老家过年。

内附上月想说又没说的话。

那天拒绝了你，想必你一定难过。如果是这样，我在海口借用一下你的右手，抚抚你的脸，拍拍你的肩，对你说一声对不起，好吗？

是我不好。怪我不能遂你心愿，其实我也感到十分遗憾，我又何尝不想见见你呢？这样吧，我有个不成熟的想法，别怪我自私。如果愿意，如果你的父母同意的话，你可以坐飞机（机票我报销）到海南，"如有不测"，就权当旅游一番。用我的人格担保，一定让你"好好"地来，"好好"地去。

成都到海口大约三个小时空距。如果为难的话就等到2003吧。

（其实我也很想你）

前页是上次网上邮件的补充，因为怕你正在读书经济不宽裕，二怕你母亲因我不回川而阻止，与其"白说"，不如不说，便经过阿诺同意扣压在心中了。现在，才知那封不完整的邮件给您带来了痛苦，给我们的未来蒙上阴影，就附上主体话语，至今仍有效。特此说明。

您来吗？您敢来吗？

我知道对于一个"未成年"（某种意义上）的女孩，这太不公平！这太委屈！我甚至有些恨阿诺这个家伙太不像话了。

不管是否成行，我想表达我的一种态度，一种愿望。

您来了，您带着上帝的仁慈，一定会给我带来好运！您是纯洁的，您是善良的，美丽的，我的世界会因为您的到来变得阳光，我的生命会因为您的到来变得孔雀。

今夜，您就是我梦的衣裳，是我纸上的新娘，是像水中月画中人一样越来越清晰越来越真实的那位佳人了。

我期待着。

我好梦着。

红豆，以上的话挂一漏万，其实感情这东西怎能说得清？怎么说得完？如果要说，这些文字都没有意义，只有三个字——我爱您——这才是我永恒不变的主题。而今夜，仅仅是我打开窗子说了天地均知的亮话——其实我心里一直在跳，我的手一直在抖。读到这里，豆豆，是不是想哭一场才痛快呢？

可以想象，如果二天后收到信却还不见您的话，我会更加自责，更加愧疚，更加心疼，更加促使我有勇气有信心爱您——因为您那样爱着我，我的心不是铁啊！

那么，我会开着车跑到海边，对着大海，对着你的方向呼喊：我爱您！我爱您！……

但愿是设想，上帝会让我听到您的声音，不知道明天（您接到信的第二天），有没有勇气说那三个字？如否，则此信便是凭证，会有对着您耳朵说的那一天。

说明：如果您来海口，可随我一起去"打工"，每天支付999朵微笑和一个吻——如您愿领的话。

纸短情长！

阿诺

可能是期待过于漫长，或许对阿诺不徐不疾的文字语调已经习惯。

他说出"我爱你"那三个字时我并没像他说的，有痛哭一场的冲动。不否认心中有激动和喜悦，但更多的是想着信中的那句话："敢吗？你敢来吗？"

有什么不敢的?！好想近距离听他的声音，好想近距离感受他的深情，好想与他手拉手散步，好想与他脸贴脸相拥，想很多很多——我知道，大叔懂套路，有资历，通过很多次的爱情练习，已经做到润物细无声。我深知我被他套牢了。

有些事情你现在不去做，就永远不会做。我要去海口。

我是学生能说走就走吗？元旦有假期，外加请一周病假。陈教授会帮忙的。他欠我人情！

我是这么想的。

离海口之行还有二个月。

成都的秋日平均值为 61 天，而在夏天长的年份，夏末仍有不少存积的热量，与外来冷空气交战频繁，导致秋季降雨较多，气温持续走低，从而使得入冬时间提前，秋天短得不到 50 天。我想，这个月好几拨冷空气均未带来大量降雨，气温也无大幅下降，秋季可能会更长，我们期盼秋日艳阳天。

寝室里小伙伴们的柜子里基本上没有准备秋装，多的是厚厚的绒衣、大衣。爱漂亮的我正好有一件红色的风衣，这件衣服是在品牌折扣店买的。买时，遭到蔷薇的极力反对。她说："衣服虽没花多少钱，但是派不上用场。你不会只要风度不要温度吧？"

哈哈，今天我就穿上它了。这是青春的红色，虽然没有浪漫的秋雨陪衬，但是在暖和的秋阳下，秋风舞动我的长发，我的步伐是那样的朝气而妩媚。校园里同学的目光注视过来，满足了我小小的虚荣心。

前方有个人拿着单反相机对着我，定睛一看是陶醉。

"为什么偷拍？"我笑着问。

他精神抖擞大步走过来，一改往日休闲的装扮，讲究了许多。

"没办法，今天要去面试。"见我打量着他，他说，"也许你能理解我了，这身行头让我很难受。"

"预祝你面试成功。"我说。

"你还没有送毕业礼物给我呢？"陶醉突然说，不知他葫芦里卖的什么药。

"哪有人死皮赖脸向别人讨礼物？"我取笑他，"好吧。你说要什么礼物，姐姐我都给你买。"

"我想去旅行。"

"旅行？这个礼物太昂贵了。"我是不能与他独处的，对他我没抗体，"再说也抽不出时间啦！"

"那你实现我一个愿望吧！"他礼物不到手不罢休。

"什么愿望？"没做成圣诞老人，现在又变成许愿树了。

"堆雪人打雪仗，滑雪。"

他说的愿望很耳熟，在哪听过呢？想起来了，这是我跟他在校图书馆时聊起过的。

"这不就是我的愿望？"我不解，"今年成都会下雪吗？"

"那我们去北方。"他笑得可恶，"你曾说你的梦想是到寒冷的北方去滑雪。而我的梦想就是陪着你一起去。我们先到那里体会冷的极限，然后——"

"然后我会去纬度更低的南方。"我打断他的话。

"你是答应了？"他惊喜万分。

我点点头。是的，既然要去见阿诺了，与陶醉——这个我生命中的第一个男人，圆他的梦，来个诀别吧！我这个坏女人，在他的生命里该告一段落了！

"其实——元旦我有安排了。我们去北方的行程订在元旦前一周如何？"

"没问题。一切你都不用操心了，明天我就去规划出行线路。得到你的认可了，我们再看何时出发。好吧？"

"好的！"

"不要不接电话！"

"好的！"

陶醉兴奋地跑远了，我的心也雀跃起来，旅行总让人神往。

听说我要和陶醉出游，小伙伴大感意外，极力赞成。

"我愿意配合你请假。"蔷薇说，"姑姑那儿，我帮你搞定。"

要是她知道我暗度陈仓最后还去了海口，八成不会卖力帮忙了。与陶醉修好是众望所归！我不敢吱声。

一旦爱上一个人，你就有着视死如归的勇气。如阿诺所说，来了若有"不测"，就当作一次旅游吧！

好吧！读书，旅游，身体跟灵魂总有一样在路上……

我俩决定要去的城市是漠河市北极村。漠河位于北纬53°，是中国边境线上最北边的城镇，是中国最北、纬度最高的美丽边陲小镇，与俄罗斯黑龙江相望，素有"神州北极"的美誉。由于偏远和严寒，素有"中国北极"之称。我们先飞哈尔滨，次日晚 9 点 55 分，我们又坐列车去了漠河。

"为什么要到第二天晚上才去漠河？白天没有去的火车吗？"在飞机上我问他，我担心时间不够用。

"漠河是全国最冷的地方，冬季的温度常常在零下 30~40℃。"我们所带的衣服无法抵御那里的酷寒。所以，必须要在那里待一天去采购。"

"要买些什么？"

"暖棉内衣，老皮衣老棉袄，帽子也要买过耳的。手套要二层的，袜子必须得三层。鞋子也要穿比平时大二码的。"陶醉为这次旅行做足了功课。

"我服了你。"

"这才是旅游的乐趣。"陶醉笑，"要注意的事项可多了。墨水不能用。相机还要注意保暖。"

那个鲜明的北方让我无比期待！

成都到哈尔滨飞行时间是三个半小时。这样我可以好好在飞机上睡一觉，弥补我连日来因要独自出行而心情忐忑导致睡眠不足。

"把你的肩膀借给我，可以不？"我对陶醉说。

"还需要借吗？这个肩膀属于你的。"陶醉拍拍他的肩，"睡吧！"

"不要耍嘴皮子了，我压力好大。"说着，我把头靠在他的肩上，"不要偷看我——如果流口水就当没看见。"

"好吧！放心睡吧。"他也双臂抱于怀中，眼一闭说，"我也睡觉了。"

还真是流口水了。本来是一句玩笑话，却成真了。丢人啦！睁开眼陶醉正用纸巾轻擦我的嘴角。我推开他的手赶紧捂住嘴巴。愣了半天，看见他的肩头湿了一大块。

"不好意思！"我用袖子慌乱地擦了擦他的肩膀，"弄脏了。"

"口水是人都要流的。流得多，就是身体脾胃不好的现象。你应该知道的。回去后，我给你开个方子，调理一下。"

"所以我很瘦，老是吃不胖。"我尴尬地笑笑。

飞机上广播，哈尔滨太平国际机场到了。机上的人像冬眠的虫被唤醒了一样，都兴奋了。

太平国际机场是个老机场。因为位于太平镇，所以取名叫作"太平国际机场"。刻意把成都的双流机场与之比较了一下，可能老机场的缘故，陈设比较旧了些，但服务比较贴心，取行李也就特别的快。

北方的冬季是雪的世界，这是地球人都知道的事。

皑皑白雪铺满了大地，堆积于山岭。江河全结了冰，河水却在冰下流淌着。公路两边的树光秃秃的，上面挂着晶莹剔透粗细不一的冰柱。机场离市区45分钟车程，我们坐上机场大巴。

"你做了近视手术，还是戴上雪镜吧。"陶醉从背包里拿出滑雪镜给我。

对于他的好，我总无话可说。我不吃惊！

车子经过一处滑雪场，远远看去好多人啊！我有跃跃欲试的冲动。

而与我对新世界大惊小怪的反应相比，陶醉看着窗外处变不惊的样子让我觉得很没有面子。

跟着陶醉的感觉是两个字——"踏实"。一切都在他的计划中，顺顺利利的，什么也没耽误，我们就找到了提前预订的哈尔滨国际大饭店。这是一处由俄国建筑师设计的北欧风格老建筑，外形是手风琴。1937年建成开业，至今65年历史了。

在这个纯白的世界里，走进这座浓郁异国情调的饭店，我如梦如幻。如果有人问我，哈尔滨大饭店哪些让你记忆犹新？不是明星的签名，也不是它华丽的包装，更不是它的菜品与它的服务，而是那座承载了60多年历史的老电梯——就像在穿越时空隧道——人生变得悠远而凝重。

办了入住手续，我心里开始吃紧了。贵！对于我来说。考虑我们是负资产（手里的小钱不够还父母的），我建议住便宜的房间。拿出学生证，还给我们打了折。一阵窃喜！

安顿好后，我们相约去吃饭。

"下午我们出去逛逛，明天再去买必需的，怎么样？"

我俩不谋而合。人本来略微有些疲惫，他的提议让我对这个城市的猎奇心蠢蠢欲动。

我们问服务员用一个下午的时间,去哪儿游玩最合适。服务员答不上来。没办法,陶醉到前台要来一张哈尔滨地图。

"来之则安之。反正我要让你玩得尽兴,不要怕误了你的时间。一切听我的好不好?"

"没问题!"

哈尔滨半日游——陶醉设计线路了。我们首当其冲要去的第一站是"冰雪大世界"。因为离处于通达街的哈尔滨大饭店只有4.6公里,坐出租车只要十分钟。

冰雪大世界是哈尔滨为展示冰雪文化推广冰雪旅游,每年冬季必办的标志性盛会。听说是当今世界规模最大,集冰雪娱乐项目最多的。有必要去开开眼界!

果然是名不虚传。这里玩的看的动物的植物的静态与动态的,有玲珑的小塔和宏伟的宫殿,还有可以供游人攀登的城塔。目不暇接,五光十色。陶醉和我童心未泯,城堡滑梯把我俩吸引了。待一群小孩费劲登上去再惊叫着"咻溜溜"从梯上滑下时,陶醉紧跟其后。而我呢,跟前方有蛇似的,前进一步后退两步地在那踌躇着。

"没事!滑下来吧。"陶醉使劲向我招手。

真难堪!我怎么连小孩都不如呢?我心虚地看了看那些接二连三下去的孩子们,屏气凝神,心一横便滑了下去,只听耳畔凉风嗖嗖,几秒?不知道。陶醉把大声尖叫的我一把拉住拥入怀中。

"看吧?没事。自己吓自己。"陶醉拍着我的背说。

"看吧?没事!"一个小朋友在一旁学着陶醉的口吻说。

可恶!小屁孩。我冲他做了一个鬼脸。

下一站目的地是中央大街。

从"冰雪世界"出来,在当地人的指引下,我们在景区门口坐上了29路旅游公交。听说中央大街最有人气的地方是一个叫"马迭尔"的冷饮厅。当地无人不知的老字号。不知从南方来的人是不是都和我一样,对此感到特别惊奇。从早到晚排长队的人,发现女孩子居多。她们手里都拿着一块冰糕。零下20℃,吃着冰糕,真的是不可思议。马迭尔的味道一定别树一帜,要不然怎么能诱惑到挑剔的女生?

比如我。我们排了十分钟的长队,才尝到它的味道——甜而不腻,冰中带香。第一次体验了一把穿着棉袄吃冰糕凉入肺腑的感觉。

见我龇牙咧嘴,陶醉兴奋到不行。

"从这儿走十分钟——圣索菲亚大教堂。你这个天主教徒不能不去参拜一下吧?"

天黑了……

我强烈要求陶醉拍一张"夜幕下的哈尔滨"!

"中央大街被称为建筑艺术博物馆。圣索菲亚大教堂在这里首屈一指。"陶醉说。

"你怎么知道?"

"酒店里的旅游指南有介绍啊!"

谈笑中我们来到圣索菲亚大教堂前。夜幕下,宏伟而庄严的教堂在灯光的陪衬下显得那么高贵和神秘。

物与人一样是不能比较的。圣索菲亚大教堂与周围其他建筑是那样格格不入。教堂通体红砖,夺人眼球的是那巨大饱满的洋葱头穹顶,统率着四翼大小不同的帐篷顶,形成主从式的布局。四个楼层之间有楼梯相连,前后左右有四个门出入。正门顶部为钟楼,7座铜铸制的乐钟恰好是7个音符,由训练有素的敲钟人手脚并用,敲打出抑扬顿挫的钟声。

"好像没有人在这里做礼拜,祷告,忏悔。有点遗憾,这里似乎仅仅成了旅游景点。"陶醉说。

我没有作声。我在心里默念着:

我们的天父,愿你的名受显扬;愿你的国来临;愿你的旨意奉行在人间,如同在天上……

从教堂出来我开始有了倦意。按陶醉的安排我们还要调头回去,到马迭尔对面的华梅西餐厅去吃俄式大菜。亢奋期已过,身体向我发出了休整的信号。

我们乘出租车回酒店,晚餐后便各自回房休息。

酒店非常安静,安静得让你能感受到历史的厚重,就像一位安详的老人在向你不紧不慢地讲述他的一生。

按原计划，第二天上午去逛商场，购买所需的物品。

"下午，午睡。"陶醉说，"去漠河要二十小时的车程，在闹腾的狭窄空间里，你恐怕是休息不好的。旅游路上，首先要保障的是身体的舒适度。"

一路向北，穿越大兴安岭。怕我会闷，陶醉拿出扑克牌，邀请上铺的两位操山东口音的姐妹来斗地主。没打多久，便熄灯了。睡眠出奇地好！一觉睡到大天亮。陶醉早醒了，他哈了口气到玻璃窗上，几笔便勾画出了一个小女孩甜睡的模样儿。

"这是我吗？"我问。

"没说是你啊！这是我的比邻娃娃呀！版权所有，复制必究！"陶醉又耍贫了。不过，真心喜欢他这样！

窗外，冰雪覆盖下的大兴安岭晶莹雪白，犹如童话森林。在有限的几次火车旅途中，车厢的味道是让人难以容忍的。特别是夏天，什么味儿都有。在这列通往漠河的火车上，站在火车的连接处能闻到从缝隙里飘来的夹杂着清冽草木味道的空气！

到达漠河已是晚上6点32分。火车上没吃好，肚子咕咕叫了。

向当地人打听，到北极村只需要一个多小时的车程。我们商量了一下，暂且先吃零食充饥，一路向北连夜赶往北极村。在那里好吃好喝好睡后迎接北极村的第一缕阳光。

火车站附近，我们找了一位当地的私人导游，四十多岁的叫刘丽的大姐。她开着一辆越野车，人很豪爽，看我们是学生，算了我们优惠价，三天四百块。

"刘姐，可以帮忙订回程的火车票和飞机票吗？"我问她。

"可以的。"

"我要订元旦到海口的机票。当然，还有回哈尔滨的。"

"别急，订几张，到哪里。到了村里再慢慢说。"

这时，陶醉看了我一眼似有话要说却欲言又止。透过他的眼神，我大概能猜出几分，定是怪我还没好好玩心里便老想着离开。对他我感到抱歉！

一路上，导游风趣地给我们讲解北极村的过去和现在。很快我们就到达了向往已久的北极村。

农家的红灯笼高高挂在门前,心里看着十分温暖。

尽管我俩武装得像端午节的粽子,里三层外三层的。但下了车,寒气扑面而来,我和陶醉直打哆嗦。这时,密密麻麻的白色颗粒从天而降,飘扬而来,像小沙粒打在我露出来的鼻头上生疼。

"是什么呢?林子里的虫子吧?"我自问自答。

"不是。下雪了。"导游姐姐说。

"雪花怎么这么硬啊?"陶醉问。

"这里最低的温度达到过零下52℃,平均温度都是零下30℃左右。您说这雪花不硬才怪!"

来的路上导游便联系了农家小店,进屋歇息没多久,手脚利索的煮饭婆很快就端上热乎乎的饭菜来。地道的两个菜是免不了的:猪肉酸菜炖粉条,小鸡炖蘑菇。我们开始狼吞虎咽,对于味道都没太在意。不吃猪肉的我也不知吃了多少肉到肚子里了。

吃好了,洗漱了。我和陶醉约定早起去看日出。但是,导游刘姐说不用早起,太阳要8点钟才从邻国慢慢升起。

有人说,旅游就是瞎折腾。现在折腾累了,要好好睡个好觉,明天才有劲头去欣赏美景和奇观。

房间在楼上。很简陋,没有任何装饰。小电视和一个储物柜也都是单置一角。炕挺有意思,并不是我们平时在电视剧里看到的那样,锅灶炕三位一体。炕上的棉被虽然有点陈旧,倒是挺干净。炕也烧得恰到好处,在火车上一直期待这炕上的温度。我满心欢喜地准备上炕,陶醉敲门了。

"还没睡啊?"我开门问他。

"这儿住宿的条件不怎么样?你能习惯吗?"

"随遇而安。别人能住我也能住的。"

"那好。晚安!"

"晚安!"

炕挺高,踮起脚我才爬了上去。脱衣钻进了被窝,真暖啊!全身筋骨一下子舒通了,人像软绵绵的棉花。不一会儿进入了梦乡!

一觉醒来是早上六点十分。把带上的衣服全部穿上,梳洗完毕。听见外面有笑声,开窗往楼下一看,陶醉正逗店家的孩子在门前玩耍。

"这天还没亮呢！你们这么闹，别影响别人休息！"我冲楼下说。

"姐姐，你是哪里人？"小孩穿得像个太空人，萌态十足。

"外星人！"

"骗人！"小孩说着扔了一团雪在陶醉身上。

"哈哈哈——"我忍不住大笑，对楼下的小孩说，"小朋友，扔他。他撒谎！大人怎么能骗小孩呢！"

"下来啊！我们堆了雪人再去看日出。"陶醉蹲在那对我说话时，小孩趁机塞了一团雪到他的嘴里。

小孩的突袭让陶醉傻了眼，但瞬间他佯装呕吐地躺在地。

他这招真把小孩唬住了。

"哥哥！"小孩见喊他不应，连忙跑向屋里搬救兵去了。

"哈哈哈——"陶醉连忙从地上爬起来得意地笑着，"外星人复活了！"

"坏！"我也赶紧下楼。

见我下楼，女店家上前询问吃些啥。我跟她往厨房一看，玉米面粥，疙瘩汤，馒头，咸菜。

对咸菜我很感兴趣，决定就着馒头和热腾腾的稀粥吃。

不服气的小孩追着陶醉前厅后院地跑，我问他吃了早餐没，他说已吃过了，只等着我堆雪人了。小孩开了房前屋后的灯，院子一下子亮得刺眼。

"堆雪人吧？"陶醉拿出口袋里的糖对小孩说，"如果你堆的雪人好，这就属于你的了。"

这是我人生中第一次堆雪人。我脑子里没一点概念，傻乎乎地看着陶醉跑进屋去借铲子。

小孩也拿了把小铁锹跑出来。看来，他是挺重视陶醉说的话——甜蜜的诱惑！

他们各自选了一块地。

"首先，找好雪人堆放的位置，建立雪人底座。"陶醉拿着铲子开始铲雪。

没吃过猪肉还没见过猪跑吗？我明白他说的意思了。我也去找来一把铁锹。因为穿得厚实，几铲子我就上气不接下气。看那小孩，已经用手培雪了。我可真担心在小孩面前出洋相！

多一根肋骨就是不一样。陶醉铲了厚厚一堆雪，把铲子一扔开始培底座了。

"底座的大小决定你堆多大的雪人！"陶醉看了一眼那小孩小声对我说，"看吧。那雪人堆起来也就跟他差不多。"

"都要酸掉牙齿了，你比人多吃几年饭？羞不羞？"我取笑他。

"呵呵呵——"他装怪地笑着，"我们要培雪人的身子啦！你说，是苗条呢？还是丰满？"

"丰满一点。胖胖的才可爱！"我说。

陶醉用手搓了一个雪球在地上滚起来。

"滚雪球？"我惊讶地问。

"对！把雪球滚大就当作它的身子。当然，不能比底座大，要不然它的身体就不协调了。"

"如法炮制，可以用同样的方法做雪人的头了？"我说。

见陶醉点头，我兴奋地去滚雪球。不分先后，我俩分别做好了雪人大腹便便的身子和它高贵的头。

"哈哈哈——我都好了！"正当我们把几部分合二为一时，小孩屁颠颠地跑过来。

"好啦？"我们望过去，哈哈——真是滑稽！

这真是个袖珍小雪人。大头，小身子。头上戴着皮帽，脖子围着一条油腻的脏毛巾。

"虽然是雪人，可这围巾也太寒碜了。"我说。

"我妈只给我这个。"小孩说。

"虽然是丐帮出生，但也乐观。两只用小石头做的眼睛，特有神。不错！"我笑着向陶醉眨了一下眼睛，示意他该颁奖了。

陶醉脱下手套，从口袋里把巧克力豆拿了出来塞在小孩手里："去，一边吃去！"

"别被孩子比下去啊！"我对陶醉说。

"这得看你的了。这雪人是妹妹还是弟弟？"陶醉把难题抛给我，

"快给他打扮打扮!"

只有就地取材了!我到附近走了一圈,找来装扮的材料放在陶醉面前。

"不用说,这是眼睛了。"陶醉拾起干干的松果把它镶嵌在雪人的脸上。

我又把两小片松针插在松果的上方。

"哈哈哈——原来是睫毛!真有你的。"

"巧妇难为无米之炊!鼻子只有用这一小弯的树枝了。"我无奈地说。

"我有办法。"陶醉说着跑向店内,不一会拿出一根胡萝卜,"调换一下就行了。胡萝卜做鼻子,树枝把它折成若干变成纽扣。"

按陶醉说的做,效果便大不一样。

"嗨!雪人你好!"看着可爱的雪娃娃,我情绪高涨。

"娃娃你冷吗?"陶醉打趣着,"你怎么连帽子都不戴啊?"

"人家丐帮的都有顶皮帽和围巾。"我故作可怜地说,"你不要怪我们,我们自身难保啊!"

"你们两个大小孩真乐啊!"

我们俩一唱一和时,导游来了。我一看时间,离八点还有十分钟。看来是算准时间来的呢!

"要到哪里看日出呢?"我和陶醉异口同声地问。

"到村口——七星山。七星山是北极村最高处。"导游说,"要不了多久,到顶差不多二十分钟。"

我们跟着她,听她边走边讲。没几分钟,就到了山脚下。

山路挺陡。依导游说的20分钟脚程,我这个体力是不能按时到达的。

"应该早点出发。"我上气不接下气地说。

"有我呢!"陶醉一把抓住我的手往前走。

"来这儿的小情侣可多了。"导游笑着说,"夏至前后有北极光。看了北极光,爱情就会圆圆满满。"

"冬天有吗?"陶醉问。

"什么是北极光?"我问

"没有的。只有夏至前后才会有。"导游说。

原来北极光是天象奇观,只有在中国漠河的北极村才能看得到。北极村是中国最北、纬度最高离北极最近的地方。由于太阳活动时爆发出的高能带电粒子,受到地球私地磁场影响偏向两极,并经大气中的分子原子激发而形成绚丽多彩、奇异壮观的彩色发光现象。而北极村位于北纬53度线以上,由于纬度较高,在夏季就产生了白昼现象。这些因素结合起来,北极村成了观测北极光的最佳地点。

"这次我们看不到北极光,好遗憾。"我对陶醉说。

"夏天再来吧。"陶醉说。

我们顺着别人踩的脚印一路往上爬,渐渐热得把帽子围巾全摘了。半山腰有个防空洞,那里可以俯瞰北极村的全景,远远看还能望见对面俄罗斯的伊格娜斯依诺村。

看日出的有几好拨人,比我们先一步蹲在那守候着。

八点二十分,黑纱般朦胧的天际被一双无形的大手拉开——天边吐白了!接着一片绯红……

"啊!"我和陶醉跳着叫着兴奋地拥抱在一起。

"快拍照啊!"陶醉从怀里取出相机（呵呵!因为怕相机冻着了）。对着我一阵狂拍后交给导游,让他给我俩拍合影。

太阳像女人出行,它用彩妆打扮自己——粉色、大红、朱红轮番试了个遍。橘红似乎合了她心意,这才漫不经心地走了出来。顿时,远方的崇山峻岭红得一片敞亮。

回去时顺利多了,因为雪又松又软,我们便一屁股坐下去顺道滑了一截。导游姐姐笑得直不起腰来。

我一路寻思那"狗爬犁"。回到店中时,女店家早已准备就绪。只是不知"狗"为什么变成了"马"?

"要是狗拉的话有感觉多了。"我对陶醉说。

陶醉去交涉,但店主摇头,说他家只有马拉的。

为我们赶车的是位脸庞红润蓄着山羊胡子的大爷。

年纪应该不轻了。还出来干活?我们于心不忍啦!我想着。

"大爷您吃得消吗?"我问他。

"习惯了。喁——驾——"大爷哈哈笑起来,声音如洪钟。

我们到了黑龙江边，北极村江边的温度计显示是零下 35 度。

江边有人打鱼。大爷说是两口子。看着他们在酷寒下劳作我不寒而栗。为了方便拉网，手套都没有戴，茧皮布满的双手裂开了一道道红红的小口子。小鱼上来就死了，他们说是冷水鱼。5 元一斤。

"光顾一下吧，不能只看不买吧。人家挺辛苦的。"陶醉说着掏出零钱买了二斤。

"有美味啦！午餐就可让老板娘煮了。"

地理上的跨越是一种挑战，从南方过来的人是伤不起的。我们转了没多久扛不住了，便灰溜溜地跑回了店里。

老板娘的厨房要温暖多了。我们好奇地守在灶前看她如何炮制今天的午餐。

陶醉联通的手机一直没信号。他倒不在意谁是否联系他了。只是我怕阿诺惦记，因为三天后我就去海口了。这时，我的移动破天荒收到阿诺的短信了。

老天！

"在哪里？想你！"阿诺说。

我看了短信发出的时间是十二月二十五，天哪，过了一天才收到。奇迹！趁有微弱信号，我要赶紧给他电话。陶醉疑惑地看着我跑到楼上。

"吃饭了！"陶醉楼下叫。

"怎么？你朋友催你啦？"坐在饭桌前，陶醉很小心地问我。

看他失落可怜的样子，我有点恨自己可耻了。我总是不经意伤了他。我能否心安理得地去海口呢？

我没有回答他的话，闷着头扒饭。

下午的出游都心不在焉，走马观花地看了"神州北极石""北陲哨""最北第一家"，其他便放弃了。按陶醉的原计划，游了北极村我们还要去漠河市区。但现在游玩的兴致一下子消失殆尽。晚上，没待我向他提出订票的事，他便开口了。

"身在曹营心在汉！"陶醉故作轻松地一笑，说，"好吧。我们让导游订票吧。"

十二月三十日，我们从漠河飞哈尔滨。一月一日元旦，我们从哈尔滨分道扬镳。上午八点四十五我飞海口,晚上六点四十他飞成都。陶醉刻意选择了晚上的航班,我知道他是为了目送我离开。

我们一路上都没有说话。

为什么我不选择他呢?这个男人是能海纳百川的人。他像一座山又像一面海。他能迁就我的对与错,包容我的好与坏。为什么我要死心塌地跑去海口?陶醉,后会无期了!我在心里说。

"走了!"我说。

"嗯!"他眼眶红了,转过身去。

我以为这应该是很轻松的告别,但当他转身的那一刻,我还是泪流成河。不要回头,不要回头!过了安检,我踏着大步向候机厅走去。

12

要过年了。要结婚了。我迫切地想着小天。我想回家。

这个冬天,雪终究没有在我的期待中来临。我一路小跑地走在家门前那条百米小石路上。老远,小天的笑声便从院中传了出来。防盗门是虚掩着的,门端上的铁齿已是锈迹斑驳。父亲在去年春节前夕刷了防锈的银漆,可总是管不了多久,这漆便像老榆树的皮一样层层剥落;更似伪君子的心,时间久了就迫不及待地露出他本来的面目。

门联上是弟弟天涯用隶书写的春联,七岁时练书法,每年的春联都是他的精心杰作。一晃七年,弟弟快十五岁。他的书法犹如他的身高和性格愈发成熟,越来越不同凡响。

轻轻推开这厚重的铁门,就闻到院子里花草的芬芳。除了有秋菊外,还有兰草、栀子以及一些不知名的花草和树木。大部分都是婆婆身体强健时种的。爷爷死后,她的身体一日不如一日。现在的她对外界一无所知,每天只是傻傻地坐在那宽大的太师椅上看着院中的花草。偶尔,会冒出一两句话,说:天涯放学了,怎么没人去接啊?

"婆婆!"如今我站在她的面前就如一个透明人。我多期待她给我一个反应啊!

穿过院子,我进了屋,便看见父亲戴着草帽拿着毛刷提着油漆桶。不用问,马上要过年了。父亲又要为铁门穿上新衣了。弟弟天涯正站在高椅上哼着小曲快乐地打扫屋顶的灰尘,幸福的神情洋溢在稚气未脱的脸上。

我的儿子小天在干吗呢?调皮鬼正骑着他的小摩托在客厅与厨房间来回穿梭着。

出发时打电话告知母亲要回家,遭到了她严厉的阻止。厨房里飘来排骨汤的香味——我的最爱!这是母亲无声地在对我说:女儿,欢迎你回家!

"爸爸,天涯,我回来了。"我说。

我又想哭了。

"哎哟!豆豆啊——"爸爸放下手中的工具,走过来压低声音对我说,"你妈妈都念叨了好久。"

"姐姐,妈妈是刀子嘴豆腐心。"天涯跳下椅子说,"你一回来,我倒饿了。"

"今天的晚饭早点吃。"爸爸取下草帽,说,"走,帮你妈妈开饭去。"

"不用了。你们说会儿话吧。"母亲的声音,她系着围裙走到客厅,"我慢慢来上菜。"

虽然母亲这么说了,天涯依然跑前跑后张罗着开饭。我的儿子小天呢?他像个跟屁虫似的只管在后面捣乱,勺子筷子被他摆弄得一塌糊涂,真是小忙人一个。忙里偷闲,时不时用眼睛瞟我一眼,那小眼神里满是快乐!

"小天,我是回来看你的。"我从包里拿出买的玩具走到他跟前与他套近乎,"喜欢吗?"

"喜欢!我要去给婆婆看看。"小天一边说着一边就滑下了高背椅。我伸出双手正要接住他。他已溜下来双脚着地,屁颠屁颠地向厨房跑去,动作之快,像条小泥鳅。

"别看他小腿小脚的,利索得很呢。爬上爬下很熟练了。"父亲笑着说。

本以为父亲只是收拾一地的玩具没顾及其他,他却把一切看在眼里。看来,照顾小孩真的是要眼观四方耳听八方,有着十二分的警惕性。

碗筷摆好,菜也热腾腾地上了桌。小天和我一样馋的就是那一锅汤。见汤上了桌,他麻利地爬上了椅子。

"洗手了没?"正欲开动,母亲虎着脸盯着他问。

"走,洗手去。"见状,我急忙抱起儿子往水槽走。真是汗颜!

要做妈妈的确有很多地方需要学习。

我们开动了。父亲一人把婆婆扶进屋子，然后盛了一碗汤开始一勺勺地慢慢喂进她嘴里。

"好吃吗？妈妈喜欢的。"父亲给婆婆喂饭已经持续有几年的时间了。我们要帮忙，他都拒绝。他总说，只要他活着他能动，他都要亲自给老母亲喂饭。

"给。"正当我为父亲的孝心所感动时，我的小天也举着勺子凑到我嘴边，说，"快喝！"

我的小天！我的儿子！我的宝贝！

稚嫩的小手把勺子里的汤送到我嘴里时已洒得差不多了，我心里已水漫金山——

吃了饭，我帮着父亲一起大扫除。母亲拿着一包旧物出来。

"我来帮你。"我跑过去接过来拿进杂物房。

杂物房在厨房后面。我刚要拉门，门却被人从里推开了，没料到会有陌生人，我吓得倒退三步。

"豆豆！"那人还叫我的小名。

"你是谁呀？躲在杂物房干吗？"我说。

"没良心的丫头，大姑爷你都不认识了。"母亲从厨房出来嗔骂道。

其实不用母亲说，我已经认出大姑爷了。不明白他为什么躲在杂物间。不明白几年不见，他为什么变成这副惨不忍睹的模样？我的印象中，大姑爷是个黑黑壮壮做事能干的人。可是，眼前的他，一头黑发没了几根，眼窝深陷活像两个小黑洞，让人不敢直视。还有曾经结实的筋骨，如今只剩一层没有光泽的皮贴在那薄薄的身躯上。

"你大姑爷生了肝病，准备到华西去治病。所以顺道来看看我们。"母亲说着，伸手搀扶着大姑爷，"到客厅坐坐透会气，看一会电视。"

大姑爷点着头跟着母亲去了客厅。我想，若是大姑爷不嚅动他干枯的嘴唇，整个人就没力量没表情，跟杂物房的朽木没有什么区别。

想到此,我全身的寒毛都竖起来了。可怜的大姑爷,你可是正当盛年啊!

我把杂物往房角一扔,看见一边置了一个床铺,看来是给大姑爷睡的。我想,妈也真是的,对一个生了大病的人为什么不好好接待呢?

"妈怎么能这样呢?虽没有房间,但可以和天涯挤一挤啊。怎么能让姑爷睡杂物房呢?"我到院里找到忙活的父亲说。

"你误会你妈妈了。先就是这么安排的,要么和天涯睡,或者在客厅睡沙发。但是,他说他一个活不长的人睡杂物间最合适。"父亲叹着气,说,"可怜人啦!你大姑该怎么办啊!"

我沉默了,心里说不清的滋味。

"你姑爷到成都治病是借口,他的病已经是晚期了。"父亲停下手中的活,"他想趁能走动的时候到处看看。"

"我们都吃了,姑爷还没吃吧?"我问。

"那时他正在睡就没叫醒他。你去盛碗汤给姑爷喝。他现在没那么大的食量,吃不了几口。"

听父亲这么说,我赶紧到厨房里去热汤。我们吃得早,这会儿才正是饭点。

把汤送到姑爷面前,他笑了。我心里有点发毛,不敢看他瘦骨嶙峋的脸。见姑爷正吃得香,我再也忍不住了,几步跑到院里婆婆身边,抱着她膝头哭了。

想起那年暑假在乡下,大姑爷知道我爱吃鳝鱼,专门打着电筒到田间下饵,次日凌晨便去收笼,总会钓上肥肥的七八条。那年夏天,我美美地吃了几顿鳝鱼宴。

天色暗下来,从院子里看弟弟的房间,已经开了灯。

这小子是在玩游戏还是在做作业呢?我想。

"天凉,把婆婆扶进屋吧。"母亲抱着熟睡的小天走出来,说,"进屋陪姑爷聊会天。"

天涯也下楼来,我们围坐着话起家常,说起往事。

"家里怎么安排的?"听父亲那么问姑爷,言外之意应是后事要如何办？

"我得这个病是天注定的。我怕走了之后，家里不好过啊！"

"你只管好好治病，我做大哥的不会不管。孩子要是考上大学我会支持他读的，考不上就学个手艺。"父亲给姑爷续上热茶，"你年纪轻轻受这么多苦啊。"

"要说苦，你小时候吃的苦比我多。"大姑爷说起他和父亲年轻时的趣事，眼眸里闪着一丝亮光。

"我知道。婆婆生了八姑身子虚。爸爸大冬天还下河捉鱼给婆婆熬鱼汤补身子。"天涯说的父亲下河抓鱼的故事是婆婆曾常在人前念叨的一段。

"那时候穷，你爸爸是家中老大。兄妹八个，他都要照顾。为了让家人填饱肚子，你爸爸十三岁就陪着你爷爷去偷芦苇。"

"偷芦苇干什么？有没有被抓过？"听大姑爷这么一说，我和天涯急得马上要知道究竟。

"不去偷，就得在家中挨饿。那个滋味真难受。"父亲接上话来，"何止被人抓，还被蛇咬。"

谁愿意去做贼呢？在那个年代一切都是迫不得已。白天在地里劳作一天，晚上胆战心惊去偷芦苇。那个生长芦苇的地方其实是一块无人管理的荒坡，坡边是塘。野生芦苇极其茂盛。但因为这块地是邻县管辖范围，也不敢明目张胆去收割。父亲半夜正睡得酣甜，爷爷就把他叫醒，父子俩悄悄出动——去偷芦苇。

两人都赤着脚，每晚来回两趟四五个小时的路程。有时夜半，在路途中能碰上好几拨人。父亲到了十五六岁，到了能驮能挑的年龄，就和爷爷各挑一担。一次，父亲的脚刚踩进芦苇里就被蛇狠狠地咬了一口，脚后跟瞬间肿得老高。爷爷帮父亲吸出伤口的血。好在只是一条无毒水蛇，过了一个时辰就消肿了。芦苇用处很多。爷爷把芦苇晒干，编成凉席、晒垫、帽子和船篷。

人多了，就要竞争。父亲天生憨厚总是怕得罪乡邻，偶尔帮他吵架出头的就是大姑爷。

"卖了芦苇才有钱去读书。"母亲说。

父亲读了师范出来，还是摆脱不了种田的命运。在学校待不了几天就要被赶回家干点农活。好不容易找了对象,家里人口多没地儿结婚。这时,大姑爷看上了大姑。把大姑嫁了出去,父亲这才和母亲入了洞房。

"你的血吸虫病就是偷芦苇染上的。"大姑爷对父亲说,"我的身体就这样了,你可要好好爱惜身体啊!"

父亲查出血吸虫病是成家立业之后。因为发现得晚,一直靠药物控制。记忆中,父亲好几个夏天都去住了血防医院。可能是苦惯了,小毛病能挨能挺就过去了。对于身体,父亲总是不在意,多亏母亲细心的照料。

聊天的话题稍显沉重,大家莫名感伤。看小天在母亲怀里睡得香甜,我说:大家都睡去吧!

能成为亲人的人,他们都是天使组团来的。

家是港湾。

无梦之夜,我的觉是踏实而平静的。

小天和母亲早睡早起已是习惯,而我醒来已是中午。姑爷一大早就走了,父母都没有挽留,在他不多的日子里应该跟妻儿在一起。

"小天到你房间看了你好多次,看你醒了没。现在一个人玩变形金刚无聊着呢。"母亲说。

父亲骑车去办年货,天涯到培训中心练书法了。母亲煮了牛肉面当作我们婆孙的午饭。父亲不在,我便给婆婆喂饭。母亲给小天喂。家里爱意满满,过完了年,我一定不舍得离开。但有一点肯定的是,母亲会虎起脸说:"滚回去!到你的世界里去过你的生活。"

我喜欢过年的感觉。母亲是温柔的。家是温馨的。

牵着小天的手,看着落叶,我不由得想到阿诺。这个年,他是怎么过的呢?

"小姑,外公还没浇花呢?"小天看见一边的花洒,小步子溜快,把它拿到我跟前。

从上次他的生日到现在我是第一次听到他叫我。但是他没有叫妈妈,而是叫我小姑。心里是喜是忧我都分不清了,见母亲不在,我弯下腰小声问他:"小天,这里没人,为什么不叫妈妈呀?"

"婆婆会骂的。婆婆说了,以后不管在家还是在外边只能叫你小姑。我不想惹她生气。"小天一脸的委屈,皱着眉头也压低了声音,"你是我妈妈吗?为什么幼儿园的小朋友都能大声叫他们的妈妈?"

"我当然是你妈妈,世界上最爱你的妈妈。"小天的"质问"让我哑口无言,面对他纯真的心灵,我无法自圆其说。我现在唯一能做的就是拥他入怀,让他知道这个独一无二的怀抱永远是属于他的。我把他抱怀里,心里在流着血。

"宝贝,妈妈一定努力,让所有的人知道你是我的好孩子!"我心里暗暗说着。可是,那个声音却是那么苍白无力。

"浇花吧!花儿们都要渴死了。"小天笑着拉着我的手,"壶里没水,小姑,去接水。"

谁说小孩没有苦恼?因为年纪小,都被大人们忽视了。现在,要尽快转移他的坏情绪,让他快点高兴起来。

"好!小天真是个爱劳动的好孩子。"我接过花洒去墙角装满了水,想故意逗逗他,便说,"这些花草小姑都不认识,你认识他们吗?"

"他们长在我家,我当然认识了。你看,这是爷爷最喜欢的兰草,还有这盆是婆婆最爱的松柏盆景。"小天活跃起来,指着那些花草如数家珍。那激动的模样似乎怕别人笑他不认识自己的家人。

"小天,那你最喜欢的是什么呢?"门边一个熟悉的男人声音响起,我和小天都吓了一跳。回头一看,是陶醉。

"我最喜欢——叔叔我不认识你。"小天警惕地瞪着大眼看着陶醉。

"你这孩子,水都洒在靴子上了。"母亲不知何时出来的。

她夺过我手中的花洒重重地放在一旁的石桌上。她的心无时无刻不在操心小天,估计在楼上阳台忙活的她早就看到闯入院里的陌生人了。

"不欢迎我吗?"陶醉笑着向母亲鞠躬说,"我是林比邻的大学同学。"

见母亲神色凝重不答话,陶醉耸耸肩自嘲一笑,解释说:"有点冒昧。听蔷薇说比邻回家过年了,我也是回家过年来,顺路过来看看。"

母亲神色缓和了许多，依然不吱声。我不知如何是好。

"你的侄儿真的很帅，而且聪明。"陶醉磨人的功夫还真有一套。

母亲雷打不动，还是不拿正眼看陶醉。小天却是母亲的死穴。她不悦地看了我一眼，抱起小天，说："咱们进屋看动画片去。"

"我不。我只想和小姑玩。"

尽管小天拒绝着，十分不情愿，但母亲依然强行把他带回屋里。唉！防火防盗防小天身份曝光。母亲过得真是辛苦。这样的局面何时扭转？一切都在于我。我的心里又沉重起来，对陶醉便不满了。

"总应该打个电话吧？"

"电话关机。"陶醉无辜地看着我，"特别想你，听蔷薇说你在这个小区就跑来了。"

是吗？我从衣兜里取出手机来看，果然。此时，张正义短信也来了：正月初一我要来拜年。

不要！我回复道：父母要回乡下祭祖。我初二就回成都。

"就这么不待见我？"陶醉叹了一口气说，"听说要和那个老张结婚，也不告诉我一声。"

"行了。别自寻烦恼了。"

突然，屋里传来哭声。小天不知为何事闹得不可开交，嗓门尖尖地叫着。

想着要进去瞧瞧，陶醉却像树桩一样杵在那儿一动不动，似乎压根就没想离开。

不一会儿，小天哭着跑到院里来抱着我的腿，用哀求的口吻对母亲说："婆婆，我特别想和小姑还有叔叔玩。"

"来，叔叔抱。"陶醉张开怀抱，小不点就跑到他怀里了。

"喜欢叔叔吗？"

"喜欢。叔叔你真高呀！"小天破涕为笑，拍打着陶醉宽厚的肩膀说。

陶醉像变魔术一样拿出一个不倒翁小玩偶。

"圣诞老人。"小天高兴地捧在手里，"好可怜，一个没有脚的圣诞老人。"

"你猜他站得稳吗?"陶醉问。

"没有脚,哪能呢?"

"好,你现在去试试看。"陶醉把他从怀里放下来。

小天拿着不倒翁兴致勃勃地朝石桌跑去。石桌的高度太难为他了。只见他踮着脚尖,鼓着劲,也无法把圣诞老人立在桌上。尽管如此,这个倔孩子,依然铆足了劲不求人。

"哎哟!我的心肝宝贝。"母亲看不下去,急忙走过去帮她的孙子扫平了障碍。

"我要有叔叔那么高就好了。"小天喘着气看着陶醉,然后,他目不转睛地盯着圣诞老人,"天哪!真的不倒啊!"

"你推推它。"我说。

"怎么推也不倒!摇摇晃晃也不倒!"小天拨弄着人偶,一边兴奋地问陶醉,"他都没脚怎么能站起来呢?"

"这个问题要等你长大了就知道了。"

"叔叔,你是大人,你能告诉我吗?"小天是个爱动脑的小孩,他穷追不舍地向陶醉发问,陶醉技穷不知如何回答了。

"这个答案必须你自己寻找才有意思。这是游戏的规则,知道吗?要不这游戏也就不好玩了。"

小天似懂非懂地点头着——母亲和我在一旁忍俊不禁,陶醉偷偷冲我尴尬地做了鬼脸。

"叔叔,你是干什么的?"小天的问题可真多。

趁小天和陶醉说着话,母亲向我使了个眼色,她前脚走我后脚赶紧跟她进了屋。

"我知道你担心什么?不用那么害怕。"我说,"小天需要与男人接触。"

"你爸爸和天涯不是男人?"

"爸爸是老人了,天涯就是一半大小孩。小天的成长需要强壮阳刚的年轻男人。说白了,就是父亲的味道。您知道,他今天问我什么了吗?他问为什么不能叫我妈妈。我真害怕,有一天他会问为什么没有爸爸?爸爸在哪?您也看到了,今天小天的高兴劲应该是从前没有的吧?"

母亲不语。

"阿姨,"我们话音刚落,陶醉抱着小天走了进来,"今天太阳不错,不如,我们带着小天出门玩会儿?"

"好啊!"我生怕母亲反对,急忙应承着。

"去吧!"母亲突然说,语气中充满着无奈。她一反常态的样子,让我的心抽紧了。

陶醉和小天欢天喜地,而我却高兴不起来。就像我每次出远门一样,母亲在身后目送着我们。我知道她是生气了,我不敢回头。

陶醉的座驾停在路边的树下,两只喜鹊正在车顶叽叽喳喳跳着。开了门,小天兴奋地跑进车里,两手摸了摸皮椅后,就嚷着要驾驶台前悬挂的佛珠玩耍。

"我们去哪儿玩啊?"小天是一刻不闲着。

"好玩的地方。那里有个奶奶做的菜很好吃。有个老爷爷他会做很多玩意儿,你只要乖乖地听话,他会给你做的。"

又是奶奶,又是爷爷,孩子会喜欢吗?我也不禁好奇地问:"哪儿啊?"

"你怕我把你们卖了不成?"

我只有看风景。

陶醉哄小孩比我行!

看他开着车不忘逗小天,我却担心安全了:"不要说话,小心驾驶!"

一路上说说笑笑,现在,我们是快乐的!

车子到了郊区,在一个缀满爬山虎的院墙外慢慢停下。

"妈妈,好漂亮!"

"妈妈"两个字从小天嘴里脱口而出,孩子高兴地把婆婆的话抛到九霄云外了。瞬间,我倒吸一口凉气。

"小天叫你什么?好像叫你妈妈?"陶醉一边倒车一边问。

"不是妈妈,是姑妈呀!"

"我说呢!"

"该死!你为什么没勇气承认?你是妈妈呀!"我脸红心跳地在

心里骂自己。

聪明的陶醉怎么那么容易糊弄过去呢？

车门打开，小天欢快地像只兔子跑过去拍那厚重的红门："叔叔，这是公园吗？门好高好大好漂亮！"

是啊！这门气势磅礴，明清建筑风格。

门虚掩着，推开门，跨过门槛，陶醉带领我们绕过一堵屏墙。

"前面是正屋。"陶醉指着正前方的院落，"主人房。"

青灰色的院墙，红亮的房檐在太阳的照射下显得贵气十足。通往正屋的这条青石板路的两旁，花树像旧时的丫环列队恭迎着宾客的到来。

"这是正屋大厅。"在陶醉的带领下我们跨进大厅的门。红木家具循规蹈矩地被主人安置在妥当的角落。

看着陶醉的一举一动对这颇为熟悉，此时我不禁疑惑了，难道——

"这是你家？"

"被你猜中了。严格地说这是我父母的家。我家你去过的。"

"你喜欢搞突然袭击？为什么要带我来这儿？"

"求你了，等一会儿我爸爸对你说什么你都不要吱声，只管点头就是了。"

"不行。小天我们走。我们都搞不清状况。"

"你走了，我就死定。"陶醉还有一特长就是撒娇扮可怜，"我跟我爸说，要把女朋友带回家给他看，他等了好久了。他年纪大了，老是催婚。我无计可施。"

唉，不知不觉上了贼船了！再看看小天，像笼中的小鸟出来一趟不易，不能扫了他的兴。

"带我们到处走走，就当参观。"我说。

陶醉眉开眼笑。

我们去了后院。一眼就看到院中一口水井，如正在悠然自得地垂钓的渔翁守候在参天松柏下。由黄变黑的老井绳在风中似有似无地飘荡着，神秘的影子投射在地面上，像是有小精灵在作怪。

还有葡萄架。虽然在冬季，枝条苍劲依然不逊往日，严谨密实地在四周的柱子上缠绕着，没有绿叶，却不颓唐。照旧是一处别样好风景。在葡萄架下有石桌石椅棋盘，一旁还挂着一只鸟笼，里面住着一只绕舌的八哥。

"鸟！"小天像只蜻蜓，飞到这停停，又飞到那看看。

"老五，你回来了？"八哥突然说话，把我们逗乐了。

"这都是跟我爸学的。"陶醉说。

"回家我也让婆婆给养一只。"看着那只八哥，小天既好奇又羡慕不已。

"哈哈哈——"只听一阵笑声从身后传来，笑声苍老却不失明快。任何人听到这样的声音就知道这是一个快乐的老人。

不用说，他定是陶醉的父亲了。

陶醉听到父亲的声音像听到虎啸的猴子，他敏捷地从椅子上起身，看着身旁的我，对他父亲说："林比邻，我的女朋友。"

我心里发虚，陶醉撒谎眼睛都不眨一下。往后的残局，谁帮他收拾呢？我向老人问好，说："听说您是陶艺大师，早就想来拜访您了。"

老人笑着点了点头又盯着小天，不解地看着陶醉。

"这是我侄儿。"我说。

"爷爷，叔叔说您会做很多小玩意儿。我不要您做的玩意儿，我只要小鸟。"看吧，小天把陶醉的话扎实地放在心上了。在儿童的世界里没有规矩，只有自由自在。"好啊！"老人的拐杖在青石板上敲出音乐来，他把鸟笼取下来递给陶醉，"走时，别忘了给孩子。"

"知道了吧，不能轻易跟小孩许诺的。"我对陶醉说。

"不就是一只鸟吗？"陶醉说，"只要我有，他要什么我给什么。"

我们交谈着又去了他爸爸的陶作坊，里面有好几人正忙活着。展架上放着成品与半成品，工作间凌乱又有序。

"他们为什么捏泥巴玩？"小天不解地望着陶醉，"多不卫生啊？"

我们都笑了。

"这是工作。叔叔们手中的不是一般的泥巴，是陶泥。"陶爸爸说,"吃饭的碗、勺子,还有水壶、花瓶,都是这些叔叔做的。"

只听说和面的,很少听说和泥的。今天看到一群人在这儿埋头苦干,流着汗水做着指间运动,让我大开眼界。为了让陶瓷更容易塑形或者更坚固富于韧性,师傅需要像和面一样和泥,也就是把瓷土像揉面一样揉。我想,面越揉越筋道口感越好,瓷器也是这个道理吧。每一次摔打揉,都融入了工匠的感情和精力,这些感情和精力和瓷土一样,成为每个瓷器作品的一部分。

"任何一件瓷器,开始都是这样的泥巴。"陶醉指着展示架,"那些叔叔们要把泥巴塑造成能用的器具。"

工人们各自在自己的岗位忙碌着。

一些工人正把拉坯好的罐子、花瓶运往通风处晾干。

"阴干后才按流程一步步描绘,上釉,进窑烧制。"陶醉说着,小天听得认真。

不知小天听懂了没有,难得一个四岁小儿能有这么强的求知欲。陶醉一一满足他的愿望,作坊里外看了个遍。

参观了陶作坊,我们再次去了客厅。陶醉妈妈在那里等着我们了。她拉着我的手一番客套,并拿出一个玉镯戴在我的手上。

"这是见面礼。"她说。

我求助地看着陶醉,他点着头示意我收下,我便不好拒绝了。

仓促而来却不敢贸然就回。眼看时间不早了,母亲定是站在门外翘首盼着我们回家。我焦虑地看了一眼陶醉,他倒是与小天像父子般打逗着。唉!他哪知我的处境与顾虑呢!

"阿姨,时间不早了,我们得回去了。"我终于沉不住气了。

"怎么也得吃了晚饭吧!"陶妈妈说。

"家里特别交代要早点回家。要不然,妈妈该担心了。改天吧,有时间我一定会再来的。"我的谎也说得溜。

"今天她家里本来有事,是我唐突把她叫来,就让她先回吧。"陶醉赶紧帮衬着。

"不碍事,回去吧。"陶爸爸倒是干脆,把手里的拐杖一挥,说,"把鸟笼带上。"

我心里有点过意不去,多好的两个老人。谁要是做这家的儿媳会很幸福的。而我，却没有这个福分！

"今天高兴吗？"回去的路上陶醉问小天。

小天仰着头，看了我一眼，说："嗯——我觉得——我今天像跟爸爸妈妈逛公园一样，好开心！"

"爸爸妈妈？"

小天的话让陶醉一头雾水，我的心开始怦怦地跳——

"我可以这样理解吗？"陶醉握着方向盘，从后视镜里看着我，"今天我像他爸爸，而你像他妈妈。小天是这意思吗？"

"是的。叔叔！"小天抢着回答。

"真荣幸啊，小天。今天竟然做了你一天的爸爸。"陶醉洋洋得意地晃着脑袋。

"小天，你是像你爸爸呢？还是妈妈？"

"我像我妈妈。"小天不假思索地说。

"我怎么觉得你长得特别像你小姑啊？"陶醉看了我一眼，讨好地说，"长得像小姑所以才这么帅的。"

两人怎么就妈妈长妈妈短的没完没了呢？我的胸口像大石压着喘不过气来。小天说起妈妈，我为什么有那么一点心虚？我是他名副其实的妈妈呀？为什么我就不能站出来大胆地承认小天这个儿子呢？我在顾虑什么？或许，我压根没有做好成为一个妈妈的准备？还是——我恐惧朋友们知道真相后用异样的眼光看我呢？

难道——我潜意识在排斥小天这个儿子吗？不，不是的。

瞬间，所有的问题堆积在脑子里。我的心混乱了。

"小姑，你怎么啦？"小天看着我的脸，"你额头怎么有汗啊？"

"没事吧？"陶醉看着我。

我是否应该向他说明真相？对那些真心待我的人，我是不是应该选择说出来？

看着陶醉关切的眼神，惴惴不安的感觉愈加强烈。

进退两难，至死地而后生的痛感让我的胃猛一阵翻江倒海的恶心。

"在路边停一会儿。"我捂着嘴，胃酸漫延至咽喉处，泪也在这时不争气地流了出来。

陶醉的车子刚一停稳,我便着急地打开车门冲了出去,蹲在路边一阵干呕。

好一会儿,我平静下来。

"不是晕车吧?来的时候好好的。"

"你怎么不问我前几年不读书,干什么去了?"我喝了一口陶醉递上来的矿泉水。

见我答非所问,陶醉一愣,气氛变得有点怪。

"你不说我又何必要问呢?要是想说,自然会说的。"沉默半晌,陶醉回答。

"小姑。"小天走过来,看见我脸上来不及擦的泪水,"为什么哭了?"

我一把拉过小天,指着陶醉说:"重新叫一遍,叫给叔叔听。"

"小姑。"小天被我反常的情绪吓着了,"你怎么啦?"

"宝贝,不是叫小姑,重新叫一遍,叫啊。"

"妈妈!"小天从来没在外人面前这么亲昵地称呼过我,先是小小地叫了一声。接着,他的小手捧起我的脸似乎想叫个痛快,大声叫起来了,"妈妈,妈妈,妈妈——"

"宝贝儿!"我把小天抱起来,我们跟失散多年的母子相认一般,"是的,小天是我儿子。我儿子生于2003年10月4日。"

我的话如闷头棒,陶醉傻傻地木头人一样愣了半天,喃喃地点着头自顾说着:"林比邻,你怎么——你怎么能这么对我——"

我不知该说什么才好。我也想把我的爱分享给我的朋友们,可我的爱见光就死了。

"林比邻,你知道我一直不能忘了你;林比邻,你知道我一直想把你娶回家;你怎么能悄悄地爱上别人而不让我知道,生了小孩不让我知道,林比邻——你太残忍了——"陶醉发疯了一般怒吼。他看着我,那眼神像猛兽一样似乎要把我吃掉,"你——你所做的这一切都是对我的污辱。"

我知道,此刻,在他的眼中我比仇人还可恨,应该说我就是他的仇人。陶醉沉浸在自己的情绪当中不能自拔。

"我无话可说。"看到手腕上戴着的玉镯,我赶紧脱下,"今天这个是情势所逼暂时收下的，你拿回去还给阿姨吧。"

"还要它有什么用？有什么意义？"他接过玉镯自嘲地笑了笑，然后把它狠狠地甩到马路中间。

"镯子不能丢！"

我大叫着，但已来不及了，我听到镯子碎裂的声音，就如他的心已被我撕成碎片一样。

"我不想见到你。"他说完，自顾打开车门头也不回地独自离去。

慌乱、自责以及说出秘密之后的如释重负让我放松了警惕。我完全忽略了小天的存在，我不知道小天在我怀里早已是只受惊的小鸟瑟瑟发抖。我更忘了这是汽车肆无忌惮往来的国道。

如你们所想的，我遭遇车祸了——

为了捡回镯子，我跑向马路中间。当意识到货车狂奔而来的瞬间，我使出全力抛出了怀中的小天——

13

灵魂随便怎么飘都行,我的肉身实在没有必要留在这个人世了。

"我的孙子不能没妈妈,医生你要救救我女儿啊……"

一个熟悉的女人声音刺激着我的神经。

她是妈妈。不不不,我不想见到她。我害怕见到她,我的双眼颤巍巍地拒绝接受这个世界。我有什么脸面见到她呀?我的灵魂飘进一个纯白的世界,在那里莫名地游荡着。

"她需要输血,我们血库里没有她要的血型。请马上找血源——"一个男人的口气像指挥千军万马的将军,大队人马在他身边来去匆匆,衣裾卷起的阵阵凉风扇在我脸上,呛鼻的药水味儿。

"下达病危通知,让家属签字。这里没血,赶紧找血来。"谁在说话呢?为什么要打扰我的好梦。好吵啊!

"病人叫什么?"

"林比邻。"

"林比邻,你要坚强。你的儿子在外面等着你呢。你不想要你的儿子了?你想让他没有妈妈吗?现在马上给你输血了。坚持住!"

儿子?我的小天!他已经没有爸爸了,怎么能没有妈妈?小天,妈妈要和你在一起,永远在一起!

一抹雪亮而刺眼的白光,霸道地扯住我脆弱的神经在这滚滚红尘里膨胀着——那出窍的灵魂似弹簧一样返回我的躯壳内,我觉得自己就像一只蜘蛛,逆着风力在生命的丝线上挣扎、反抗。我感觉我离人世越来越远了,又似乎越来越近。

我又昏睡了过去,还接二连三做起了梦。我的脑神经比正常的时候还要敏感丰富。许多被我遗忘的人和痛恨的人都在此时出现,他们和我谈天说地,唱歌游戏。我甚至回到了童年,我和姑姑在龙泉山上桃花树下捉迷藏。李卓贤也来了，他喋喋不休地对我说了好多话。

"起来跑呀！不能就这么放弃。这么快就认输了吗？"

远远地望着你，渐渐地
红裙子融入血红的天际了
芳香的野草不是你的秀发
淙淙的山泉不是你的嗓音
渐渐远去的是拉长孤独的
一支曲子

又是谁来了？在我耳旁开始读诗。这是在悼念我吗——

沿着忧伤的曲子走进
甜蜜的棕榈林
含蓄的青草在你眼里疯长
我爱你！我只轻轻地喊了一声
一朵稚嫩的花便开出了苦果
全世界所有的琴
也弹不出我们共鸣的曲子
任泪水的瀑布遮住视线
透过冷色的冬天看你的面容
你背转身去我忍泪读
一页不能融化的冰块
你就这样安静地走开吗
甚至没有祝福温暖我

原来是阿诺呀！
你可真够意思啊！我死了，才想起我了？你曾说过，如可能，每岁送我一首诗，从青丝到白发，百年复百年，但愿人长久，直到地老天荒！你还说，我独居在外，像离群的小鸟，让你很担心，让我好好照顾自己。你不止一次说，如果有一天再次重逢，希望我还是原来的我！

"为什么？为什么违背承诺？为什么？"我叫。我的声音他听不到。他走了，我醒了。

一切是梦。

我又回到了现实中。那么多人看着我，他们艰难地笑着。我看见陶醉抱着小天流着泪，我又看见张正义，他似乎老了很多。我刻意回避他们的眼神。我想，他们一定都知道了。我又合上眼睑。

"妈妈！"

陶醉抱着小天走过来。我的儿子，我的宝贝，躲着谁也不会再背对着你了，只会对你敞开怀抱。因为你，我才有存在感，没有你，叫我怎么活？

"受——伤——了吗？"我抬起的手无力地垂下，嚅嚅嘴唇，喉咙哽咽着什么话也说不出。

"不要说话。"蔷薇走上前握着我的手，"你想知道什么，我都告诉你。孩子有点轻微的脑震荡加点擦伤，全身检查过，不打紧。伯父伯母受惊过度在输液，天涯在一旁守着。家里面有姑姑，她照顾着老奶奶。"

"什么都别想，快点好起来。"张正义终于说话了，他从兜里拿出一个锦盒打开，"戒子选的是你中意的那款，我等着你回来。"

大家的宽容让我的罪体无完肤，我的心却从没有如此宁静。

"病人刚醒需要休息，亲朋好友明天再来。"医生进来把所有人请了出去。

病房内安静了，我有点昏昏欲睡。一觉醒来，我已从重症监护室转至普通病房了。不知此时是白天还是黑夜。

"睡够了，不要再睡了。"护士说，她正忙活着为我查体温，量血压。

"小天呢？"我不见孩子着急。

"跟着他姑婆呢！"蔷薇把花插好走过来，拍拍手里的一个大口袋，"今天我守夜，看，担心晚上冷我把毛毯都带来了。"

话多的蔷薇现在也沉默了，病房内安静得喘不过气来。

"他们都走了吗？"我问。

"走了。陶醉大年三十都没在家过。张正义本来要留下来陪你的，可张一笑吵着要走。明后天或许会来吧。"

见我不说话，蔷薇靠过来。

"我知道你是怎么想的。其实这是你个人的事，说与不说是你的自由。至于陶醉呢，你们俩在学校早已告一段落，你和谁再发生些什么事，不需要向他报告。其实，他心里就是过不了这个坎。不能面对你跟别人恋爱，还生了别人小孩的事实。我倒觉得，你只需要向一个人作解释，那就是张正义。毕竟，你都要跟人家结婚了。"

"我们还能像以前一样相处吗？我还能嫁给他吗？"对张正义，我是无地自容的，"他对我坦诚相待，而我却隐瞒过去与他谈婚论嫁。"

"谁知道呢？你就勇敢地追求你的幸福吧。他爱你，便不会介意这些的。唉——"蔷薇叹了一口气，欲言又止。

"为谁叹气呢？"

"你——爱过陶醉吗？"

"是的，他阳光帅气，站在这样一个养眼的男人身边该多幸福啊！我憧憬我的生活中有这么一个美好的人存在。有一段时间，我强烈地渴望与他走在一起，想和他聊天，想被他拥抱。可是当真正在一起了，我总是在算计，总是在考虑。我担心，担心这只是年轻男女青春体力里萌动的欲望。爱是虚无缥缈的，却也是实实在在的。我认为它是一种比任何实体还要震撼人心的，是一种质感很强的东西，不知不觉就体会到。它不需要在乎那么多，它是让人毫不犹豫地想那么做就那么做。这就是我想要的爱。而陶醉，我对他有过偶尔的迷恋。但我想，这不是我要寻找的那种可以为其生、可以为其死的爱情！"

对于陶醉的感觉，我从没有如此清晰。我想，我在心里应该彻底与他划清界限了。

"也就是说，你不能确定自己是爱着他的，所以不能走近他。但是，因为你的彷徨你的徘徊你的左顾右盼，早已伤害他了。当时，我们所有人觉得你们应该在一起。不过，在某些事情上不一定要万众一心的。"蔷薇笑着一改正儿八经的语气神秘地说，"陶醉向你告白的那天晚上，我们寝室的都出去狂欢了。"

"好啊，你们……"

"苦中作乐啊！高富帅就这么被人抢走了，还不好吃好喝一顿安慰一下失落的心灵啊？"

"这下你有机会了。"我苦笑，"他心里一定不好过的。好好陪陪他吧！"

"他对我不来电的。"蔷薇装作可怜样，双手捧起自己的脸，"我要找个地缝钻进去了，这辈子没男人缘。"

"上帝是公平的。"我说，"你有财缘啊！"

"孩子他爹是谁？"蔷薇突转话锋。

"阿诺。"

"阿诺？！"蔷薇噌地站起来，"那个大骗子。"

"你们几个老说人家是骗子。所以，我去海口见他都不敢告诉你们。"我有点难为情，"秘密旅行真是失策啊！"

"有失必有得啊。不是得了一个大胖小子吗？"别看蔷薇心直口快，还是很会安慰人。

……

2003年元旦，我从哈尔滨飞抵海口美兰机场。从飞机上一觉醒来，人已从冰清玉洁的世界里来到火热的宝岛了。

对于海南的了解仅限于书本和电视。当双脚踏上海南的土地，我暗自庆幸在哈尔滨没有节外生枝。一路上，我考虑更多的是阿诺将以什么形象出现在我眼前。其他的，来不及细想了。

海南，亚洲的夏威夷。我来啦！

随着旅客人流出了闸口，我故意放慢脚步去观察打量候在隔离带外的人，努力去捕捉具有诗人气质的男人。这里面任何一个都有可能是他。这时，我看到一个小伙子正打量着我。是他吗？我在这个小伙面前徘徊了许久——马上断定不是了。阿诺他不是毛头小伙，他是一个中年人啦！

正当我要抬脚往外走时，我察觉到有一个戴墨镜留长发的男人似乎有意躲在那小伙身后。虽然看不到他的眼睛，但我凭直觉他的视线一直停留着在我身上。

会是他吗？他的形象与我的想象差太远了。或许他和小伙是一起的吧？我想。就算是他，他是看过我生活照的呀？看见我了为什么按兵不动？潜伏在那儿是没有勇气？还是一早就打定主意，美女便迎不中意就撤？

正在猜想，那个人取下墨镜向我招手。

"林比邻吗？"

我的天主！刹那间，我的大脑被复杂的情绪禁锢。我虽不是"外貌协会"的，但眼前的现实远远超出我的底线。记得他曾说他是二等残废，那时我还在心底不在意地笑过。他应该是修饰了一番才来见我的。因挺着一个小凸肚，所以，帅气的西装不言而喻地只是张扬了他的缺点。

虽然他有弱小的身躯，但是五官却是出奇地大，高亮的大额头，忽闪的大眼睛，蒜头桃花大鼻子外加圆脸薄唇。先不从审美的角度出发，这长相是极具喜感的。不过，因为他唇上的那撮胡子，我要拿出红笔在心中画个叉了。从五官上不难看出，那小胡子的使命可能是为了掩盖他天生的娃娃脸。

快四十了，还有娃娃气要隐藏吗？不留胡子也是老气横秋！

我傻眼了。

快逃！心里有个声音在对我说。

我欲移动双脚，但身体像被魔鬼施了咒语无力动弹，只是呆呆地看着他。

你后悔了吗？我可没骗你。他的眼睛似乎在讥笑我。

"阿诺是吗？"我深呼一口气，不服输地下意识昂起头，要是以貌取人，那我岂不太庸俗了？这么想着，我努力地让自己镇静下来，大步走上前去。

"阿诺！"

"豆豆！"亲耳听他叫我的小名感觉有点肉麻。

我跟着他往外走，这才想起两手空空，忘了取行李了。

"你真是小迷糊啊！"他笑着拿过我的行李票进去帮我取行李。

他开着一辆城市越野来接我。

"我没有买玫瑰花。但是你看，今天，这一路的条幅标语还有路边的椰子树都是为了欢迎你才这么美丽。"他风趣的话语一下子把我们生涩的距离拉近了，我对他外貌的偏见也烟消云散。

很快到了他家，那是一个叫月朗新村的地方。

"我和一个朋友合租了一层楼。我们各有一间房。因为他有个同居伙伴，为了方便，所以只有委屈一下把连接客厅的那间房让给他们。"我没有在意他说的话，只是一小步一大步地跟着他身后，直到他掏出钥匙开了房门，进去前他对我说："明知山有虎，偏向虎山行。要验身份证吗？"

我知道他是幽默，就说："不入虎穴焉得虎子！"

他定定地看着我，说："你比照片上要好看。"

虽然在邮件中他从不吝啬对我的赞美，但是现在离得如此之近。他的脸与我的脸只有五六厘米的距离，我一直不敢直视他，脸一红只好笨拙地闪进屋内。阿诺把我的行李放下，我俩一时不知该如何是好，总梦寐能相见，现在我们就在彼此的眼皮底下，各自却又躲避着对方的目光。

我环顾他的房间，用四个字形容：一尘不染。陈设也简单，书桌与电脑，书橱和衣柜，另外还有一张不大不小的床。

此时，柔和的阳光正透过绿色的窗帘洒在窗下一盆绿色盆栽上，就这么小小的点缀使整个房间看起来清爽而恬静。我发现，桌边，枕边，洗手间的马桶旁都是书，每本书都阅读到了不同的页面，上面均别着一支圆珠笔，想来是做批注用的。此外，沿墙角一顺也整齐地排列着书刊，怕是书橱装不下了。我拿起一本书，是尼采的《快乐的科学》——"女人对爱情的理解是非常清楚的：这不仅是奉献，而且是整个身心的奉献，毫无保留地、不顾一切地。她的爱所具有的这种无条件性使爱成为信仰，她唯一拥有的信仰。"

他在这一句话的下面用圆珠笔画上了波浪线。

"这儿不错。"我说。

"你喜欢就住这里吧。"他说，"本来想给你找酒店。"

"那你住哪里？"

"我到客厅去睡。或者，我睡地下，有张气垫床。有时候我反而喜欢睡在气垫床上，可以不用做梦一觉睡到天亮。"他说话有点结巴，看来他是怕我误会他的意思。他紧张的样子很有趣。

"那——我们接下来要干吗？"

初来乍到的我，很好奇他将如何安排我第一天的行程。我只有一周的时间，我想在这短短的七天里好好地了解他。

"我们去问候大海，他等你等急了！"

"好啊！我一直想看大海是什么样的？"大海对我来说是陌生的，是捉摸不透的。

我们驾车而至。

这时已近黄昏，远远望去，大海一望无际。椰树与大海就像王子和公主，他们依偎在一起默默而深情地凝视着对方。

晚霞映照着海滩，云朵慵懒地飘在天边。黄昏的海静静的，细沙和海星都看得见。起风了，一阵咸湿的海风拂面而来。我深吸一口气，清新中带着一丝腥味儿。我会记住这独特的味道。

他像大海一样是多情而神秘的。他面向大海随口吟道：

疯狂的风吹乱日子／看不见的陷阱／绊倒一颗远远的树／多情的叶子纷纷落下／走过冬季／呐喊随雷声响在天门／一只羊羔蹦出母亲的视野／这一天雪花锁住脚／抬起头颅顶破天空／踩进地下穿透地狱／走过冬季／眼泪融化雪山／一座孤峰被水淹没／我的身上长满青草

这就是我一直要追求的浪漫的恋爱感觉。我不顾海水的冰凉，脱下鞋子在沙滩上奔跑着，风卷起我的裙摆，吹起我的长发，贝壳何时划破了脚板也不知道。

"阿诺——"我不能自抑地跑上前拉着他的手，对着大海呼唤他的名字，"阿诺——我爱你——海口我爱你——"

"啊——林比邻——红豆——"他也追了上来一把拉住上气不接下的我拥入怀中。

此时，海鸥为了偷听我们的私语在我们头顶盘旋着鸣叫，飞得很低很低……

越野车载着我穿过了海口的大街小巷去寻找美食，在一条小巷的私宅前我们停下来。下车一看,上面挂着一块牌子:海星私房菜。

"这家主人做的煎生蚝特别好吃!"阿诺说。

"早前在书上看过,海南四大名菜有文昌鸡、加积鸭、东山羊、和乐蟹。"我说。

"先品尝了生煎蚝再说。"

果然是酒香不怕巷子深。虽然地处偏僻,没有豪华装修,也没有霓虹灯大招牌,甚至连厨师跑堂的都是老板两口子包干了,但是屋里屋外的小圆桌却坐满了人。

"在这样的地方喝小酒最自在了。我和朋友打牌谁赢了钱谁就上这儿来请客。"阿诺说。

我们找了一处靠窗的位子坐下来。

"你很久没回老家了?"我问。

"是啊。有机会我带你到我家乡去看看。"他猛吸一口烟,叹了口气,用惆怅地语气说,"好想家啊!背井离乡的感觉不好受的。"

"按理说你已经无坚不摧了,你十八岁就离开家乡了。"

"你不懂!"

"我怎么不懂啦!我虽没有离家在外,但是和父母长期分离,算一算也是十二年了。那种对家的感觉是挺渴望的。"

说到家,我们真是同病相怜,或许这正是我对阿诺眷恋的原因。

"还是成都好啊!"

"你们成都人爱骂人!"老板过来打趣说,"瓜娃子——"

"哈哈哈——"老板娘学骂人的样子把我逗笑了,"你们把成都人误会了。不能一棒子打死一船人。是不是这个诗人爱把'瓜娃子'挂到嘴边啊?有时候我和朋友斗嘴也会骂她瓜娃子,不过不是恶意的。"

"他是著名的锤子诗人嘛!"老板笑着抹桌子,"他老是一口一个'锤子'。"

阿诺被老板一番打趣,表情极囧,挤眉弄眼地对老板一阵暗示。偏偏老板后知后觉,好一会儿,拍拍嘴,冲我说:"别介意,我是乱说。人家是个诗人难免豪放点,不拘小节。"

"习惯了,习惯了。"我得给阿诺台阶下,"我们嘴里偶尔会冒出一两句，但是，更多的时候是发泄情绪的一种表现。不针对人也不针对事。比如我姑爷，他就是地道的成都人，一边看球赛一边骂。球进与不进他都骂。久别重逢的朋友，见面寒暄，嘴里还是带骂字儿。这是成都人的豪爽。"

"成都人辣椒花椒吃多了脾气怪。"

"那是有个性。你生意不做了？咋个扭到成都人说事。我们成都人聪明，面带猪相，心中嘹亮。"阿诺瞟了我一眼，打断老板的话，"看到我们成都妹子漂亮，今天话都多了。"

"那是的，那是的——今天包成都妹子吃好。"老板笑嘻嘻地回厨房了。

菜一一上桌了。金黄黄的生蚝外焦里嫩，肉肥得冒油，还有鲜美的青石斑与鲍鱼鸡粥。看着他们，我这才发现胃早已空空如也，好饿！

阿诺要来一瓶二锅头，满满倒在杯里，并给我斟了少许。

"来！敬我的成都姑娘。"他说。

我害羞地抿了一小口。

抛开了外貌上的距离感，几杯白酒下肚，我们俨然是一对老友，谈笑风生了。

要打道回府了。因为喝了酒，阿诺不能开车。店家帮他找来代驾。

到了月朗新村，我正要下车。他说："别动!"

他要干什么呢？我想。

只见他弹掉手上的烟，双手一伸，说："我抱你。"

抱我上去？天哪！那是三楼。我想。但是，看阿诺兴致勃勃的样儿，不能扫他的兴。好吧！抱不动时，我下来便是。

想不到，他的臂力是有的。不是说吗？瘦归瘦，但是人家有肌肉。

我装得像一只小猫咪乖乖地蜷缩在他怀里，随着他虚浮的脚步心里忐忑不安着。他醉眼迷蒙，不要一脚踏空啊！

一楼顺利而过，要上二楼了。楼道的灯本是声控的，这时却不亮了。

"我下来吧!"我说。

"别!这个楼道有灯无灯我不是第一次走了,心里有数。"他喘着气把我紧紧地抱着,耳边弥漫着他温热的气息,我俩的心跳一前一后彼此呼应着。

还挺硬气的!他打的什么主意?纯纯的玩浪漫,还是另有目的?想到这儿,我不禁面红耳赤。

终于顺利上三楼了。煎熬!

"你是个体育好手吗?"我问。

"爱情的力量使我伟大。"看来是憋足了最后一口气,他抱着我小跑着到了他的屋前,叫着说,"不行了,快!钥匙在我上衣口袋里。你来开门。"

他是拼了命要坚持到最后。不进屋,不放我下来!我摸索着找出钥匙开了门。气垫床救了他的命,一进门我就被他扔在地上,他也顺势躺了下来,喘着气笑着:"老了!日后要多锻炼了,要不然就抱不动你了。没有力气,生活就失去了很多的乐趣!"

这时,隔壁套间传来一男一女的嬉笑声。

"他们在庆祝同居一周年。"阿诺说。

"咚咚咚——"有人敲门。

"嘘!"阿诺示意我不要吱声,我们躺在那儿一动不动静观门外变化。

"我看见你们回来了。我给你带来了好酒,不要了是吧?我拿走啦!"外面的女人大声说。

"酒拿来酒拿来。"听说有好酒,阿诺小猫似的从地上跳起来打开了房门。我赶紧整理着服饰站起来。

"骗你的!"门外的女人哈哈笑着闪进屋,见了我装成很惊讶的样子说,"哟!有客人?"

我倒是被她吓了一大跳,化着大浓妆,血红的嘴唇,假睫毛上可以立只小鸟了。

"这是二楼的朋友,电视台的主播。"阿诺对我说。

"阿诺,哪有像你这样介绍人的?称呼都没有?我是阿猫阿狗啊?"女人非常不悦,狠狠地瞪了阿诺一眼,笑呵呵地对我说,"我叫易之彩。欢迎你，阿诺不错，特别会讨女人喜欢！"

"我叫林比邻。"我说。

"看得出你是学生了。"易之彩打量着我，用意味深长的语气说，"阿诺总是老牛吃嫩草啊！"

"你出去吧！"一旁的阿诺早就听得不耐烦了，一把推着她往外走，"没你的事，看你化个大浓妆到处吓人，回去把妆卸了。"

"你要待几天是吧？有空我请你吃饭！"主播在门外嚷着。

阿诺跑进屋迅速把门关上。

"她跟你交情不错？"我问。那女人的举止让人觉得怪怪的。

"为什么这么说？我们就是楼上楼下的关系。"

"交情深浅与否，看她冲我说话的语气就知道了。"

"我可以把你的行为理解成吃醋吗？"阿诺答非所问。

我是吃醋吗？

"我喜欢简单的恋爱关系。我讨厌三角恋，更不喜欢一只脚踏两条船。因为，我玩不来恋爱技巧。所以，高难度的最好不要。"

我的话让阿诺沉默了。

尼采说，当心，他一沉思便即刻准备好了一个谎言。

"哎——被人在乎的感觉真好。"阿诺突然笑起来，"亲爱的，跟着感觉走吧！"

发现阿诺真的是会故弄玄虚，说话避重就轻。暂且不想这个问题了，早就知道他是个有故事的人。

见我不说话，他起身点燃一支烟，牙齿上的烟垢让我看得清清楚楚。

"看来你是老烟民了。"我说。

"是啊，烟几乎成为我老婆了。"他一改普通话，用海南方言说，"不好意思啦！你来得太突然，我来不及去美容我的牙齿。"

"烟草的味道好浓。"

见我吸着鼻子伸过头来，他趁机一把拥我入怀吻了下来。

"不行——"我挣扎着，"我要去洗澡。"

我说着，挣脱了他的怀抱，跑到洗手间把门关上。

是不是应该冷静？第一天见面就把自己给了他？太轻贱了。我赶紧打开莲蓬头让凉水哗哗地淋在身上,我全身沸腾的血液顿时冷却下来。

洗完澡,才想起内衣没来得及准备。

"阿诺,打开我的箱子,帮忙把内衣和睡衣递给我,好吗?"

我在浴室内叫,见没人应,打开门虚开一条缝往房间看——房间空空的。人到哪里去了?

我麻起胆子,赤着脚裸着身子跑到房间里,正当我开箱一阵乱翻时,门"吱"一声开了——阿诺走了进来——我傻了眼,情急之下抓起一件衣服胡乱地裹在自己身上。

"出去啊——"我冲他叫。

"去哪儿?"

阿诺明知故问,他慢慢地走过来,轻轻地拉下我挡住双乳的手。围裹的衣物随之掉下,我的人完全呈现在他面前。

我对他的举动竟然没反感,似乎对他充满着期待。

"丝绸一样的皮肤。好滑!"他走到我的身后,双手从腋下穿过捧住我的双乳,唇在我的肩头游移着。

我没有动,我无法动弹。好吧!来爱我吧!我就享受你给我的这一切吧!我闭上眼睛。

海风吹来……

一只觅食的水鸟趁机游过了天鹅湖……

我从恍惚中睡去又从恍惚中醒来。海口的早晨是让人惊讶的,阿诺不知何时出了房间。阳光透过半掩的窗帘洒在我赤裸的胴体上。身体里,我爱的男人的气息残留在空气中,让我赖在床上又一阵痴迷。枕头边有一本书,我拿起来,一个避孕套从里面滑出来落在我的脸上。

我的头一阵眩晕。他是早就计划着我们同床而眠了?抛开身体的本能欲望,一向谨小慎微的他为什么急切地想得到我的身体?他对我的爱有多少真诚在里面呢?

我后怕,我羞怒。

门在这时打开了,我佯装未醒。他在床边蹲下身来在我脸上轻吻一下。

"豆豆——我爱你!"

我猛地睁开眼睛,他一愣笑了。

"小东西,你早就醒了,怎么样?睡得好吗?"

我看着他的眸子里我的影子,皮肤雪白,心中黯然、那个纯洁的姑娘到哪里去了?

"要不要感受一下海口的早茶?"阿诺笑着说,"快起来吧!"

我盼着来海口,盼着与他亲近。覆雨翻云过后为什么会这么失落?为什么要感到彷徨?

因为什么?

不帅?

不高?

世故?

还是圆滑?

他身上明明是有种东西在吸引我。我第一次感到是那么迷茫。全然没有来海口时的坚定与孤勇。

我闷闷不乐地走进洗澡间。

我的心该何去何从?为什么摇摆不定了?这意味着什么?对阿诺的不信任阴影在我心中慢慢滋长着。

"老诺,干柴烈火一点就燃,你昨晚把你的小美女给'残害'了?"当我正要开门出去,便听见一男的在外面调侃。

"行行好,她是个小孩!"阿诺说。

"昨晚,那声音都传到我们那边了。欲仙欲死,幸福啊!羡慕啊!"

听那男的在外说着,我在浴室如热锅上的蚂蚁,不知如何是好。他们的谈话让我没脸见人了。阿诺的朋友都是什么人?满是风尘味!

"比邻!好了吗?"阿诺正好叫我。

我有如拉到救生圈,赶紧开门说:"我不想待在这儿,我们出去吧!"

"来,别怕。这是我的朋友平初。"

门道上站着一个清瘦的男人,约摸四十岁左右,戴着一幅眼镜。

温文尔雅,似学富五车的气质。实难理解,刚才的话是从他的口里说出。男人们习惯性地伸出右手已经让我不再奇怪。可眼前的这个人只是礼节性地一微笑一颔首,仿佛是个久经沙场高深莫测的"社交家"。

阿诺或许感到了我的不快,拉着我赶紧出了门。

早茶吃得很闷,漂亮的点心放进嘴里我却如同嚼蜡。这是我来海口的第二天。

我突然想家了。

想蔷薇。她以为我和陶醉在一起呢!她要是知道我来了海口,她一定会担心我的。

"哭了?"阿诺轻声问我。

啊?我流泪了吗?我摸摸脸庞,果然两行泪珠已经滑落在嘴角了。

"大人的圈子就是这样的。"阿诺叹着气,"我们在年龄上思想上都有差距,我们需要时间去磨合。"

这是代沟的问题吗?是吗?

回去的路上,阿诺接到一个电话。

"一位老大姐。"阿诺说,"听说你来了,她想见见你,晚上请吃饭。到时一帮朋友都去。"

我不明白,老大姐扮演着什么角色,竟然要见我?

"她是你什么人?"我问。

"这么说吧。她对我有恩。平时对我挺关照。在生活上老是不忘告诫我,怕我犯错。我挺尊重她。"

我释然了,像我和蔷薇。有时候朋友比恋人还重要呢!想必他说的那位老大姐在他心中的位置不一般!真庆幸他有这样的朋友。

回到月朗新村,平初和他的女友李子已准备好了午餐。阿诺曾说过,因为独身一人开伙比较麻烦,便与朋友搭伙。每月交纳一定的伙食费。

平初的女友只闻过其声没见过其人,今天终于见到真人了。短发,黝黑的皮肤,模特般的身材。

"姐姐，有什么我可以帮忙的吗？"

回来的路上阿诺叮嘱过，说她什么都好就是人有点小家子气，让我与她套套近乎。

"你就只管帮着吃。"李子解下围裙，"等一下别批判我手艺不好。"

午餐很精致，好几样菜都是我喜欢的，想来是阿诺做了交代。

四个人围着小圆桌坐下来。阿诺屁股还没坐定，想起了什么，到厨房一阵好找。

"怎么没酒了？都是空瓶子。"阿诺出来问李子。

"酒有没有应该问你自己呀？"李子不悦地说，"是我喝的吗？"

"你应该给我带一瓶回来呀，到时一起算钱就是了。"阿诺转过头对我说，"我下楼买一瓶二锅头。你先吃。"

见他俩一扛一顶的，我特别不自在。那平初却视若无睹，只顾美美地吃。

"林小姐，我没给他买酒，是我的错吗？"李子转头问我。

"酒喝多了不好！"我能说什么呢？

"这个阿诺总是以李白自居。"李子用轻蔑地语气说，"现在谁还读诗啊？唯一的用处也就是骗骗文学女青年了。"

我现在是做客，不是寄人篱下。我想，当着我的面说阿诺，这无疑是打我耳光。我不能容忍。

"诗能抒发情怀就好。想写诗能写诗说明这个人的心灵是纯粹的。比如我和阿诺，一个愿打一个愿挨，你管得着吗？感谢你的午餐，但是，你这是做了好事没好事在。"我放下碗，这个李子的德行我看不下去了。我不想吃了。在这样的气氛中怎么咽得下啊？

他们目瞪口呆地看着我说完后走了出去。

"你不吃了？"这时阿诺回来了。

"喝你的酒去吧！"我说，"我吃饱了。"

阿诺并没有问我究竟，他回到客厅。我偷偷走到阳台上听他们谈话。

"我这才发现你不仅好酒，还爱吃小辣椒啊！"之前一直不吭声的平初终于开金口了。

"四川人爱吃辣椒——正常!"李子说。

"我爱不爱吃辣椒你们早就知道啊!"

听他们的语气,他们口中的辣椒分明指的是我。可恶!我可以想象他抿酒陶醉的样子。他心里哪里有我?我生的是哪门子气?人家一团和气,我倒跟个外人似的。

我回到房间越想越委屈,便想着要独自出去走一走。

我抓起背包悄悄溜了出去!

月朗新村165号。我不会把自己弄丢的,我记得这里。

奔跑下楼,出巷。我心里一下子明亮起来,那个小房间实在无法承载我压抑爆棚的情绪。

还有一种报复的快感。不见我的人,你就找吧。

没有地图,没有目的地。凭感觉闲逛,走到哪里算哪里。

阳光,海风,椰子树——走在不知名的道上真是惬意。漫无目的地走了一会儿,心情由开始的灿烂变得阴沉起来,肚子也咕咕地叫了。之前生气,饭还没吃进嘴里就罢了筷。眼下先找吃的吧!

很难想象没有目标的人生是怎样的。

四目搜寻,我处在的这条街上没有饮食店,更没有小吃摊。

我招拦一辆出租车,急求司机师傅带我去最近的地方解决肚饿的问题。

真的是近在咫尺啊!没有用五分钟。车子发动——飞驰向前——拐弯停下——张记豆捞坊。

八块钱!师傅说。谁叫我是外地人?好宰!

豆捞坊的服务员热情地迎我上二楼。这是港式豆捞,一人一锅。化悲愤为食量吧!海胆丸蟹子包都是我的最爱,牛肉酱也特别有滋味。

边吃边盯着手机,没有电话。这时,蔷薇发来一条短信。

"你玩得忘了姓什么了?我的姐啊!"蔷薇见我没消息定是着急了。

再往下翻,还有一条,是陶醉的。

"我很顺利回家了。在海口玩得开心吗?"陶醉的信息是昨晚十二点发来的。那时,我和阿诺相拥着都睡着了。

骂我吧！现在没心情理你们！我烦躁地把手机装进袋里。

饭吃完了，也没见阿诺给我打电话。

出了豆捞坊，我上了一辆出租。

"上哪儿？"听司机的口音像是四川人。

一打听，原来是来自四川德阳，来海口十几年了。

"看海啊？到假日海滩去看看吧，不用门票的。"

我也不知去哪儿，一切全听司机的吧。

"到海南来夏秋最好，因为可以游泳。虽然春冬两季气温舒适，但是海水偏凉，不适合游泳。"司机笑呵呵地说，"来海南，没能下海，有点可惜了。"

"大叔，您载着我沿着海滩走一圈，然后再找个地方把我放下行吗？"想起昨天晚上贝壳划伤了脚底，担心长时间的行走会影响伤口的愈合。

"没问题。"

海滩位于海口市西部的庆龄大道。透过车窗，左岸长着葱翠的木麻黄林。其间看到错落有致的宾馆，度假屋，游乐场。右边便是琼州海峡，船只在海上乘风破浪，长达六公里的海滩似条银色的沙带耀眼夺目。

司机载着我遛了一圈后，在海滩入口停下。远远地，我看到人头攒动。节日里，在这儿游玩的不是成群结队的朋友、家人，便是热恋的情侣了。形单影只的我去干什么？只会更徒显自己的清冷与孤寂罢了。

远方，一对男女追逐嬉戏着，滚滚白浪涌上沙滩如女人裙裾的蕾丝花边。

我收回下车的脚，对司机说："回月朗新村。"

我是抱着怎样的心情跨过月朗新村165号的台阶，我不知道。因为我压根不想面对自己的内心。

"哎哟！一个人出去玩什么？"在三楼的楼梯口我碰到了那个易之彩，没有化浓妆的她倒是很清爽。

"出去玩没有人陪不好玩。"见我没说话，"阿诺太不像话，他正修长城呢！"

竖耳听，果然听见搓麻将的声音。

"他难得休假，让他玩呗！"我说。

穿过走道，只见客厅里麻战如火如荼，四个男人嘴里叼着香烟口手不停，浓浓的烟味在小小的空间里弥漫着。

"自摸！"阿诺满面红光捏起一枚麻将大叫着跳起来。

翻开牌面，人就像霜打的茄子蔫耷耷的了："锤子——总该让我和一把嘛！"

果然是"锤子"诗人？

"情场得意，赌场失意。"平初说。

沉醉在输赢里的他，恐怕都不知我是谁了。我站在门外好一会儿，他才看到我，招招手："我正要给你打电话。再摸几把我们就出发，大姐在催了。"

我不想应声，转身进房。

"来来，帮忙掺点茶！"他叫住我。

他怎么能若无其事，也不问问我去了哪里？我的脸色难看他没看见吗？我究竟在他心中是如何存在的？或者从头到尾就没把我放进他的心里面。还是故意在朋友们面前显摆他泡上了一个低眉顺眼的乖乖女？

我宁愿相信他是后知后觉。

为他们的水杯续上茶，我郁闷地回了房间。

"我有东西落在这儿，可以进去找找吗？"易之彩在门边问。

什么乌七八糟的？海口——

"明天再说，现在我要睡觉。"我冲着门外大声说。

易之彩走了。

阿诺回来了。

"走吧，赶紧准备准备。"

"你自己一人去吧！"

"今天你才是贵宾，我一人去怎能行？"阿诺讨好地亲了我一下，"宝贝儿，快去打扮一下吧。"

想起白天阿诺的话，老大姐可是他重要的朋友，我不能拆了他的台！尽管心有不甘，我还是走进洗手间去梳理了。

出来时，阿诺拿着钱包叹着气。看他的样，输了不少。活该！他此时的神情让我展开丰富的联想——吃喝嫖赌，他占几样？

下了楼，他并没有开车。

"车子收了很多罚单了。再说，要喝酒的。"

路过水果店，我们买了一个果篮。阿诺要给钱，我讥笑他说："留着交罚单吧！这是我给大姐的心意，当然是我掏腰包了。"

这是海口一幢很普通的住宅小区。老大姐住一楼。

门没关，一早就为客人敞开着。我们还没进屋，就听见欢声笑语从屋里传了出来。

有个十岁左右的小男孩在入口处拍着篮球玩，见我们来，笑着冲过来拉着阿诺："哥哥，你怎么才来？"

"这就是比邻吧？"

我们进了屋，一位年纪上五十的女人迎了上来，接过我的果篮。我想，这应该是阿诺口中的老大姐了。

"大姐好！"我说。

大姐上下打量着我，一双眼睛盯得我直发毛，这阵仗感觉跟面见未来婆婆一般。

"你随便坐，不要客气！"过了好半天，她才说，"我忙去了。"

"让比邻帮您打下手。"阿诺赶紧说。

"是啊，有什么我可以帮忙的？"赶鸭子上架，我也硬着头皮跟她进了厨房。

厨房很小，仅容得下两个人，我似乎有点多余。菜早已炒好摆上桌了，老大姐守着煲好的汤在调料。我碍手碍脚地帮不上忙，反倒添乱了。

"吃完了饭，你帮我洗碗就行。"老大姐说。

她的语气怪怪的，感觉似给我台阶下，却听着更像是指挥我。我快快地走了出去，阿诺马上把我拉到他朋友面前。

"闻名不如见面，小姑娘挺不错的。"一个浙江口音的男人对阿诺说。

"挺好！"另一个朋友也点着头，"比鲁迅的妹妹强。"

鲁迅的妹妹？这是哪跟哪儿啊？他们在跟我猜哑谜吗？我疑惑

地看向阿诺。

"我朋友爱开玩笑。"阿诺说,"你不要介意。"

老大姐的男人把汤端上桌嚷着开饭了。

"别抢别抢啊！第一碗汤给我们的成都姑娘。"阿诺夸张地叫着,拿起勺子给我舀了一碗放在面前,"大姐的手艺非常棒的。比贵州李子不知强多少倍。快尝尝！"

白萝卜炖大骨——香气四溢！

阿诺给我搞特殊化,那老大姐盯着我给评价。我喝了一口,冲大姐说:"真的好喝！萝卜的清甜吸收了骨头的油腻。"

"没放味精的。"老大姐嘴角泛起一丝笑容,却瞬间收回了。

这个老大姐对我这个客人就那么吝啬她的笑容？我是来占相因的么？

席上,发现除了我一位女客以外,其他都是男人。凭女人的第六感,她很乐意为男人们服务,对于我她是无尽地排斥的。

饭桌上大家推杯换盏,边吃边聊。我插不上嘴,就闷着头吃饭。

"来来,我们敬大姐一杯,感谢她的盛情款待。"阿诺拉着我站起来,拿过一个空杯掺了少许酒塞进我手里。

老大姐四平八稳地坐在那儿,对着阿诺笑得像花儿一样。

"行了。你来这儿吃饭是第一次吗？"

"比邻是第一次啊！大姐,她的心意你要接受啊！"

"你要干啊！"老大姐对我说,自己却象征性地抿了一口放下杯子。

"我对酒精过敏,不敢多喝。"我撒了小谎。

"来,我帮她喝。"阿诺接过我手中的杯子一饮而尽。

"看这里,我来给你们拍照啦！"正当那帮男人们轮番较酒猜拳时,老大姐的儿子拿出一个相机对大家一阵乱闪。

"进口的呢！"浙江男人见了说,"大姐,哪买的呀？"

"卤蛋从英国寄回来的。"老大姐说这话时,看了我一眼,目光落在阿诺身上,"说挺想家的。那么好的姑娘跟你没缘啦？"

阿诺并没作回应,只是低头喝汤。

"那是。那可是国外,人生地不熟,又吃不惯。哪比咱家乡好啊?"山东的朋友说。

这位叫"卤蛋"的姑娘看来挺讨她欢心的。照这样看来,她只是讨厌我了?我们初次见面,哪里不如她的意呢?

症结必定是在这个所谓的"卤蛋"身上了——她和阿诺是有关系的。过去式?还是藕断丝连?

我终于理清了老大姐由内心到表情对我的不待见——"卤蛋"先入为主与老大姐早已建立深厚的友情,现在老大姐看我不顺眼挤对我是情有可原的。

唯一有点不正常的就是太倚老卖老了。真把自己当阿诺的妈了?我愤愤不平地想着。

"姐姐,你吃好了吧?走,我给你去拍照。"那男孩见我放下筷子,拉我到阳台上显摆他的相机。

"谁给你买的?"我问。

"卤蛋姐姐。"

"她和阿诺哥哥好吗?"

"好啊!他们经常带我一起游泳啊!"

"那卤蛋姐姐原来住哪儿?"

"和哥哥一起住月朗新村。"

被小伙伴们说中了,他怎么会没女人呢?是的,他曾说过:朵朵浓妆的莲/招招手就可以开在我的枕边/推开明亮的窗子/挂着伊人的眼帘……

他更说过,我身边不缺乏女人!

当我们从阳台回到屋里时,男人们摩拳擦掌——"麻战"开始了。

女友在身边,至少征求一下意见是应该的吧?没有要你把我高高供起来。但第一次相约见面,怎么能把人晾在一边?阿诺,你要置我于何地?

深呼吸——我劝自己忍住!

"来!你有天主保佑。"阿诺拉我过去坐在他身边,"让我借你的福帮我赢个大满贯。"

我多想说,这牌可不可以不打?我在海口只待六天,你就不能陪陪我？最终我没有勇气说出口，只是佯装微笑地坐在他身边。

"说好了比邻给我洗碗的。"那老大姐过来拍着阿诺的肩说。

我去洗碗了，洗碗的手抖得是那么厉害。

我发现来海口的短短两天，我竟然在心里无时无刻不在自说自话。

我的转变有多么翻天覆地？

我以为阿诺除了是爱人以外，还应是我精神上的良师益友，在他的身边我不仅要被重视，还应与他心灵上互动，尽情享受相爱的甜蜜和愉悦。但现在，一条无形的鸿沟横在我们中间，让我们无法跨越。

可怜虫是什么样的？就是一味地在心中怒吼、质疑、叹息——与自己怄气。

这样的爱有多么可怕。

爱一个人，就像砧板上的肉任人宰割吗？我不愿意，千万个不愿意！我在心里咆哮！

"啪——"手中的盘子滑落碎裂了。

"这孩子，看来平时很少做家务。"老大姐跑过来推我出门，"去休息，我来。"

我茫然地走出去厨房。

"姐姐，你的手指流血了。"我沉浸在委屈中，手指被碎片划破都不知道。

"创可贴。"男孩比他母亲有人情味，找来邦迪。在那个女人眼中，盘子比我的手指重要。

包好了手指，阿诺这才放下他手中的牌走过来。之前的不在意与此时的关心让我觉得是那么虚伪。骄傲的自尊完全被挫败。在阿诺面前，貌似我多么高姿态，但事实摆明我又是怎样俯首甘为儒子牛的！

这就是我要的爱！

我还是耐心地守候着，直到他们依依不舍地罢工。

海口的第三天。一早醒来，枕边没有阿诺。床头留言：交罚单。

看着窗外的晨光，我想着该是回家的时候了。我拨通了12580。

当是临别的礼物，给他好好收拾一下屋子吧！

想着要回家了，心情豁然开朗。哼着小曲跑进跑出，没多少工夫，屋子又像第一天来时那样，洁净安逸。

易之彩又来了。

不待我请她进去，就自行进屋床前床尾地瞅起来。

她有什么东西会落在床跟前呢？

更甚，她竟然打开了衣柜。

"你找什么呀？要不要我帮你找啊。我才收拾了屋子。"我问。

"找到了。"她从抽屉里拿出一双丝袜，"回去了，打扰了。"

丝袜？易之彩的丝袜怎么会在阿诺的抽屉里呢？不用想，傻瓜都知道。

要走了，不用再纠结这些破事了！我对自己说。

我随手从墙角的书堆里拿起一本《现代青年》杂志。

书捧在手里，心不在焉地胡乱翻着。到第四页时，一张明信片从里面落了出来。捡起来一看，是寄给阿诺的问候，落款人是鲁丹。

鲁丹？

卤蛋——鲁迅的妹妹——鲁丹。

此时阿诺回来了，他手里提着外卖。

"我下午有事要忙，不能陪你，要不你自己上街去玩？"他递给我打包回来的外卖，"肠粉，今天的午餐。"

"易之彩的丝袜怎么会在这里？"我问。

"丝袜？不知道。"

"不知道？"我的气不打一处来，"她跟个女主人似的进来翻箱倒柜，你却说不知道？"

他坐在书桌前打开电脑，把我扶到他身边的椅子上坐下，似要与我长谈一番。

"她是上周才搬到我们楼下的。因为工作的关系，三年前我们就认识了。上周她喝醉了酒跑到我这儿诉苦，就在我这儿睡了。没有什么，她在床上，我在地下。"

我是选择相信还是不相信？阿诺，你的底气在哪里？为什么在我面前那么理直气壮？你是不是想告诉我，你不会为了我改变你的生活？看得出，另类的你是不会妥协的。

"那卤蛋又是怎么回事？"

"正式交往过的女友。分手了。"

"听昨天那太婆的语气分明为你感到惋惜。一口一个卤蛋。是不是你的私生活太乱了，她才跟你分的手啊？"我无法控制住我的怒火。

"怎么能叫人家老太婆呢？"

"我叫了又怎么了？十足一个让人烦的老妈子。我才来了三天，不知明天会不会又冒出一个什么皮蛋来。"

"停——"阿诺大叫，"我问你，你是处女吗？你难道没有前任？"

"什么？"我犹如被他扇了一记耳光。

我架不住欺骗，因为我也撒了谎。

这是从阿诺嘴里说出来的话吗？他是在唾弃我不是处女吗？

有人敲门，送机票上门了。

"好吧！我要回到我的世界里去，我不陪你玩了！"

我拉着行李箱走了出去。

门厅里站着平初。我害怕那双若有所思的眼睛。他一定想看看我是怎么为离别而流泪的。

他没有追来。

种种迹象表明，我的小伙伴们说的话是不无道理的。

送上门的女人，男人会珍惜吗？

更多的时候，男人看重的是肉体而不是精神。中国的男人都有处女情结，只是阿诺表现得更突出而已。

"如有不测，就当是一场旅行吧！"响起他说的那句话来。想来站在他的立场，爱是如此轻描淡写，微不足道。

阿诺从神坛走了下来，我的爱情灰飞烟灭。

死亡！

我心中幻想的爱情塔瞬间分崩离析。我的憧憬与期盼，我的未来和全部的真心覆水难收……

14

失恋让我变得脆弱，回到学校我就病倒了，没有人知道真正生病的原因。

"漠河成都，虽说都是冬天。但温差必毕竟太大。这几天把你爽得，生场病也是应该的。"蔷薇说。

小伙伴们忙着准备期末考试，而我却沉迷在男欢女爱中，真是无颜见江东父老！

加油吧！林比邻！别给自己的懒惰找借口了。

"原谅我的小心眼！"

考试那天，阿诺发来短信。

回老家了。

与以往不一样，这次回家的心情是沉重的。这和我偷尝禁果私跑海口不无关系。

我推门进屋，婆婆在花圃里忙着。我怕吓着了，轻轻叩响门环。她抬起头眯着眼睛看我，几根银丝挡住了她的视线。

"婆婆！"

"见鬼哟！这头发也和我作对。豆儿，我昨天还梦见你回来了呢！"婆婆把杂草装进篮子里，"你妈妈今年要回来过年的。这家里连人气都没有。"

"婆婆！"我鼻子一酸，上前把她的肩搂住，"您闻闻，我又不是狐狸精，有没有人气？有没有人气？"

"鬼丫头！"婆婆一下子被我逗笑了。

"天涯呢？"现在是晚饭时间，却没有见到弟弟。层里沉寂得让我打了个寒战。

"和同学踢球呢！不管他。他不玩够是不会回家的。饭早就做好了，你先吃吧！"婆婆一下来了精神，乐呵呵地迈着小脚去厨房张罗饭菜。

婆婆还是把我的房间打扫得一尘不染。放下背包，脱下大衣，穿上暖靴，人一下子轻松自在了。

回到餐厅，婆婆把饭给我端来。

酱萝卜，蛋花汤和炖牛肉，我渴望的家常小菜。

"给你开空调。"婆婆说。

平常为了节约电费，不怎么用电器。没多久，屋里温暖如春。

"豆豆。"人没进球先进，天涯抹着额上的汗跑进屋，一屁股坐在椅子上，"回来多久了？我在小区的球场踢球怎么没看到你？"

"我坐出租直到家门口。"我拿出纸巾给他擦汗。

"别人家都是重男轻女，我家是重女轻男。爸妈最疼你。"

"怎么说话酸溜溜的？"

"每次电话来，都说让我向你学习，说你这儿好那儿好的。听八姑说你跑出去玩了好几天，你老师咋不说你？"

"是元旦出去的好不好？"我偷看了婆婆一眼，八姑的嘴怎么就这么长啊！

"姐姐以后啊好好学习。"我鼓励天涯又像是安慰自己，"一年之际在于春，过了这个年，我们都好好干！"

"这样最好了。"婆婆打开厅里大大小小的灯，"平时我怕浪费电，天涯前脚走，我后脚就给关了。今天是该亮堂堂的。亮亮堂堂的好啊！"

父母回来的那天，我已经无聊透顶地躺在床上两个星期了。

"奢吃奢睡。"婆婆对母亲说，"就跟小猪儿一样。"

"是只病猪。"天涯说，"你看她面呈菜色整个人瘦了一圈，婆婆这几天好吃好喝地伺候着，对她没用。"

"上医院检查检查吧！"父亲说。

"别动不动就往医院跑。她自己就是半个医生。"母亲说，"有可能是感冒。"

母亲的话提醒我了，一个未来的医生对自己的身体不能这么没有概念。医生对自己的身体都是有自我保护意识的。

妇女儿童频道正在播放《准妈妈课堂》——怀孕初期症状。

"怀孕？"这个可怕的念头在我脑子闪过，我吓得从沙发上跳起来，下意识摸了摸肚子。

"换频道，这有什么好看的？"天涯从我手里夺过遥控器，"我要看《探索与发现》。"

未来的医生心里怎么会没谱？我仓皇地跑回房间，大气不敢出。

头晕、乏力、嗜睡、唾液分泌增多、食欲不振、恶心呕吐，这些怀孕早期现象我都有了。

还有尿频，乳房变大。

最重要的一点是例假，已经推迟了十五天。如果中招的话，掐指算就是怀孕一个月了。

不能拖了，明天一定要去医院看个究竟。

今晚注定无法入眠。

天蒙蒙亮时，母亲来到我房里。

"走吧！去医院。"母亲说。

"我没病去什么医院？"

"别装了。我听说元旦你和一位男同学去漠河玩了。"母亲的脸色很可怕，"昨天是天涯在，我不好拆穿你。到底情况是怎样的？赶紧的，去医院查查。不要让我揪心。"

我无力反驳母亲的话，只有用沉默表示认可。

我惴惴不安地跟在母亲身后出了门，在家附近的医院母亲没有停下脚步。我知道她定是怕碰见熟人了。

我们找了离家最远的医院，挂了号，我排在第十九位。

妇科门诊人满为患。这年头，患妇科炎症的妇女特别多。我和母亲在候诊区煎熬着，想和她说会话，但母亲的表情让我望而生畏。

"做女人最可悲的是不自尊自爱。"见身边坐着的两位女人走了，母亲主动跟我说话了，"要是怀上了，你打算怎么办？"

"肯定不能要啊！"我的声音像从地缝里传来一样，"如果是怀孕一个月，做 B 超是可以查出来的。"

一个小时后，终于听到医生叫我的名字。我和母亲匆匆走进诊断室。

　　医生按常规问话后，拿出一张化验单让我验尿。

　　化验很简单，几分钟便到窗口拿到了结果。母亲比我先一步拿过单子，上面触目惊心地写着：尿液呈阳性！阳性意味着怀孕了！尽管有心理准备，但母亲的脸一下子变得跟纸一样白。

　　"问问医生，看今天能不能做了。"母亲缓过气。

　　医生冷峻地看着急切的母亲。

　　"做手术前，先去做个 B 超。"医生说，"确保良好的手术状态，我们才可以安排手术。急一时也不行，慢慢来。"

　　"为什么要做 B 超？"

　　母亲焦躁地问我。不待我回答，脚下踩着滑轮似的拿着 B 超检查单去收银窗口缴费。

　　"妈妈我错了！回到家您就好好打我吧！"看着母亲的背影，我跳进长江的心都有了。

　　"比邻，你在这儿干什么？"背后有人叫我，回头一看，是隔壁的刘大婶。

　　"刘婶，看妇科。"我下意识控制住难过的情绪。

　　"小小年纪看什么妇科？"刘大婶用若有所思的眼神看着我，一副不扒点茶余饭后的猛料不罢休的姿态，"造孽哟，你怀孕了？"

　　"您没看见吗？这年月的女人谁没有一点小炎症。现在就数妇科最吃香了。您可别瞎想，我还在读书呢！"

　　"也是。现在卫生巾都不卫生了。"

　　才打消了刘大婶八卦的心态，便见母亲远远走了过来。母亲眼神好行动迅速，一转身就躲进了一旁的女厕里。要是让刘大婶碰上她，准拉着说个没完没了。此时此景，无疑对母亲是一种折磨。

　　"我女儿生了一个大胖小子。"

　　"恭喜啊！"

　　"明天给你们传红蛋去。"

　　见刘大婶春风得意地走了，我压力骤减。

　　"你不要以为她不会嚼舌根子了。"母亲说，"小区里最会捕风捉影的就是她。"

"既然谁都知道她的德行,就没人会把她的话当真。"我拉着母亲的手向 B 超室走去,"对不起!"

"是对你自己不起。"母亲说。

B 超检查开始了,跟着我进 B 超室的母亲被医生烦躁地赶了出去。

"第一次怀孕吗?"医生。

"是。"

"放松,睡过来一点。"

医生把冰凉的黏糊糊的"耦合剂"涂在我的肚皮上,B 超探头开始在肚皮上下左右滑动。

"怀孕多少天了?"医生又问。

"大概一个半月吧。"

"现在我们看到胚胎大小孕期应是五十七天左右。"医生说着,转头对一旁做报告记录的说。

"不全纵隔畸形可能!"听着医生的描述,我的脑子一片空白。

拿着报告单我走出了 B 超室,母亲迎上来。

"子宫畸形?什么意思?"

"就是子宫先天发育异常。"我该怎么跟母亲解释呢?我能告诉她子宫畸形怀孕率低,流产应谨慎吗?我能跟她说流了产以后,我做妈妈的机会少之又少吗?

"看医生怎么说。"此时母亲是没有一丝耐性的,她拉着我向诊断室走去。

已经是午餐时间,有护士给医生送来了盒饭。

拿过我的 B 超单,医生的表情没有任何异常。估计接触的病人见到的病情太多了。子宫畸形算什么呢?它不会要了人的命。

"什么时候流产?"这才是母亲最关心的问题。

"坐下慢慢说。"医生跟母亲指了指旁边的椅子,"你女儿的情况是第一次怀孕。现在查出是子宫畸形。可以流产的,但是流产后你女儿有可能要面对的是无法再次受孕,习惯性流产。你们愿意抱着侥幸冒这么大的风险吗?"

"怎么可能呢?医生,您再给开个单子检查一次吧?"母亲无法相信医生的话，双手握得紧紧的，极力控制着欲崩溃的情绪。

"不用检查了，我要做流产。必须做，今天就做。"不做流产意味着要生下小孩，这是我和母亲想都不敢想的问题。我是母亲的骄傲，我不能毁了她的希望，不能让疲于奔命的母亲唾手可得的小幸福灰飞烟灭。

"知道吗？你这次怀了孕，能否顺利地把孩子生下来都是个未知数。既然决定了流产，好吧，你们签个手术同意书吧。"医生打量了我一下，问，"满十八了吗？"

我点点，拿过笔签下了大名。

"不就是个流产？为什么要签字？"母亲浏览了一遍手术知情同意书显得很紧张，"我已充分了解实行该项操作有可能出现如下危险并表示理解……有危险是吗？"

"妈，做大小手术都要签同意书的。这只是手术前例行的一个程序。不要担心，没事。"

听我这么一说，母亲似乎放下心来。看她心力交瘁的神情，我劝她不必楼上楼下地跑了，只需在一旁安静地等着我。

交了费，我便被安排进了手术室。

躺在单薄的手术台上，我的整个人像一具冰凉的尸体将要被某人解剖。

始料未及的是，我温暖的子宫没有成为我生命中第一个孩子的摇篮，反倒成了残忍血腥的屠宰场。我亲爱的孩子，他还没来得及好好在母亲的子宫里伸一个懒腰，却要为这个自私玩火的母亲付出生命的代价！

对不起，我的孩子！我能生下你吗？我有勇气面对旁人的质问与蔑视的目光吗？我并不宽阔的胸膛能为你遮风挡雨吗？我的力量这么弱小，没有笔直的脊梁厚实的肩膀，我怎么承担你？

原谅我吧，上天堂去做天使吧！

头顶的聚光灯亮得让人心碎，医生在托盘里捣鼓清点手术器械的声音让我的心脏跳得异常剧烈。

医生支起我的双腿，我悲哀地闭上眼睛。

门在这时被推开了，我抬眼见是母亲。

"家属怎么进来了？到外面去！这里面是无菌的。"医生大叫。

"对不起，医生！我们不做了。"母亲眼眶红红的，脸上挂着泪珠，她把衣裳丢给我，"快穿上吧，回家去！"

我可怜的母亲一定和我一样，内心挣扎着彷徨着。她不是傻子，医生的话她能不明白吗？她能让她的女儿在未来的日子里为了生育做无谓的抵抗？

感谢母亲来得及时，我不能承受一个生命的胚胎在冰冷的器械下被搅得支离破碎！不能——不能——有个声音在心里强烈地尖叫。

我们逃离了那个冷酷的充满血腥味儿的地方。

与出门前稳重的步伐相比，母亲的脚步明显变得蹒跚了。

尽管医院门口出租车一辆辆地从眼前驰过，但是崇尚节俭的母亲断然不会去浪费打的的钱。

天气阴沉，街上行人如织。距离公车站台还有一段距离，我深一脚浅一脚地跟在她身后，不敢说一句话。

过年，过节！真应了这句老话。

母亲停下脚步，皱着眉抿着唇，用手拍着胸口，脸色发白！

"妈，你哪里不舒服？"我跑上去扶住她。

"大概是饿了。"母亲说。

一早空肚出门，现在午时都过了哪能不饿呢？

"那边有个小摊。"我拉着母亲，"饿了这么久，先喝点粥吃点包子吧。"

摆小摊的是老两口，见我们走了过去，乐呵呵地迎上来抹桌子抬凳子。

一碟咸菜、一屉小笼包、两碗稀粥。

怕是饿慌了，母亲端起粥猛喝了一大口。

"咳咳——"呛到了！

我赶紧把夹起的包子放下，轻拍她的后背。母亲好一阵缓和下来，也不吃包子，也不喝粥，默默地在那流泪。

我也无声地哭着。

"看你们是母女吧？"摆摊的老太见了走过来坐下，"哭吧！哭完了无非就那么一回事！"

老太一说，母亲反倒收回了眼泪，几大口吃了三个包子，端起稀粥喝了个精光，拿出零钱放在桌上，一抹嘴挥挥手说："走吧！"
"走好！"老太说。

母亲是晕车体质。虽然生活里免不了坐车，但是在小城里若是路途不远的话要么步行要么骑车。因为冬天的早晨起雾打霜，路面湿滑能见度低，便放弃了自行车。

16路车直到小区门口。

车上人挤人没有空位，车子急转弯时的巨大摇晃让母亲身体失去平衡。她的身体先是向前扑，撞到了一位姑娘身上，接着惯性摇摆回来，一脚踩到了身后一位小伙子的脚。

小伙子嘴里骂骂咧咧不停指责。

"吃不消就去打车啊。"我上前抱住母亲，让她依靠着我，"打车虽不用担心被踩，但说不定会被撞啊！"

"就是啊！坐公交车这是难免的。"一旁被母亲撞过的姑娘反过来帮腔了。

见有人声援，小伙子不作声了。

"歇气吧！忍字头上一把刀。"母亲劝我说。

半小时后我们到了家。

"没什么事吧？怎么到了下午才回啊？"见我们回来，等候在院里的婆婆和父亲急切地问。

"把门关上，进屋说吧。"母亲径直往屋里走去。

父亲疑惑而紧张地看了我一眼，跑到屋里，接过母亲从包里拿出B超报告单。

"子宫先天畸形，孕期五十七天？"父亲惊讶地看着我，手颤抖着，用沙哑的声音问，"这是谁干的好事啊？"

"爸——"我双腿一软跪在父亲面前，"打我吧，我错了！"

打能解恨吗？父亲面对的是他的掌上明珠，不是仇人。可我能说什么，能做什么？只求父亲不要被我击倒，不要让我的无知过错惩罚他疲惫而逐渐苍老的心。

记事起，父亲从不舍得打我。调皮时，他也只是装装样子唬人而已。今天，真希望他举起的手不要放下。

狠狠地打下来吧！爸爸！

父亲的手定格在我的头顶——空气凝固了。他粗重的喘息声变得细缓了，几秒过后，他的手无力地垂下来，移动着虚浮的步子走到沙发边坐下。

这时，我听到婆婆的哭声。她站在门角，拉起围裙抹着滚滚流下的泪水。

"以前体检怎么就没查出子宫畸形呢？"沉默的母亲终于说话了，"孩子的爸爸是谁啊？"

"阿诺。"

"是你在电话里跟我提到的那个男人？"母亲的语气很平静，她应是拿定主意了，"给他打电话吧，看他怎么说？"

想起阿诺对我的态度，我极不情愿地拨通了他的电话，听到的却是电话录音。

"对所有打电话来的朋友，在这里我要说声抱歉。因为思乡心切，我已赶回老家过年，若时间允许，我会元宵之后回海口。祝大家新年快乐！"

他明明说过，为了文昌专辑是不会回家过年的。会不会是我前脚离开，他后脚就回四川了？怕我是牛皮糖粘着甩不掉吗？

"打手机吧。"父亲说。

手机停机状态。

"我怎么感觉这小子在回避你呀？"母亲说，"你们俩谈恋爱，回老家的联络方式总要告诉你吧！"

"分手"两个字虽没有从口中说出来，但一个多月都不联系的境况和分手有什么两样？

"请原谅我的小心眼！"寒假前他曾发过一条道歉短信。加上标点符号，那短短的九个字不足以抵过他对我从肉体到身心的羞辱与藐视。

"唉！"母亲叹了一口气，把一本小册子丢到我手里，"这是孕妇手册，看看有什么要注意的。我问过医生了，子宫畸形怀孕不易，保胎更不易。你现在什么都别想，学会把孩子保住再说。"

"我还要上学。"

"上学?"母亲摇着头,自嘲地一笑,"我怎么生了你这么个笨丫头。"

"开学后找个理由去办休学吧。"父亲说话了,"东西收拾好后放在你姑那,联系上阿诺之前,你随我们到绍兴去。"

"学校有规定,休学时间不能太长。"我说,"最多只有三个月时间。"

"三个月后孩子便五个月了,没那么容易流产的。到时再去退学,万一……"母亲心思细密,想得周全。

"造孽。既然一心要生,就要往好处想。这些话不能让肚子里宝宝听到了。"婆婆急得直摆手。

"妈。"母亲上前叮嘱婆婆说,"家里就不要露口风了。对外,还是讲豆儿去上大学了!这事儿,只有我们几人知道,家里的亲戚都不能说。"

"瞒得过一时瞒得过一世吗?八个月后,孩子就要见光了。"

"走一步算一步,等孩子顺利生下来我们再想办法。"母亲眉头又皱起来,"这个阿诺,要是能联系上他,我们也好作个安排啊!"

新年过得很沉闷,为了怕走漏风声,每年必请的春酒母亲也省了。

阿诺依旧联系不上。

"姐,无聊就上网呗。"天涯走到我房间,"看你病恹恹的,我让你。"

上网?天哪!我是急糊涂了。给他QQ留言,给他发邮件。

很庆幸他在网上。想起他曾在信里说到他弟媳生了个大胖小子,必定是喜欢小孩的人。处在这个尴尬的年龄应该盼望当父亲才对。

"我怀了你的宝宝。"没有多想,没有问候与客套,我便迫切地对他说。

"怎么搞的?不是采取措施了吗?"他一改以往的温情脉脉。

"我想是你买到了伪劣产品。"

"我是向平初借的。"

"那他就是给你设了陷阱。"

"你想怎么办?"

"我想读书。"

"好样的。你现在要清醒,不是为我而是为你。"

"但是,我是子宫畸形。流产是可以的,但是风险太大。有可能习惯性流产,或者终身不育。总之有很多可能性——"

"你也说有很多可能性啦?医生的话把你吓着了。我建议你去医院再与医生沟通后做决定,好吗?"

算了!我把他想得太单纯了,抑或是我太白痴。说下去有什么意思?就算他勉强地接受这个孩子成就一桩婚姻,我也会变得一文不值。我的身份是丈夫的妻子、儿子的妈妈,还是婚姻的奴隶?可笑的我。

一个星期过去了,肚里的小孩并没有让我充实起来,心里只是无尽的恐惧和空虚。

"与阿诺联系上没有?"母亲问。

母亲焦灼的眼神让我如坐针毡。我想我不能只顾个人感受一意孤行,我得为家人考虑。

再次上网,阿诺不在线。他发来一封邮件。

豆豆:

亲爱的!

我早就想给你写信,尤其是在乡下的日子,看着父母焦急的神态,看着我那侄儿独居那宽大的屋子,每每一闭眼,眼前就闪现你的容颜。原谅我了吗?那天,就让你那样走了,我的心像被利箭刺穿。我没有追,我怕我们针尖对麦芒针锋相对不可收拾。

回到家里,探亲访友,做每件事总是遗憾你不在身边,又似乎你就在我身边。大年三十祭祖坟,我还跪在坟前向九泉之下的先祖为你祈祷。总之,整个春节我都把你装在心中,几乎是形影不离的。

海口无心插柳竟结出果子,这是我意想不到的。真是让人欢喜让人忧。其欢喜自不必说,而忧,似乎更让我不知该如何是好!且不说现在不合法,也不说将来有何变故,只你太年轻,对你的身体是一种极大的伤害,对你的前程是一种最大的破坏。你的身份,我的处境,未来的路,都是值得你冷静思考的。

我的意见是不赞成在这个时候将果子落地!

望三思而行,亲爱的豆豆!想到自己的骨肉,我的心都要碎了……他来得不是时候啊!我的孩子!爸爸对不起你!

现在天气还很冷,你要多穿衣服。这不比平常,要多吃水果,多吃饭,多睡觉,多休息!你的身体也是我的呀!听话好么?

希望你再找一家医院去检查看看。对"果子"负责!你的行为,产生的后果的好与坏,取决于你的理智!

话长纸短,只为三个字——我爱你!

这封邮件更让我看清他的冷漠与自私。貌似温情的字眼掩藏不住他虚伪的心。看来是要对我置之不理,一切抛给我,让我看着办!

他的事业不顺,我又壮志未酬。这是打掉孩子的理由?

"跟他说,我们要去他家。"母亲怒了,"他家里是不是有老婆儿子?我家的小姑娘配不上一个老青年么?"

我把母亲的原话告诉了他,他的语气充满了火药味儿。

"好啊!欢迎。要不然伯母以为我玩弄了别人的感情,来了解一下我的家世背景吧。"

15

在母亲的陪同下，我们坐长途车到都江堰，像是肩负着沉重的使命，任务能否顺利完成，不得而知。

阿诺来接我了。他穿着一件灰色呢料大衣朝我招手，样子显得很滑稽。他曾说他喜欢大衣，不是大衣的温度，而是大衣的风范。

喜欢什么无可厚非，就像不能阻止胖子讨厌瘦子一样。个矮，体型不协调能说明什么？大衣穿着拉不拉风，不重要。重要的是就是想穿着它，只要我高兴。

阿诺对大衣痴心不改。

母亲见了他全程黑脸。不只是阿诺，对我也不搭理了。对我的选择，她定是大跌眼镜了。

龙泉驿到亭江市用不了多长时间。

"家里没有人准备午饭，我们将就在城里随便吃点。"阿诺说。

母亲听了，眉毛都坚起来。明知有客要到，家里没人张罗？

"家里有什么便吃什么，都到家门口了哪有在外面吃的道理？"我的脸也挂不住了，"看来我们是不受欢迎了。"

"哪里，"阿诺忙着解释，"妈妈和爸爸在田里种菜。我也不会做饭——"

"行了。"母亲不想听他解释，"客随主便。"

在阿诺的安排下我们进了一家川菜馆。店面小，菜好吃。

瘦弱的我三个月孕相明显。走进村子里，小村骚动了。

我们的突然造访，阿诺应是有压力的。沿着村口的小路，阿诺笑呵呵地向叔叔伯伯们打着招呼。常年在外的摸爬滚打，他学会了隐藏无奈与悲伤。

自从面见阿诺，一切诗意的东西都被打碎。尽管心有不满，但父母在田间劳作我只有表示理解。日出而作日落而息的老实憨厚的农民对我这个不速之客还会有什么惊喜的举动？在他们心中，我和肚子里的宝宝只是一个过客。一个普通的过客又怎能触动他们为生计而劳碌的心灵呢？

过小道穿竹林跨田坝，我们来到了一处青瓦白墙的四合院前。

"这就是我家了。"阿诺说。

四季常青的花草，敞亮的院落和宽屋檐，朴素淡雅轻盈精致。

好自在好舒服的家啊！可我能成为这儿的女主人吗？

阿诺还是创作养成的习惯——晚睡晚起。

我特意起了个大早，就着泡菜吃了老人煮的清粥鸡蛋。

乡村对我来说有点陌生了。离开龙泉驿老家，那时我还年幼。

乡村的早晨很宁静，鸟鸣鸡叫让这个村子显得很神秘。走出门，呼吸着新鲜的空气，一下子精神抖擞了。

门前的田埂上还长着不少的野花。走近一看，虽然丑了点，但颜色清淡，加上露水的点缀，那么一闻，香味也变得耐人寻味！

想必这些花们平日里只能孤芳自赏，劳作的人们哪有闲情逸致去发现它们的美呢？花旁还长着小草。嫩绿的小草一簇簇长满了地面，看起来就像长长的地毯。

太阳快当空时，我从田头走回屋里。一只野性十足的肥猫追着一只老鼠从门廊跑过。这天降的"好戏"我没来得及观看，一头便撞在阿诺的身上。

"农村就是这样的，不用大惊小怪！"

"哪里，只是太突然——"

"豆儿，过来择菜。"见阿诺阴阳怪气的语调，母亲赶紧把我叫开了。

空余，除了东家长西家短以外，家里没有谁主动提孩子的事。母亲在这儿是个"隐形人"。母亲陪着我待了三天后回家了。她留在这儿只是徒添煎熬。母亲临走时说："豆儿，妈先回去了，我们也是一大家子人要吃饭呢！店不能一直关着，要不然客人都走没了。勉强的婚姻是不会幸福的，如果阿诺和他父母没有举行婚礼的意思，你就回妈身边来。记住，不能生气，要保胎啊！"

母亲是流着泪独自坐车走的。

不知阿诺作何感想。

上午他关在书房看书，下午在厨间为母亲做饭，好像挺忙似的，没有一丁点时间留给我。我不笨，我知道他是在刻意与我拉开距离。连他的老妈妈都没想着私底下问问我怀孕的情况。

家里的老青年有了孩子，落在谁家都应是高兴的事儿。但在这个家里，"骨肉"两字没有概念。我很奇怪。唯一可以解释的，就是以儿子的意志为意志。儿子不表态，他们不会发表任何意见！本以为，他们会以家中长者的身份站出来说句举足轻重的话——给我的宝宝一个名分。

现在无言的沉默是他们最好的回答。

果然，过了没多久，他说："我不能老这么陪着你，我有要事去深圳。"他还没开口，我已料到我们完了。我有勇气去追求浪漫的爱情，却没有信心去酝酿一桩幸福的婚姻。

次日，当阿诺还在熟睡中，我留下字条悄悄离去。离去时在村口，我对肚里宝宝说："这里是你的根，是你的家乡。虽然我们要离开，但是你还是要记住这里。"

最终，我一个人离开这块陌生的土地。我简直要怀疑自己，在努力过等待过，哭过闹过而一无所获的我，好不容易捕获今生的希望，怎么会如此轻易地选择放弃呢？在路上我哭了，知道自己没有成功的素质，也发觉了自己的软弱。我咒自己，企望自己死掉。那时世界无非是一个男人失去了一个他不爱的女人，一个母亲失去了一个她不听话的孩子，一个朋友失去了一个可以交心的灵魂。

谁知道呢？或许是宝宝的小手在阴暗的子宫里寻找光明，从未有过的责任心在体内膨胀，使我增添了对生活的热爱。何况，我害怕不能一了百了，怕不死的灵魂能看见我泪眼婆娑的亲人，怕生我养我用生命浇灌我一生的父母成天以泪洗面在痛苦中度日。

就是以这样一个心碎的方式，我与我生命中最爱的那个人告别了。我不知道是否能用有缘和无缘来解释这一切。我只觉得我被上帝戏弄了！

我去了浙江绍兴的柯桥镇。

早前为了养家,父亲和母亲在柯桥镇开起了川菜馆。柯桥镇有座轻纺城。因为做布料生意的老乡们成群结队都会到轻纺城进货,以他们为服务对象开个饭店会是个不错的选择。

下了飞机,转汽车,又坐上人力三轮车。

绍兴柯桥到了。这个小镇就像我前世的故土让我迷恋。石桥下潺潺的河水,还有那历史悠久的乌篷船。我的孩子将要在这片人杰地灵的土地上诞生。

父亲的川菜馆店面不大,楼上是贵宾厅。楼下是卡座。二百多个平方米。店里的亮点就是螺旋式的木楼梯和大片通透的落地窗。有太阳时,放下水墨画竹帘。没有太阳,就放下薄纱,略微遮些日光。

租这套店面时,房东贡献出存放杂物的后院。经父亲改造后成了独立厨房。服务员传菜经过天井,虽然要花几步时间,但是隔离了油烟,饭店内堂总是给人清爽舒适的感觉。没有豪华的装修,小饭馆图的就是干净二字。老乡们奔波在外疲乏一天后,到饭点就三三两两地过来了。

我的到来并没有让父母感到惊讶。

"见到你,我这心里的石头总算落地了。"母亲说,"我正后悔不该把你留在那儿呢!你怎么——"

"别说这些没用的话。"父亲打断母亲的话,"这肚子越来越大,是不是该考虑去医院检查看看啊?"

"阿诺陪你做过产检吗?"母亲问。

"没有。"我强忍着泪水,想着那几天他躲我都来不及,近一个月的时间,连我的手都没牵过呢!

"我们把他想得太有良心了。"母亲气得用拳头捶着桌子,"万幸啊!我的孙子在肚里平安地成长到四个月了。"

"唉——"父亲叹着气,"他不认这孩子,我们好好养。以后,别再与他联系了。"

"你没有告诉他我们在浙江的地址吧?"母亲问。

"没有。他以为我回龙泉驿。"我说。

这会儿正是饭点,店里客人多起来。

"老板娘，有个老乡点了水煮鱼。"小妹慌慌张张地跑来，"要您掌勺呢！别人煮的不吃。"

"你们去忙吧！"这个店是我们一家的命脉，耽误店里的生意是大罪。

父母脚底抹油似的店前店后忙开了。

看着他们来来去去忙碌地穿梭着，我不禁悲从中来。要是自己闷着头好好地学习，这一切都不会发生。性格决定命运，我总算领教了这句话。

与上个月相比，母亲对我态度明显不一样了。大概是子女的好坏父母都得承受吧，母亲向命运投降了。

担心我饿了，父亲给我端来了蒸黄鱼。银白色的小黄鱼热气腾腾的，上面淋了生抽，洒了几缕葱丝，闻起来香极了。

"最后三条小黄鱼，你妈妈留给你了。"父亲心疼地看着我，"看你的脸色，这段时间一定没吃好睡好吧？"

"上个月妊娠反应强烈。不过，现在好了。"

黄鱼肉嫩少刺，我从小就爱吃。一会工夫，三条黄鱼全被我消灭了。

"无聊就去上网吧。"父亲说，"隔壁有个网吧。你去查查，怀孕五个月该做些什么呀？"

父亲说得对。我这个准妈妈不能甩手什么也不干呀！

面对电脑，突然很想打电话给蔷薇。几个月没见，此时此刻她是否也在想我呢？想当初要是听她的话该多好啊。忠言逆耳！

现在的我一切都要听母亲的，暂时不能与朋友联络了。

打开邮箱有一封蔷薇的信。我欣喜若狂！

红豆：

一切还顺利吗？听说你病了，身体现在怎么样了？

姑来学校给你办退学手续，我吓了一跳。身体到底哪儿不对劲了，要停学呀？没有你在身边，我真想你。

在最近的一次舞会上，我见到胡一天和肖明明。疯狂的舞姿中，我不由想到了你，还有陶醉。很奇怪，你们俩就这么同时消失在我们视线里了。

你好吗？我心中反复地问着。看着舞场热闹的人群，还有猛士的士高震天的伴奏，我心中很不是滋味。不知是惆怅，是失落，是追忆，还是种种……我不明的情绪，只觉得如今满场的欢乐笑声好像不再属于你了。你现在笑吗？尽管我知道你在父母身边，在那温馨的港湾里，但我总不经意地在心底问：你到底怎么了？你怎么样了？一切思绪都由你和胡一天他们，还有那个人间蒸发的陶醉而起。熟悉的人，熟悉的记忆，可熟悉的你却不在这里。

接下来，我也不知要写些什么。既不能写你，因为我现在对你的将来一无所知；又不能写我，因为我这里"还是人面不知何处去，桃花依旧笑春风"！

最后要说的是，男人们去他的吧！但你不能不理我，不能忘了我。电话可以关机，但不许变号。变了，第一个告诉我。

蔷薇
2013-4-10

泪水决堤。

我要给蔷薇回复，抬起手打出的字不成句，语无伦次。错过单身的欢愉我知道，即将面对的困难我更知道。朋友，有你在那里遥遥相望，我会好的。一切都会好的！

蔷薇，我在想着你。

怀孕十六周半，快五个月了。一早母亲带我去产检。

因为是第一次产检，心中莫名紧张起来。考虑到孩子的健康，不管多繁琐，必须的检查都是要耐心地去做的。根据怀孕时期不同，产检的项目也不同。

当然，不是每次产检都需要做全套，有的项目只需检查一次就可以，检查的时候会根据孕妇及胎儿情况选择的。

母亲看着一项项要检查的项目，眼睛发花了。

"刚才做了B超，羊水量、胎位胎盘不是都还好么？"母亲从紧张到恐惧，"怎么还要做这么多检查？是不是还有哪里不对啊？"

"以防万一。现在要检查的是我个人的身体。我的身体健康了，孩子才会健康。另外，怀孕16周还没做唐氏筛查。这个检查很重要，看看宝宝有没有先天性疾病。"我细心地安抚母亲，"不只是我要做，怀孕16周左右的产妇们都要做的。放心吧，宝宝很坚强地挺过了四个月，他一定会和我们见面的。别瞎想了，在这儿等着我。我去检查了。"

第一次产检得到的结果都是顺利的，医生再三叮嘱，不要过于轻心。

母亲带我去逛商场。本以为她要选购日常生活用品，结果却跑到妇婴区，选了一大堆宝宝用的物品。最后，看着一个摇篮爱不释手，当即叫人送货上门。

十六周后，要注意宝宝胎动了。

胎动是腹中的宝宝向妈妈发出的联络信号，我每天守候着，静静聆听和感受宝宝即将给我带来的那动人一刻。

"宝宝，早上好！"盼望胎动的感觉很奇妙，每天从床上睁开眼睛，第一件事就是习惯地抚摸一下肚皮给他打招呼。

这是一个芳香的早晨，我刷着牙看着天井中洁白的栀子花。有宝宝的陪伴，生活是美好的。

我轻抚了一下肚皮，就在这刹那间，在我的右腹部鼓出了一小块，按一按硬硬的，仔细摸摸，一小节一小节的，像是宝宝的手。

"宝宝，是你吗？"我惊叫着，小心翼翼地在肚皮上抚摸着。

"宝宝，再跟妈妈握握手好吗？"我按捺住喜悦的心情，又摸摸鼓起的那一块儿。

天哪！他的小手真的高高地顶起来。宝贝儿，你听到妈妈的声音了吗？我分明在我白皙的肚皮上感受到宝宝小指丫形状。

这是宝宝第一次对我作生命的告白。这难以言表的幸福感把我紧紧地包裹着，阿诺带给我的悲伤与不快都抛之脑后。有宝宝一切足够！

我决定给宝宝取个名字。

宝宝将在特殊的环境下出生，将和我一起憧憬新的生活。我们都盼望着明天会更好！是的，取"明天"吧。明天代表着希望，既具有现实的明天，又有理想的明天，充满浪漫的幻想色彩和无限期冀，象征着我们"明天"会更好！我们的"明天"会更美丽！

明天！明天！明天和"明天"都是我们追求的明天！明天很远，明天在虚幻中，明天又在实际之中！明天很神秘！明天很甜蜜！明天虽然会有风雨，但"明天"在风雨中快乐成长！

"明天"在明天的成长中升华成最美好的明天！

母亲回家第一件事就是走到我跟前，摸摸肚皮，跟宝宝打招呼："小天，肚子饿了没，别急啊！马上就有好吃的啦！"

每天胎动的感觉是不一样的，有时像饿肚子咕咕叫，有时像鱼儿游泳冒泡泡，还有时像沉静的蝴蝶突然振动翅膀。

从感受到胎动的那一天起，早晨黄昏我都会放上轻音乐，在乐曲的伴奏下给他朗诵优美的散文或诗歌，偶尔还给他读读幽默的小童话。听着轻柔舒缓的钢琴曲，我们享受着母子连心的甜蜜温馨和感动。

初夏，进货的老乡们多了，店里的生意随之更兴隆起来。

客人们熬夜打牌要吃宵夜，电话里频叫外卖。见此情形，父亲和母亲商量晚上在店前摆上夜摊。起早贪黑，做饮食本是很累的行业。忙了一天骨头似散了架，只盼着晚上洗个热水澡躺到床上去。如今，又要张罗夜啤摊。我知道，他们盘算着多增加点收入，为宝宝的出生做好准备。

请的厨师不愿意上晚班。在涨工资的前提下，母亲和他商量轮流上岗。父亲和母亲一个跑外一个顾内。我陪着母亲，虽然说不上话，看着她忙碌的身影，我也心安。母亲专门给我置了一个躺椅，让我乖乖地躺着不动，要吃想喝只管说话。

做的是老乡的生意，父母心里十分乐意他们蜂拥而至。但有时，心里是十万个不待见他们的。有些老乡的嘴太杂碎。

"老林的女儿被人搞大了肚子。是不是大学还没毕业？"

"听老林说毕了业。"

"老林把这个女儿看得重。这年头私生子算什么啊？电视上不演了么，出人头地的都是私生子。"

老板娘的女儿,我这个大肚子女儿成了人家的笑柄。周遭的冷嘲热讽在平淡的说笑之间像毒蜂的刺蜇进我们的心里。

在洗手间外面,我听见母亲在偷偷地哭,我强忍着泪,大气不敢出。母亲把我抱在怀里,说:"他们越说,我们就越要笑。今后,你好好做人,妈受点气值。"

今晚来了一帮人,都是本土的老乡。吆喝着点好菜,母亲穿上围裙开始挥勺。隔壁发廊的安徽妹妹见我顶着个大肚躺在那儿,笑呵呵地跑上前来找我说话。

"应该有六个月了吧?"她轻轻摸了摸我的肚皮,正好宝宝踢了一下,她惊得缩回了手,"啊!宝宝在翻跟斗吧?"

"开始胎动的时候我吓了一跳。现在好了,早中晚他都要动。"宝宝胎动预示着很健康呢,我心里油然而生浓浓的幸福感。

"唉,咱俩岁数一样大呢!你都当妈妈了,我却连个男人都找不到。"

"小妹——快!帮忙上菜。"母亲慌张地嚷着。

见没有人应,我便顶着肚子走到台前,帮忙把糖醋带鱼端到客人的桌上。

"死丫头,说好了不要动。这里不用你操心,要不然明天不许来店里了!"母亲见了,在灶前急得直跺脚。

我吐吐舌头小心挪着步子回到我的躺椅上。

"你家小妹上厕所了。"安徽妹妹很是热心,灵巧地端起炒好的田螺,"我来搭把手。"

"结账。"一桌湖南客人也叫起来。

"来了来了。"父亲刚好送外卖回来。

"小粉头,你洗头妹不做改行做跑堂的了?"突然,两个凶神恶煞的小青年跑过来推开父亲,一把抓住安徽妹的马尾辫:"你敢骗老子,信不信我割花你的脸啊?"

"有话好好说啊!"我第一次见这种对女孩动粗的蛮横阵仗。我大叫着不顾一切上前去阻止,瞬间忘了自己是行动不便的孕妇。

"滚开!"我人还没走近他们,那黄发男子便迎面一脚踢来。一旁父亲见状,大步过来把我拉到一旁。突如其来的事故让客人们纷纷闪退一旁，没人敢上前问个究竟。众目睽睽之下安徽小妹就这么被两个男人抓走了。

父亲拉起惊魂未定的我坐回椅上。

"快打电话报警啊！"我捂着肚子说。

"不用你瞎操心，有人已偷偷报警了。"母亲用责怪的语气对我说，"你不要命了？你不管孩子啦？"

"我——"话还没说完，针扎般的疼痛顿时从肚脐周围呈放射状荡开。

"怎么啦？"母亲直勾勾地看着我。

"爸，好痛啊！快送我上医院。"一阵恐惧袭上心头。

"我的天哪！天主保佑！"

我们上了停在路边的出租车，母亲来不及对店里交代一声跟随我们上医院而去。

挂了急诊科。

一位温柔年轻的女医生接待我们。

医生问明情况，开始给我量血压，测胎心，量体重。血压相对偏低，体重也轻。医生拉上帘子，看产道是否有出血。

"只要不出血就行。子宫不全纵隔本身不容易怀孕，你现在怀上是你赚啦！"当听到医生说这句话时，我憋在心里的气一下子喘了出来，"一定要注意休息，多散步，精神上不能紧张。怀孕后三个月最好卧床。少行动。"

母亲和父亲听着医生的话，捣蒜似的点着头。

医生开了一些药让我回去吃。

"都是我的错。"母亲一路上自责，"财迷心窍，差点害了我的孙子。明天这个摊不摆了。晚上，我们出去散散步多好！"

虚惊一场！

宝宝出生进入倒计时。预产期中秋前后。

今天是六月十日。

早餐就是丰盛的鸽子汤与海鲜粥。

母亲说鸽子汤催乳。海鲜粥里有虾皮、紫菜、鲜贝，可以补钙。

想想，要是我留在那个小村里，我怎么吃到这么科学营养的食物？真庆幸在母亲身边。

饭吃完，大门被推开。父亲带着一个人进来，定睛一看是姑。

我下意识躲在母亲身后。现在的我大腹便便全身发肿的样子，哪里是六个月前那个妙龄少女？我的变化不把她吓死才怪。

"不用躲了，我都知道了。"姑上前把我拉到跟前从头看到脚，"我有个朋友也是子宫不全纵隔，动了手术后才怀上孕的。你现在状态很好嘛！"

"爸妈照顾得好嘛！"

"好了。你爸妈毕竟要做生意。从今天起，一切都要听我的，我来照顾你。"姑拿出一副专家的阵式，"你姑爷是搞医药的，好歹我在他身边这么多年，医学上的常识我还是略知一二的。"

姑肩负重任，一天客人都不打算做。说干就干，她把卧室做了规划。先从我的房间请出了母亲，她提着行李搬进来。接着，辟出一块地盘给宝宝。姑来后，动作麻利地给我安置了一台电脑并安装了网络。

我一直抱怨网吧的空气污浊，两个月都没进去。及时雨！我心里琢磨着生完小孩该干些啥？不用愁上网查信息不方便了。

邮箱里有阿诺的邮件，发出日期是4月1日，离现在已经过去了两个月。

豆豆：

我好想你。你走后，房子空荡荡的，我总像失去了什么最珍贵的东西。太阳好像也变得灰暗，即使是春天，好像我的日子也失去生机。

这是真的感觉，因此就为在一起时"欺负"您而日夜不安和后悔。方才我还在想，如果再见到你，我会加倍呵护，疼爱你，可似乎一眨眼你就走了……

我担心你！我不知你目前在何方？前天帮父母下地干活，因十几年没干体力活了，当天就体力不支拉肚子，第二天就腰酸腿痛。昨天看了医生，有所好转。但还是迷迷糊糊，我就躺在床上，一闭眼就想起和你在一起的情形。

你为我受苦了,并且还要继续下去,这使我很不安,如果你还回来,我一定好好珍惜你,好好爱你!

你一定好好爱自己,常找医生检查,千万别抱侥幸心理,听话好吗?我本来是等你走了之后再走,但父亲病了只好推迟了行期。这个月我要到深圳,尽管前方的路很凄迷,但我还是会坚持走下去,除此之外,应该是别无选择。

你离去时在生我的气,不知现在气消了没。不求你原谅,只求你好好珍重自己!

为了明天,我们从今天开始吃苦,为了未来,我们从现在开始耕耘。这一切都是为了一个字——爱!

我积极地为宝宝的出生做准备,而阿诺却用尽甜言蜜语让我放弃生子计划。他到底怎么啦?是冷血?还是自由惯了,一人吃饱全家不饿?因为爱——多么冠冕堂皇的理由。但是,不管他如何费尽唇舌,他的爱对我来说是一纸空头支票。

"现在看明白了。在他老家,之所以老老少少都不表态,漠视你,目的是让你知难而退。人家早就想好了对策,把你母女晾在一边。在信里绕了这么大个弯子,最后还是那句——不要侥幸。"母亲回来看了,气得跺脚。

阿诺,我们将永不相见!

八月十号产检了。此时离预产期还有一个月。

因为是不全子宫纵隔,宝宝的情况有可能早产。这是我不想看到的,足月出生的孩子意味着宫内发育健康完好。

医生交代,越是往后越要密切注意孩子在宫腔内的情况。不全纵隔的子宫孕育后最后多是死胎。按常规检查,量血压测胎心。一切正常。测体重的时候,我往台秤上一站,表盘上的那个指针滴溜溜就开跑,直到在60kg上停止。我都不敢相信自己的眼睛,天主,我怎么平白长了十二斤,这十二斤长到哪里去了?脸不见圆,腿脚也只是浮肿。胃口一般,吃的都是清淡的海鲜类,偶尔喝个鸡汤,都是在姑的监视下。

"胎动过频或胎动减少都不是好现象。你要自己学会来测宝宝胎动，预知宝宝的安危。"医生说，"足月时，胎动计数>4次/小时，或20次/24小时。你可以根据自己的情况在早中晚各选择一个小时监测胎动情况，3次胎动次数相加乘以4，即为12小时的胎动次数，不应该少于10次。"

"什么情况下胎动过频或胎动减少？"听着医生的话，我心里紧张起来。我希望预产期平安到达。

"胎动减少是胎儿宫内窘迫的一个重要指标，胎动消失后胎心也会在24小时内停跳。应该特别注意这点，以免贻误抢救时机。胎动过频往往是胎动消失的前驱症状，也应该予以重视。如果胎动发生任何问题，要赶紧来医院。我们会检查胎儿是否健康，是否需要引产或立即剖宫产。只有你自己最了解宝宝胎动的情况，所以任何时候感觉胎动有问题，不要犹豫，马上寻求我们的帮助。"

"是不是要赶紧订床位？产科孕妇多。"母亲说。

"预产期是个大概时间，有可能提前有可能推后，没有必要花费这个钱的。"我说。

"秋老虎"肆意横行——太阳把整个柯桥镇晒得像个刚出炉的烙饼。大街上除了人力三轮车夫打着铃冒着汗招揽生意外，三三两两结伴而行又咒天骂地的必是到轻纺城进货的生意人。大家都盼望有场喜雨降降火气，倒是有几个阴天却一滴水也没落下。老天爷是个最会故弄玄虚的神，吊足我们的胃口后，趁大家没有设防时几声闷雷响彻云霄，大家还没有回过神来，稀疏的雨点夹杂着冰雹打在人们头顶。没一会儿，雨点连成直线倾泻而下。河水漫过了石桥，淹到了屋阶。地下水道被渣子堵塞，排水不畅。雨水泛滥的柯桥镇俨然一座水城。

倾盆大雨没有要停的意思，一下便是一个星期。交通不便，无法购物，不能销售，整个柯桥镇处于半停业状态。人们像困兽缩在屋子里做不成事，焦头烂额。

母亲也把店门关上了，我们一家人蹲在家里无奈地看着天气发愁。

"先吃了这碗鸡蛋面。"八姑把我扶到桌前坐下,"家里什么都没有了,只有一点煮粥的海味。"

"好在餐厅的冰柜里多的是吃的!"父亲说,"我去拿一些回来。"

"我和你一起去。你一个人能拿得了多少?雨这么大出去一趟不方便。"母亲说。

"路边磕磕绊绊太多了,你们只管往路面宽的地儿走啊!"我不放心地叮嘱道。

父亲和母亲拿着背包和篮筐结伴出门了。百米长的小路如今跟一条小河没两样,上面漂着死鱼和烂菜叶子。我提心吊胆地看着他们蹚过门前漫及大腿的脏水上了大马路。路上没有一辆车经过。平时步行到店里只要十五分钟,现在到处都是污水,恐怕得要半小时的路程了。

一个小时后父母手提肩背地回来,衣服湿透了。姑赶紧接过大包小包的食物转移到冰箱里。

父母洗了热水澡换了干净的衣服出来,全身还发着抖,捧上我送上的热茶喝了几口,气色渐渐好了起来。

"离预产期还有一周是吗?"母亲问。

"有可能提前,这几天当心点,保持警惕。"姑说。

紧张的情绪是容易传染的,他们的话无意中影响了我。晚饭后,我都没有心思给宝宝朗诵文章,一个劲儿专注地感受宫缩会不会悄然而至。我多么急迫地想见到宝宝啊!

"别怕啊!妈生你的时候是自己剪的脐带呢!听着音乐睡觉吧。"母亲笑着帮我打开床头的小迷你音响。

音乐真的很奇妙,很快让我放松地熟睡了。

到了半夜有点尿急,准备起床上洗手间。

"你尿床了?"姑被我弄醒了,走过来看看我,见床上湿了一小块,惊讶地问。

"尿床?我又不是小孩。"我说。

"哎哟,是不是羊水破了?"姑大叫。

我急忙掀开我的睡衣，内裤确实都湿了。与此同时，肚子突然闷痛了一下。

我预感的产期阵痛开始了。

让人担心的是羊水提前破了，这可怎么办？不能耽误时间，羊水可是婴儿赖以生存的条件，没有羊水婴儿会缺氧的啊！

"姑，把躺椅放平。"为了不让孩子被羊水感染，眼下我只有平躺。

"要生了吧！"此时父母已被惊醒，母亲惊叫着跑出房门。

"妈，带上钱赶紧去医院。羊水破了我不能走，你们将就用这个把我抬到马路上去。"

阵痛又来，瞬间即逝。

"我去收拾一下。"一向有主见的姑没了分寸。

"先把她送到医院回头再来收拾。"母亲说，"门前这么多水，不好走。"

外面还下着小雨，父亲让我穿上雨衣再躺下。

就这样，父亲在前，母亲和姑在后，借着躺椅蹚着水把我抬出了家门，到了马路上小雨变成了大雨，沿路走了十几分钟没有见到车。

"打120啊！"我说。

父亲摸摸口袋摇摇头，显然大家急着出门都忘了带手机了。

母亲见不远处的私人诊所亮着灯光，屋里还传来新生儿的啼哭，她跑上前拼命地敲起门来。

一位穿白大褂的医生开了门，让我们进了屋。她正是一位妇产科医生，她说，她才为一个民工的老婆接了生。

母亲听了大喜。

"太好了，我女儿羊水破了。请您为她接生吧！"

医生听了，叫人把我转移到床上，并让人煮了红糖鸡蛋给我吃，说生孩子需要力气。

阵痛明显了。二十分钟……十分钟……五分钟……

从迟缓到急促，阵痛一次比一次紧凑，痛感一次比一次强烈，只觉得从子宫到会阴被什么拉扯着。我想着宝宝是不是缺氧在里面挣扎呢？我害怕极了。

我咬着牙，看着医生："我是子宫不全纵隔，好生吗？"

"什么？怎么不早说啊？"医生惊呼着，"我们这里条件有限，要到大医院去才行啊。"

一旁的父母傻了眼。

"别急，我家有车，我让我老公送你们去啊！"医生用安慰的语气说。

主啊！感谢救赎！我在心里说。

车子是个QQ，我在后面平躺占了两个位子。母亲让八姑回去收拾衣物，并叮嘱她把手机带上。

去医院的路很通畅，不用挂号直接进了住院部。

医生问明了情况，问选择哪种生产方式。

分娩是人类繁衍中的一个正常生理过程。瓜熟蒂落的自然结果，是人类的一种本能行为。学医的我当然希望自然生产，这不仅有利于身体的恢复，对宝宝而言，心肺通过产道的挤压也会发育得更好。

医生安排B超，显示有充足的顺产条件。虽有纵隔，但不会影响宝宝从产道出来。听到医生的话，我真想高呼万岁！

回到病床上，医生走过来，她听了胎音后检查宫口。

"宫口才开了两指。太紧了，盆腔窄。怀孕后没有性生活吗？"医生自说自答，"哦，子宫不全纵隔应禁止房事的。现在给你打催产素。"

隔壁的产妇叫得像杀猪一样，医生不耐烦地盯了一眼，回头对我说："你倒挺能忍的。别憋坏了，没事的，你就哼哼啊！"

现在，我只要安安静静地等候我的宝宝来到人世！

我惊叹，我竟然有超然的耐痛能力。我不要听到自己的呻吟，绝不！虽然疼痛已漫延至周身，但我咬着牙不让自己叫出声来。

宫缩似潮水涌来，疼痛淹没泪水……

打了催产针，宫口变宽了。在医生的指挥下护士把我推进了产房。

"羊水没有多少，这孩子生下来一定干净。"医生对泪流满面的我说，"别急，现在开始慢慢吸气慢慢呼气。不要胡乱地用力气，力气要用对。"

原来，医生和我一样紧张。她全神贯注地盯着我的产道，脸绯红一片，额头上全是细密的汗珠。

多好的人啊！我不禁放松下来，而就在这时，孩子的头顶露出了少许。

"用力！别灰心，孩子的头要出来了。"医生的手按着我的肚子，汗珠滴到我的肚皮上，"孩子的头卡在这儿，我现在要在你的会阴处剪一刀，别怕。"

嗓子叫哑了。腮帮发麻了。嘴唇咬破了。指甲抓断。脊背挺酸了。我使出了全身最后的一丝力气……

一剪下去，刺痛钻心。此时，肚皮下坠，孩子的头完全被医生拉了出来，紧跟着肚皮如泄了气的皮球一下子完全蔫了，笨重的身体顿觉飘飘然，感觉不到身体的存在了。

"哇——哇——哇——"此刻，我的宝贝儿伴随着洪亮的哭声就被医生抱在怀中了！

我想，世界上任何的生灵，只有人一生下来就是在哭的。因为他知道自己在未来的几十年中将要受苦，受感情之苦，受生命之苦，这一切包括衣食住行样样都要他去完成。

我的孩子，从今天开始，你就要跟妈妈受苦了。你可要坚强啊！

我终于哭出声来。不是悲伤，是喜极而泣！

医生用水简单地擦洗了宝宝身上的血水，然后抱过来给我看。

"恭喜，是个小贵人！"医生说。

我点着头，我看到那只"小麻雀"了。看着儿子的眉眼，嘴唇，娇憨的神态，我有一种不可置信的感觉。梦里寻他千百度，我的幸福不就在此吗？一切就如梦中。

这天，是2003年10月4日，阴历九月初九。

今天我成了妈妈。

这时，只听护士跑出去对家属嚷着："林比邻——男孩——"

生下孩子的第二天我就回到了家中，这是自然分娩的好处。没有消毒水的味道，睡在自家的被窝里，对产妇来说是最解乏的好方式。此时，小天就在我的怀里，小手攥着我的食指正香甜地熟睡。

糯米焖猪肚的香味扑鼻而来，姑把美味送到我的嘴边了。

"以形补形，对恢复你的好身材大有好处的。"姑说。

"等一下吃可以吗？小天差不多是时候该醒了，给他喂了奶再吃吧。"我揉了揉发胀的乳房。

"我和你妈商量，以后只给他喂奶粉。人奶就不要喂了。"八姑说。

这两个做婆婆的人怎么尽是些奇怪的想法？母乳对孩子来说是何等重要。

"为什么？"

"喂奶之后断了奶，乳房就会变得松松垮垮的。你愿意？"

"这不是我愿不愿意，而是做妈妈的怎么能不给孩子喂母乳呢？"

"吃了再说。"姑把碗塞到我手里。

"把这杯水喝了。"母亲这会儿也进来，手里端着一杯不明液体。

"什么呀？"我有点急了，"你们在卖什么关子？"

"喝了再告诉你，不是毒药是好东西。"

见母亲神神道道的，我只有从命了。茶水微甜如凉茶的味道。

"你现在是妈妈了。"母亲叹着气坐在床边，"现在知道我养你有多不容易吧？"

看着母亲沉重的表情，我鼻子一酸，喉咙发哽。

"可是，你是个未婚妈妈。一个女人没有丈夫还要养孩子，生存会变得很艰难。"母亲握着我的手，"天儿是你的宝贝儿，可你也是我的宝贝儿啊！"

"妈！"大滴的泪落在碗里。我知道，面对小生命的来临母亲又要多操一份心了。

"你还是花一样的年纪，我不会就这么放弃你的。我希望你变回原来的样子。"

"妈，希望是美好的，现实是残酷的。我现在是小天的妈妈，像您照顾我一样，我会想着法子去养活他。我会坚强的……"

"你怎么就听不明白我在说什么？"母亲突然发怒了，她打断我的话，"我要你走向社会做个清白的姑娘，找个男人再嫁出去。小天有我，不用你管！"

母亲说的是什么哟？要我抛弃自己的孩子吗？我无法相信自己的耳朵。我看了一眼姑。

"你们不要我喂奶是这个原因吗？"

"刚才给你喝了回奶药，你现在要尽快让自己变成一个漂亮的淑女。这是给你办的健身卡，月子完了你就去健身。孩子满五个月你就回成都去吧。"姑郑重地对我说，"你不用推翻我们的想法和计划。你父母和我，还有你姑爷都赞成这么做。"

瞬间，生下小天的幸福感荡然无存。看着母亲和八姑，我眼里的她们像是两个强买强卖的土匪恶绅。不明的危机感压迫着我，她们的一言一行是认真的。她们想要分开我和小天。

"妈，你要把小天弄到哪里去？"我恐怖地大叫，我的叫声把孩子吓醒了，姑赶紧把他抱到怀里。此时父亲也拿着奶瓶走了进来。原来他一直守候在外听我们说话。

"这是我的孙子，我会把他弄到哪里去？"母亲哭了，"我用命疼他都来不及啊！眼下，你手无缚鸡之力，书读不成了，也没有自己的事业，怎么有能力养小孩？"

是啊，现在的我不是父母供着吗？我怎么养他呢？母亲的话扎到了我的痛处。下一步该怎么走？是继续找个学校进修还是养好身体找一份工作挣奶粉钱？要是我去工作了孩子由谁来养呢？母亲要做生意，她哪有空给我照顾孩子？这么小的孩子怎么能离开母亲呢？

千钧一发！

"哟！家里好热闹啊！可以进来吗？"只听门外一个女人的声音传来，虚掩的门被推开了，"我来看看宝宝。"

女人提着大包小包的礼品进了堂屋，直接跨进我的房来，原来是酒吧的老板娘。我们都很诧异，这女人开的酒吧与我家餐厅虽只有几十米距离，但父母与她仅是点头之交，哪里值得她提着贵重的礼物来探望？

"老板娘，我听说你家生了小贵人，我就想来看看。"女人笑嘻嘻地把手里的物品放在桌上后，便急着往孩子身上凑，这一看不打紧,我的小天连打好几个喷嚏,奶水呛得脸红脖子粗。

我好一阵心疼!该死的女人涂脂抹粉的。这香味浓得难闻!

"您有事吗?"母亲不待见她。

"老板娘——那个——"女人说话变得吞吞吐吐支支吾吾,"你们家妹妹的情况我听人说了。这都生了,也没见到他爸爸。我想——我挺喜欢这孩子的——"

女人见母亲的脸色沉下来,马上变了一种语气:"我以前养过几个孩子,都有点毛病,我便给送走了,您这孩子要是给我养,我出三十万,怎么样?"

"臭女人,滚!"我大叫,今天这是怎么了,都来跟我抢孩子?

"你走——你们在哪听说的胡话。没凭没据的,哪只眼睛看见我的孙子没爹了?"母亲早已气得发抖了,"我养大了两个,我还怕多养一个么?"

"滚滚滚,这里不欢迎你。"父亲冲过来先一把抓起桌上的礼品丢出窗外,然后再把那女人拖出房间,直到把她推到马路上。

好梦噩梦连着上演。刚才这一切真如一出闹剧,我心里充满无以言状的悲哀。我的小天,还有什么可笑的事情等着你呢?我不寒而栗。

"看吧,做独身妈妈容易吗?"母亲苦笑着,泪再次流下,"世俗的眼光很毒的。这还是在外地。回家将如何,我想都不敢想啊!"

"豆儿,听我们的吧。"一向不作声的父亲说话了,"孩子就由我和你妈带着,我们一致对外统一口径小天是咱家的侄儿。"

我终于彻底明白父母的想法了,看着他们对我晓之以理动之以情,看着他们面容憔悴苦口婆心的样子,我不知是点头还是摇头。他们是以怎样的刺心之痛想出会下如此狠心的决策?又是哪来的一粒火种让他们鼓起勇气重新点燃对女儿期望的火炬?

我该怎么做?我还能怎么做?我私自安排了自己的生活并把它搞得一团糟,现在我就一切听父母的吧!

一个月一晃而过,宝宝满月了。虽然喝着奶粉,但是依然养得白白胖胖的惹人爱!我的一颗心落地了。

母亲抱着他去社区医院打疫苗回来。

"这小家伙针扎进去竟然没有哭,看得我心疼死了!"

"真勇敢啊!"我抱过宝宝亲了又亲,"要是妈妈不在身边,你一样要这么勇敢!"

"别搞得像生离死别似的。你和小天分开要等到过了年过了春天。还有三四个月呢!"姑笑着说,"唉,我倒是要走了。你姑父恐怕都饿得面黄肌瘦了。"

我们都笑了。

姑一走,母亲便当甩手掌柜不管店里的事了,全交给老父忙活。她一心围着我和小天儿转个不停。

这天,再次收到蔷薇的来信。

红豆:

你好吗?

没有你的消息真让人急啊!你肯定没想到吧,我还去了你的老家,结果家门紧闭。

言归正传,我太想你了。你走后,很多事情好像不如意。要毕业,本想珍惜室友情谊,可是在这短短六十天发生了一些事。也许并不多,也不能称之为复杂,就好像一个空间到了另一个空间,从一种境界到了另一种境界。就如你好好的书不读了,而我则不知变成了什么,变成了一个暂时定不出概念,摸不明形体的人——我的心情变了。

听了这些,你一定觉得很奇怪?那么让我将一切叙述。

九月份开学,我又打起行李来到学校。还有一学期就要从这里走出去,并且永不回来。我似乎是有深深依恋的。但是,世事又怎能如我所愿呢?我不明白,不明白李伊然她为什么针对我?只有四个半月了,我讨厌矛盾来充斥——可我却躲不掉。那天,我冷冷地看着她们三人,心中无怨无悔无恨,只是在思索,这为什么呢?我们都是成年人了,我们将要走向社会,我们将要各分东西了。为什么李伊然、欧娜她们就不让寝室一团和气呢?现在李嫱也一心依附她们。李嫱就像"爱"上李伊然一样,一天没有她就坐立不安,不论是行动和语言,一种低人一等的感觉就自然而然地流露出来。忘了跟你说，欧娜失身了。说真的，她失身之后就忘了自我，就失去了主心骨，只有欺骗她的男人让她欢喜让她忧。如今，她所做的一切都是一种迎合、一种自贬。

五个月时间不算短，它可以让人抛却恩怨，共寻美好，也可以让人心如朗空，为自己而活。于是，我主动与她们断绝一切来往。她们是懦夫，她们只有在泥坑里兴风作浪的素质。红豆，别怪我啰嗦。但我想，我要毕业了。而这些也是你想知道的。因为你曾在这个寝室里生活了二年多时间。

好了，说正事。现在忙毕业的事，论文答辩后望你与我再相见，我有预感。

蔷薇
2003-10-1

马上就要相见，蔷薇！
……

仿佛讲述别人的故事，不疾不缓，没笑更没有泪。我宁愿相信，在弹指之间，光阴的河流洗去了我内心的悲痛，岁月风尘已埋藏我内心不堪的伤痕。

"孩子五个月时父母把餐厅转让了。他们抱着孩子回了龙泉驿，而我便回到了成都。这三年多就不用我说了吧，一切都在你的掌握中！"

"虽然有父母的支撑，可那时候你该是多么彷徨。傻啊你，你要告诉我，至少我可以过去看你，生孩子的时候陪着你啊！"蔷薇听着我的讲述，一直默默啜泣，脸上的妆都花了。

"阿诺真该死啊！"

"他很可怜，满脑子都钱啊钱啊，连骨肉都不敢认。看上去是为了生活坚强努力的人，其实是那么懦弱。我不怪他。人都有两面性，可阿诺却是多面性的。他有诗意俗气的一面，冷酷善良的一面，多情无情的一面，勤劳呆直的一面——有可能很多面我还没有看到。"

车祸让我死而复生，我也释怀了阿诺对我的背弃。除了儿子，我不需要给任何人交代。

"阿诺要结婚早结了,不必等到四十了还单身。他一定是闲散惯了,逃避婚姻的束缚。"蔷薇的表情缓和了下来,"人总是不走寻常路。昨天下雨,我抱着小天玩儿,他死活不干,非要自己下去走。平坦的路面他不走,专踩那带水洼的小坑。"

小天无时无刻不在提醒我阿诺的存在。阿诺如我生命里的梦魇,挥之不去。

"自从你走了之后,我的生活很清淡。不要说柠檬水,就连一杯清茶也不是。它就是一杯白开水,一眼望去太过无味。"蔷薇的笑容变得含蓄动人,"别笑我,你知道我眼里容不下沙子,这不能说我不宽容,正因为如此,我虽和欧娜她们住同一间寝室,在临毕业的五个月里,我却没有和她们具体怎么交谈过。百年修得同船渡,为此,我有一阵很伤心,伤心得连同以前的幻想、热情、自信我都失去了;我们那样谈得来,你离开了成都,这个城市要把我闷坏了。我试图走出去,因为——因为随着你走的爱情也随之泡汤了,我渴望美好的生活,洒脱的生活。但是,生活总是不尽如人意的。"

"你这么说,让我想起高中的时候经常受同学欺负。"我不是安慰而是有感而发,"那时,我总会哭,偷偷哭。一次,我在学校的荷花塘边哭的时候,李卓贤看见了。我对他说《红与黑》中的朱利安,那个永远不同于平常的角色——让人羡慕或让人排挤……当然我是远远没她优秀的。我觉得自己更多是被人排挤。我伤心地问他,为什么打小我就像个受气包。我的性格是不是不大众化?为人处世是不是不够圆滑?我为什么让人讨厌?他就摸摸我的头,就这个小动作我觉得太温暖了,他说,不要为不爱你的人哭,不要为不关心你的人哭。这样只会增添你的烦恼,浪费你的脑细胞。全世界点亮的灯火中,一定有一盏是为你点亮的。他还说,就算要哭,心也要跟向日葵一样永远朝着太阳的方向。"

"我们俩都要好好的啊。"蔷薇抹了抹眼泪,俯下身摸摸我的头,"你的头发要好好打理了。等你出院了我带你去净居寺找东哥剪头发。"

"为了剪个头发跑那么远,也够任性的。"说到这里,我这才发现蔷薇的头发变成了赫本似的超短发，不知何时剪掉大众化淑女式的中长发，整个人不仅精神了许多，小脸蛋立体小巧，脖子也显得修长。一改往日中规中矩的老气形象，新造型与她的个性相得益彰，洋气帅气而且有朝气！

"你这是啥眼神啊？"她被我上下打量得心慌，胡乱地挠挠头发带着哭腔，"这下好了，我被这个东哥害死了，长发变短是不是特别男人，哎呀，桃花运都被他剪跑了。回去就找他算账去！"

"东哥东哥——是哪里的理发师傅啊？"把她弄哭还真是不易，我继续逗她，"这个东哥，怎么就不手下留情呢？"

"是净居寺东哥啊！"

"净居寺？离你家得半个小时吧。你打小留着一把长发，怎么就舍得剪呢？平时那么珍惜的。"

"喝醉了，坐公交车方向坐反了。"蔷薇无奈地摇了摇头，"运气不好，我没有想着剪头发，我是被捉弄的。"

感觉是个挺有趣的故事。

姑送汤来了。

"我都说了，女孩子在外不要喝酒。"

蔷薇还是有让她发怵的人，见到姑手脚机灵着，利落地上前打配合。

"看她头发一夜间没了，我差点要拉着她跑到净居寺闹了一场。"

"我要谈生意能不喝酒吗？"蔷薇把汤递到我手中，"舍不得找代驾啊！"

既然有快嘴姑，蔷薇便插不上嘴了。她与东哥的邂逅从那个午夜坐反了公交车开始。不能醉驾，蔷薇眯着醉眼上了56路公交车。这趟车是与家完全相反的方向，但她浑然不觉，上车后疲惫地睡着了。当车停在净居寺站的时候她猛然惊醒，稀里糊涂地下了车。就这样，在跌跌撞撞一片茫然中与理发店前抽烟的东哥撞个满怀。

大概是撞疼了鼻子，蔷薇捧着脸嘤嘤地顺势一蹲，哭起来。

"要不要这么夸张？我是人肉，又不是铜墙。还哭起来了，难不成你鼻子是人工的，经不起撞？"东哥虽是半奚落的语气，但还是把手里烟头一甩，赶紧凑上前看个究竟，"是真疼了？哎哟，这一身的酒气，借酒装疯哇！"

蔷薇最骄傲的是自己有一个天然的小翘鼻，偏偏事与愿违，这个好看的鼻子总被人误以为是后天人工。但无论她怎么说明，都是苍白空洞，此地无银。她觉得这是她唯一继承父母亮点的地方。被人错看，内心真是不好受。

"你可以说我不漂亮！但不能说我隆鼻子啊！对我来说，这是羞辱！我和我爸爸长得一模一样的鼻子。难道家传的就不能有完美的鼻子吗？"

在一次被新同学啧啧称奇地围观后，她像一只被人欺负的小象耷拉着脑袋回来，无尽之感伤、气愤与无助。

"那是他们眼瞎！"我心疼地说，"他们的审美有问题。"

如此，理发师东哥的话无疑戳到她的心尖尖了。

"我那天也是生意谈判不顺利，心头有气。"蔷薇插了一句。

蔷薇犯起浑来，是超可怕的。她一把扭住靠近的东哥，鼻尖对着他的眼睛："你个瓜娃子，你跟我看清楚啰，老娘的鼻子是爹妈遗传的。"说着，一头就顶到东哥脸上："看嘛，看嘛……"

东哥一爷们瞬间被她搞蒙了，可能是透过玻璃看到外面的吵闹，店内几个师傅和助理出来，见此情形，拉开他们。

"没事，没事，我的错——"东哥缓过神来，冲同事摆摆手，又细声上前对醉酒的蔷薇说，"这不是晚上吗？麻麻渣渣，现在我看清了，家传的鼻子才那么自然好看嘛！"

东哥是明眼人，知道不能跟醉鬼讲道理。他虽长得五大三粗，留着小胡子，却面恶心善，是个热心汉。

"来，罚我，到店里说话。"东哥此举是看蔷薇醉得不轻，防止她乱走，刻意请她进去醒酒。

蔷薇像只猫，真是要听好话的，顺着捋毛，变得乖！

进了店的蔷薇知道东哥是净居寺有名的剪刀手，不屑地说："我开的店我也是总监！"

"我们打个赌吗？"东哥说。

"怎么赌？"

"我给你免费剪个头，你明早出门溜一圈，看看朋友怎么说？如果说好看,你就给我拉生意,加倍把钱付了。如果说不好看,我就剃个光头。如何?"

蔷薇此时脑袋是酒葫芦,哪里能分轻重和得失?

"好,从头开始……从头开始……"

"咔咔",剪头洗头吹头后,蔷薇早已酒醒。

"巴适!"东哥非常得意地看着镜中的蔷薇。

蔷薇脑子也越来越清晰,反复摸着脑袋,难以置信地看着落地长发。

"我留了二十五年啦!我的头发啊!"她不住地念叨着,只差在东哥面前捶胸顿足了。

"太好看了!"一个助理进来说。

"好看吗?"

"进来和出去就跟两个人似的。特别是鼻子,显得很耀眼,鼻梁又直鼻头又翘,五官也变得特别精致。眼睛也似乎大了。"

就是这般,东哥的剪刀不是虚有其名,蔷薇改头换面了似的。

"早知道就不剪了。我是不是像个男人啊?我长发剪了没女人味啊?"

看她惶惶不安的样子,似乎非得要我的肯定,我理解蔷薇。我太坏了,早该称赞她的。

"首先,你的新发型很好看!东哥手艺值得赞,你的运气也值得赞!你怎么就歪打正着坐反了公交,还在净居寺下了车,还遇到了东哥这个传奇剪刀手。"

"传奇?他不过是一个手臂文着文身的理发师而已。"八姑嗤之以鼻。

"不知是不是我对号入座了。早前看过晚报,介绍了锦江区净居寺一家叫上品国际的美发店,他们的店主每月都会出去做义工,免费为流浪汉、孤儿、留守儿童理发,这个店主被人称为东哥。"

"还真是好人。就是嘴巴怪得很!"

"其次,你早该剪掉你的长发了。适合你的才是最好的。东哥他多有眼光。长发剪了是可惜,毕竟你留了这么多年。但是,短发让你漂亮了啊!烘托了你的气质啊!不是长发就代表妩媚,女人味这种东西是骨子里面的，很多人留着长发，我却没看到她们身上女性温柔的气息。相反，你剪了短发，显得时尚明媚了。"

我的话不一定是定心丸，不过，蔷薇一定在乎我的看法。短发的细节很重要，刘海、耳侧、后颈窝，麻烦之处就是修理很频繁。蔷薇跑得很勤。一个好的发型真的是可以让人焕然一新！从内到外，身体到灵魂！蔷薇的肩轻松舒展，扬着头，黑发似乎上了色，小步子轻快。她帮东哥介绍了好多客人。话说东哥以好手艺立足净居寺，回头客多。当女性客多了后，东哥有些困扰了。原来老婆吃了醋。

"生意可以不做，小日子还是要过的嘛！"真是铁汉柔情，老婆是第一位的。

蔷薇有点失落。是的，是失落，不是失恋！东哥的一把剪刀让她重拾对家庭对事业对生活的热爱与自信，是连她自己都未曾想到的。她对东哥心存感激。

在蔷薇的号召下，很多朋友纷纷成了净居寺西街47号东哥的铁粉。而东哥变相成了他们的心灵导师和树洞。大家一旦心里不爽了就往净居寺跑。

"头发不长的嘛！"东哥说。

不管长不长，东哥都拿起剪刀装个样子"咔咔"剪几下，反正走一遭回来，头发没见短，心情利索了。突然意识到，女人做头发，也是在减压，跟做SPA一个道理，心情、身体都得到了放松。重点是，剪头发的人随便不得，拿剪刀的手很重要。

16

正月初十张正义前妻突然到访,看样子来者不善。

"没想到你已经是做妈的人了。"齐真不待母亲招呼她,便自顾坐到一旁的椅子上,看着在地上玩耍的小天,说,"这就是你儿子?现在上户口了吗?"

"您今天来,应该不是为了关心我孩子的户口问题吧?"本想假意应酬的,但她的话明着关心、暗藏敌意,听了让人十分不爽,"您说吧!大老远来找我做什么?"

"算算啊,一个陶醉加个孩子爸。你有这么多的选择为什么要拉张正义下水呢?"齐真目的明确,不用说是来摊牌的了。

"这与你有什么关系吗?"一旁母亲听不下去了。

"我也是做母亲的,要为女儿考虑啊!我们笑笑需要一个健康纯净的成长环境。"不得不承认,齐真的理由是站得住脚的。

母亲语塞,气得发抖。对不起妈妈,让你丢脸了!母亲被奚落,我惭愧至极。

"外加一个林亚秋。"齐真得理不饶人。

提到林亚秋,我一下慌了。只是这齐真怎么知道林亚秋的呢?先不管她是怎么知道的,只求她千万别在母亲面前把话扯远了。

"还去做什么人体模特,你缺钱吗?张正义有啊。"齐真最终还是说了出来,我倒吸一口凉气。"你活得够复杂啊!我女儿的新妈妈怎么能是你这样的女人?想想,你连自己的孩子都不敢承认,笑笑不是你亲生的,你能为她付出多少呢?"

听到"人体模特"这个陌生的词,母亲转过身用询问的眼神看着我。

确定齐真曾跟踪调查我了。这个女人为什么费尽心机啊?

"你们分手吧！"齐真说完，掉头就走。看她不可一世地走出门时的样子和张一笑如出一辙，还真是母女。应了那句话：有其母必有其女！

我竟然笑了。心里一直还纳闷，张正义从那天走了后，半个月过去了都没来看我。原来，终究逃不过如来佛的五指山啊！不奇怪啊，他始终以女儿的意志为意志的。

想当初和阿诺，我没有强求。现在与张正义，更不会勉强了。

"喝口水！"母亲端来温水放在我手中，"这女人太可恨了。林亚秋是谁？人体模特是什么？"

终究逃不过母亲的追问。坦白从宽吧！

"林亚秋是一位画家，他要办一个以裸体为主题的画展，我就去了。"

"什么？裸体？脱光衣服？"母亲大惊失色。

见我点点头，母亲刚才还怒发冲冠，转眼像斗败的母狮，瘫软地坐在椅子上，耷拉着脑袋用微弱地声音说："你不做些惊人的事便永不罢休啊！我为你带孩子，就是想让你清清白白地找个好男人嫁出去。而你，却把自己弄得乌烟瘴气。一个女人在男人面前脱光衣服羞不羞？我想问你，你还有羞耻心吗？"

我无话可说，在母亲面前辩解是无力而苍白的。

"不是看你躺在病床上，我真想抽你一个大耳光子！"母亲突地起身，抱起小天，说，"不想看见你了。"

母亲这样严厉的责备我仅有两次。一次是在四年前怀了小天，再就是现在。虽不知她要生我多久的气，但我知道父母跟子女是没有隔夜仇的。我发现这一次似乎有点长，只有蔷薇把汤水送来。天涯和父亲都不见人影。

将近一个月，母亲都没有出现在病房里。

窗外，春暖花开了。

今天做最后一次物理治疗后，我究要从医院解脱了。

护士送来了鲜花，卡片上写着：要和小天永远健康！要和小天永远快乐！要和小天永远幸福！

没有落款，我知道是陶醉，这是他的字迹。

"你们知道吗?"门外传来护士的声音,"106 的林小姐好惨。刚出了车祸捡回一条命,弟弟又跟着出了车祸,不过他没姐姐那么好命。唉——"

106 林小姐?不就是我么。我想我是幻听了么?

我急忙抓起毯子把自己严严实实地包裹起来,想象自己是一个不会思想没有灵魂的木乃伊。

"我不相信灵魂一说,人死如灯灭。所以,我一定要珍惜现在所拥有的,完成我的梦想,人生在世短短数十年,而有的人连十年都没有!"弟弟的话在我的耳边回响。

我默默地下床,机械地收拾东西,双腿沉甸如地狱里的行尸走肉。

蔷薇抱着小天过来了。见我提着行李,她一把紧拉住我:"再休息几天为好……多住几天吧。"

"为什么瞒着我?这是我唯一的弟弟?"我冲蔷薇吼着说,"小天还没叫过他舅舅呢?"

"妈——我没惹你生气——"小天误以为我在骂他,要哭了。

我呜咽着把小天从蔷薇手中接过来,紧紧搂在怀里。

家门前那条长长的水泥路上挤满了人,车子进不去。我和蔷薇只有抱着小天下车。熟悉的或不熟悉的目光都盯着我和孩子。我们往里前行,小天问:"这些人在看什么呢?"

"豆儿啊!你爸爸的命怎么这么苦啊!"两个女人从人群中跑过来哭叫着,"你好些了么,你回来干什么?"

看到如此阵仗,我傻眼了,怀里的小天抱不住,直往下落。谁接住了他我不知道,我心里直叫着:弟弟啊——

透过眼泪,我看清与我抱着痛哭的女人是大姑八姑。满腔的悲伤情绪终于引爆,我们只知道哭。蔷薇也扑过来哭,我们哭得死去活来。

八姑不知何时拉着我的手往屋里去。穿过院子,没人管理的花草失去了生机。

厅里设着灵堂。弟弟安详地躺在那里。我跪下掀开盖在他脸上的白布，他的面目是那样明朗，白皙，鼻子挺挺的，下巴坚毅。前段时间老在眼前晃悠，弟弟的变化我没发觉。现在发现他是个英俊的男人了。

他躺在那儿，半睁着眼，有如熟睡在梦境中。我想，他要睁开眼睛有多好啊！蓦然，我发现他紧紧攥着的手有些异样，我试着去抚摸，去掰开，但是徒劳无功。一边八姑见了，哽咽着说："我们掰过了，使多大的劲也掰不开。"

"你一定很痛吧，弟弟！让我替你受吧！"

尽管十分明白，我的哭我的叫他都听不见了，可我真希望上帝此时能施舍一丝丝的怜悯，让我亲爱的唯一的弟弟能听到此时我悲怯的哭声，睁开眼睛看我们一眼。

"妈妈别哭了，叔叔他睡着了！"小天走到我跟前，像个懂事的小大人。

"过来，不要叫叔叔了啊，要叫舅舅，这是最疼你的舅舅。别忘了，要记住他的脸！"我抱过小天，还没说上几句，年长的婶婆却把小天从我怀中拉到一边去。

"人已过世，小孩最好不要相见。"婶婆叹着气，"把脸盖上吧！"

我无奈地看了弟弟最后一眼，缓缓地把他的仪容整理好，重新盖上白布。对陌生的婶婆，小天很排斥，最终他还是带着胜利的姿态跑到我的面前。

"舅舅为什么睡这么长时间？把他叫醒吧，我要踢球玩。"小天说。

"不能吵醒舅舅，他要养足了精神上天堂呢！"

"天堂好吗？有游乐场吗？有大汽车吗？有变形金刚吗？"

有大汽车吗？要是没有车来车往该多好啊！

"大哥大嫂粒米没沾，全靠输液维持。你快去见见他们。"姑过来说。

我抱着小天进了房，床上躺着面黄肌瘦的父亲母亲。可怜的两个人手臂上都扎着针管吊着药水，眼皮无力地垂着，一动不动，没有表情。

我想，我不能哭。眼下我成了他们的顶梁柱。我乱了阵脚，没了主意，这个家就一塌糊涂。我要坚强，父母才能健康地生活下去。

白发人不能送黑发人。我和姑们选了日子，为天涯下葬。

我把弟弟的骨灰盒放在那个小格子里，墓园的工人没费多少功夫就把格子封上了。我在上面选了他最为得意的一张相片。他将在这里永远安息。

"妈妈，抱着我看看！"小天看到天涯的相片开始闹了。

我抱起小天，他的脸和舅舅的脸面对面。他翘起小嘴在他舅舅的脸上亲了亲。

"舅舅，我好爱你啊！"

大家泪如雨下。

生活是一只战斗鸡！命运无法计划，只有走一步看一步。

家里虽然很冷清，但春光依旧灿烂，这是播种的季节。我学着婆婆的样子管理花草。桃树开花后，院里突然有了生气。我又买了些四季常青的盆栽回来，前屋后院阳台客厅，各摆了几盆。我希望这些赏心悦目的植物能带给父母好心情。可是，当忙碌过后，还是有那样的一丝气馁涌上心头，让我恨上帝的不公。那物是人非的伤悲压得我无法支撑单薄的身躯。

"累了吗？"小天看着倚靠在楼梯上的我问。

"妈妈老了。"

"老了我来照顾你。"

看着慢慢长大的孩子，虽然他刚刚过了四岁，但是已经有了小小的梦想。当他偶然听到我感叹岁月的蹉跎时，竟然像他的父亲说出很有诗意的话来。

"你也老了，他也老了，我就长大了；我也老了，我的孩子就长大了。"

"回成都吧。我们没事了，你不能老在家里陪着我们。过几天，我们为小天上了户口，就可以把他送到幼儿园去了。车祸后你的工作也丢了，现在工作不好找，要是有项目可以创业，你就回来跟我们说。我和你爸把转让餐厅的钱一直留着呢！"

吃饭的时候，母亲终于开口让我干正事了。一连几个月不做事儿,整个人散发着萎靡的气息。

向前走吧!为我的爱,为所有爱我的人。

今早,我和母亲找出小天的出生医学证明,拿出户口本和身份证到派出所给小天上了户口。小天光明磊落地落户林家。

走在三月成都的街头,恍如梦中,途经一家咖啡店,一股浓郁的醇香扑鼻而来。信步走了进去,要了一杯拿铁在靠窗的位置坐下。

桌上有份《成都晚报》,副刊头条很醒目:林亚秋食言——《处女》之约泡汤!

再细看内容,我吓了一跳。

×年×月×日,是青年画家林亚秋在自己的私家美术馆香纳格的首场《处女》主题画展日。参展的一共有四十幅作品,但历时三月所画的组画《处女》在画展上并未现身,前去的收藏家和画迷们败兴而归。是的,没有《处女》,这个画展不是有名无实吗?到底是什么原因,他给画迷们开了这么大的玩笑呢?……

我差点忘了这个林亚秋了。我拨通了他的电话。

"我是林比邻。"

"你是谁?"电话里林亚秋的声音鼻音很重,应该是感冒了。对于我的突然电访,他没有反应过来。

"我是林比邻!"我再次大声说,"大画家,这么健忘啊?"

"天上突然掉下个林妹妹,我当然受宠若惊了。你在哪?"

"你在哪?我去找你。"

"我在美术馆办公室。外面很多记者,我不敢出去。"

"我来救你!"

虽然不是男儿身,但骨子里老是有股男儿的英雄气。感觉此时的林亚秋像一只走入穷巷的小狗,我得赶紧把他带出香纳格。

比邻比邻聪明的比邻!我拼命地转动大脑。

"小姐。"司机突然停下车子,"前方出车祸,交通管制。要绕道,会久一点噢!"

一路上我都在想,为什么林亚秋不敢出来面对记者呢?

我再次拨通林亚秋的电话。

"什么我都不想问,但是你不能让香纳格失信于人,更不能让喜欢你的画迷们失望,我觉得你还是去告诉那些记者,《处女》有新的策展计划,不会束之高阁。请大家拭目以待!"

十五分钟后,我到了香纳格。门前清朗空无一人,展馆大厅内看客安静地浏览着。

走进办公室,林亚秋严肃地看着我。

"解决啦?"我问。

他不答,递给我一张 A4 打印纸,手写抬头——《职业经理人合同》。

"你的主意好啊,又要画画又想着挣钱,这真是高难度。我早就烦了。你做了我的经理人,我就轻松了。年薪加提成,怎样?"

"哎呀!这工作得来全不费功夫!"我惊喜地大叫,"我帮人出个主意,还顺便捞了一个美差。"

"我以为我利用了你。"林亚秋笑呵呵地看着我,"现在看来是我被人占了便宜。"

"我请你吃晚饭,算是道个谢!顺便跟你汇报一下我的情况。"见我说得很认真,他收起玩世不恭地笑容,欣然与我前往兰特伯爵。

第一次发现香纳格与张正义牙科诊所近在咫尺,两个路口的距离。工作时间从早上九点到晚上九点的诊所如今大门紧闭。现在是晚上七点,诊所牌匾的霓虹灯没有闪烁。张正义是个工作狂,断然不会提早下班的。短短三个月,他怎么啦?他干什么去了?我下意识转动中指上的戒指。

"你——失踪是因为准备结婚?"林亚秋看到我手上的戒指,"还是那位牙科医生吗?"

"我打算找时间把戒指还给他。"我说,"一个未婚妈妈怎么可能说嫁就嫁呢?我还有孩子呢!"

"什么?未婚妈妈?"林亚秋震惊叫着,方向盘打偏差点与旁车刮擦。

"小心啊!"我紧张地捂着头,车祸阴影在我心中挥之不去。

我们都没说话,彼此都被吓到了。在兰特伯爵坐定后,林亚秋首先点上了两米啤酒。

"天哪！我的话就那么让你受刺激吗？"我假装若无其事地说。

"喝酒一向是我的最爱。"林亚秋说。

"我孩子他爹也是个酒鬼。"

"我也认识一个会喝酒的——"林亚秋拿起杯子一饮而尽。对于爱喝酒的来说，啤酒和饮料差不多，"你要是跟他喝上了，那个晕哪——把你给急死！下酒菜只有一盘花生米，他就慢慢地——一粒一粒地吃——一小口一小口抿——时不时还跟你朗诵一句诗——把我瞌睡虫都给喝出来了——"

"感觉像孔乙己啊？这样喝酒的人是不会醉的，他就痞着脸满口酒气跟你讲话，我孩子他爹就是这样。"

菜还没上，林亚秋就喝三杯了。看他早早把肚子搞胀了，剩下的就只管跑厕所吧！

"总说你孩子爹的，他是谁呀？"林亚秋不耐烦地问，"什么人入了你的法眼啊？"

"他叫阿诺。"

"阿诺？奇了，我说的这个会喝酒的，我在海南认识的，他也叫阿诺。"

听到林亚秋的话，我要晕倒在地了。写诗，喝酒。八九不离十同一个人！中国那么大？中国又如此小！

菜来了。香肠汇总、蘑菇汤、酸黄瓜。看着美味的食物我却吃不下去，我只想问林亚秋：阿诺在哪儿？他结婚了吗？

但我忍住了，尽管我感叹缘分的空间。诗、书、画本是一家亲！

林亚秋开始给我普及画廊知识了。

从如何创办一间美术馆建立自己的收藏客户群，再到怎样举办一次艺术品并进行经营。对他我有点刮目相看了，我以为画家只懂画画，想不到他挺有经商头脑，想着自己要靠卖画吃饭了。我马上打起十二分精神来听专家讲课。

"艺术不是装神弄鬼，故弄玄虚。展览的名字要有看头也要朴素。美术馆其实就是收藏家。很大程度上美术馆的财富取决于藏品。"

林亚秋雷厉风行，当即命令我次日去美术馆上班。我想，虽然对美术馆一点也不了解,但也不是谁天生什么都会吧?抱着学习的态度去吧!

第二天我早早去了香纳格,林亚秋居然比我还早。他叉着腰不满地看着我走近他,他的表情告诉我,怎么就找了个比老板还迟的员工呢?他晃了晃手中的两把钥匙,告诉我,其中一把是他办公室的钥匙,另外一把是储藏室的钥匙。特意交代,储藏室里面放着重要的东西,千万不能弄丢了。

"合同中有注明,东西丢了,当值员工要赔百分之五十。"林亚秋正儿八百地说。

也对,没有规矩不成方圆。我看了一下表,时针指向九点。这时陆续有人进来,胸口挂着工作牌,是美术馆员工。一眼扫过去七个人,三男四女。谁是领头的呢?我想。一定要跟领导多学学了。

"把门上锁。"林亚秋吩咐一位员工说。

"为什么关门?"我不解地问。

"展厅布置好了才能招呼客人啊!十点半准时开门。"林亚秋拉着我往里面走。

前一秒一本正经的模样儿,进了办公室便拍着桌子"咯咯咯"笑起来,搞得我丈二摸不着头脑。

见我嘟起了嘴,他收起了笑容。

"你呀!在培优学校老是跟学生们在一起,还是那么单纯哪!"林亚秋说,"刚才看着员工们,你心里发虚吧?你是这里的最高领导,就算不懂也要装懂,不能让人小瞧啰!学习不是坏事,但也要不露声色地偷学。不懂画也没关系,这里懂画的人有的是,你只要学着运营,很多出色的 CEO 他们只懂怎么去挖掘人才、利用人才。"

哇!这个林亚秋说话有板有眼一套一套的,我都无力反驳了。

他拿出一摞资料,员工档案,签约艺术家档案以及藏品清单,桌面上的台历在 3 月 10 日用红笔画着记号,没有文字说明。

今天就是 3 月 10 号。这个日子对他来说有纪念意义吗?或者他要在今天做一件什么大事?

"我把你引见给员工。"林亚秋拉着我出去,同事们早已一字排开等着了。

有个员工感觉好面熟！细想，这才记起他是我初次到香纳格做模特时接待过我的男生，听说还是林亚秋的学生。

相互做了介绍，散去。

林亚秋吩咐他把储藏室的门打开，小刘招呼了两个工人进去，把一幅幅用绸缎遮盖的画搬了出去，进出五趟，五幅画。

我很好奇什么画生怕受损还包裹严实？覆盖上大红绸缎，这么喜庆？想必是名画。他说过，好的画室要有镇店的藏品。

我期盼揭开神秘面纱。

林亚秋的学生小刘看来是很受他器重的人，员工们在他的指挥下把搬出来的画按指定的位置放好。

我有点迫不及待，正欲走过去掀开绸子，林亚秋反应迅速，一把抓住了我。他制止了偷看的行径。

"赶紧熟悉你的就职发言稿。跟记者说好了，今天新的经理人上任，《处女》也将隆重与画迷见面。"

昨天是一页合同，现在是一页信笺。我怎么觉得自己像一头被人牵着鼻子走的牛呢？

好吧，林亚秋！我在心里对自己说。拿人的手软。

又不是当官的，还发这么长的言？我把他写的发言稿一揉，丢到了垃圾桶。

"你——"他气得吹胡子瞪眼。

"你什么呀！我觉得发言越简单越好，今天，你的画作才是主角，你说呢？"我紧张地看了看表，"十点半了。"

"不用紧张，通知记者的是十点半。展馆开馆的时间是十点五十。"林亚秋说，"你发完言，我便去为画作揭幕。"

我明白了。时间巧妙的错开不会发生拥堵现象，既维护了美术展馆清静高雅的形象，也不会让难缠的记者钻空子挑刺了。

只见同事们训练有素各就各位，电动门徐徐打开。

守候的记者们被小刘请到画廊的咖啡厅落座。十多分钟后，鱼贯而入的画迷和收藏家们相继走了进来。展馆显得热闹但并不嘈杂。人们驻足在那五幅画作前窃窃私语着，只等着林亚秋前去为他们揭开红绸。

"各位来宾,现在是十一点整,林亚秋先生的作品正式发布之前,有请我们的林经理讲话。"小刘此时已经把记者邀请了出来。

大厅一侧的发言台呈椭圆形,像个小舞台一样,孤零零的麦克风支在那儿。想着大学演讲不止一次,想着今天做了"老总"洋盘一回,我壮起胆子面带微笑地走了上去。

尊敬的来宾朋友:

欢迎你们的到来。我是香纳格的新任经理,我叫林比邻。首先向大家抱歉,因为我的急功近利,擅自变动了《处女》的展期,差点让我们的香纳格失信于大家。对不起!希望大家能够原谅。

林亚秋先生是个纯粹的画家,他对画作的精益求精是我们有目共睹的,而我对画画以及对美术馆的经营很懵懂。作为他的学生,我会听从老师的指导,配合他好好经营,多推出好的作品,做好香纳格的管家,争取不让业内及广大画迷和收藏家们失望。希望你们一如既往地喜欢香纳格,买不买画没关系,就当是老朋友,高兴了过来说说趣事儿,闲了过来喝杯咖啡。

在温馨的香纳格,比邻随时恭候大家!

现在有请林亚秋先生为《处女》揭幕!

或许我是新面孔没资历,或许大家对《处女》的翘首期盼已经到达一定的极限。我的话音未落,所有人齐刷刷地立正向右转了。

"哗——"林亚秋的手那么轻轻一扯,红绸快速落在员工的怀里。

画迷们的嘴成"O"形后,脸庞的咬肌逐渐松弛了,纷纷在五幅作品前品头论足发表意见。记者们的快门闪个不停。

我也急于一睹画作的真面目,大步走了过去。

虽然我是模特,六幅作品我却只看过一幅。画中女人冰肌玉肤,娇小玲珑。有一幅被大多数人围着,他们的脚不愿离开。

记得那是我唯一的一次外景作业。

林亚秋对我说,这次不用辛苦老是摆着一个姿势。你只管放松地游,想象自己是一条鱼。

我喜欢泡在水里的感觉，仿佛是在母亲温暖的子宫一样。那天，夕照照着水面波光点点，许久没有游泳的我在水里无比畅快，忘情地在水中舒展着自己的曲线。因为是动态的，林亚秋捕捉我的神态十分费劲。好在，他的眼睛如变焦的镜头，一个小时就完成了这幅作品。

夏末秋至，天气很凉，回去后我就感冒了。当然，我的银行账户也多了一笔酬劳。

"走吧！"林亚秋突然走过来，小声对我说，"苗头有点不对，我们闪人。"

"什么啊？我还想看看呢。"我要是知道即将会发生什么，我是不会继续傻站那儿的。

"林先生，之前您说《处女》是一个系列共有六幅，现在怎么只有五幅呢？还有一幅呢？"三位记者跑上前来把我们围住。

我这个马大哈，竟然没有发现少了一幅？所缺的那一幅，应该是我唯一在画坊前欣赏过的画作。记者确实火眼金睛！

"这——很遗憾。那幅因为——一些原因没有完工。"林亚秋说话的表情有点僵硬，这个男人不会撒谎！

"显然是有其他原因的。林先生，给我们说实话吧，这不是您的作风。"不愧为狗仔，还真是嗅觉灵敏。

"林经理，"我的呼吸紧迫起来，有记者盯上我了，"您说您对美术馆与绘画艺术不甚了解，但我认为您在艺术品的营销上，可称得上是一个推广的高手。您是画中人吗？"

"画中人？"这是始料未及的询问，我吓了一跳。

"人有相似，画中人亦可相似，不足为怪。"林亚秋把我拉在身后，"我怎么会请我的模特来担任美术馆的经理人呢？"

记者无意去理会林亚秋了，看来人们都是喜欢找软柿子捏呀！

"林小姐，看来林亚秋先生喜欢的是您这一款？您作为新的经理人把《处女》延迟，与原定日期偏偏是一前一后。昨天的那一出是故意设下的迷局，放的烟雾弹吗？要不然选哪一天不行啊？非得急急忙忙定在第二天？"

"您是为了炒作您自己吗？还是为了画廊利益牺牲个人形象呢？"

记者们的舌头像毒刺啊!

我做人体模特确实是事实,我还怕被人们说吗?

"我——"正当我准备向记者坦承这一切时,林亚秋打断了我的话。

我想起了母亲的脸,想起了小天的笑。不行,我不能冲动。

"你们是高素质的媒体人,报道新闻不能仅凭猜测。你们的一篇报道说不定连累一个无辜的家庭和一位女子的名誉。香纳格是高雅的美术馆,不是什么低级趣味的场所。所以请各位关注作品创作本身。谢谢!"

"林先生,作品确实很惊艳。这也是您首次以人体作为对象来进行创作,是什么触动了您这次的创作动机?是因为林比邻小姐吗?"

天哪!记者没完没了了。我要是知道昨天的掺和会有今天的局面,断不会自作聪明的。

我要晕倒了。我佯装倒了下去!

破天荒我头一次成了新闻人物。娱乐头条:处女香纳格惊艳亮相晕倒,林亚秋护花心切怒斥记者!

好在报道中没有指名道姓,要不然我的日子不好过了。

在家里躲了三天,林亚秋通知《处女》展高潮已过,可以正常上班了。

这是我的香纳格历险记!

进门时,我心有余悸地左顾右盼之后,才放心大胆地走进了画廊。

挂出来的五幅《处女》画作,如今只有两幅在展厅里。

还没进办公室,小刘就上前报喜了。

"已卖出了三幅,每幅八十万的价格,共卖出二百四十万。"小刘向我竖起大拇指,"林总,你真是高啊!"

看来我是有十张嘴也说不清了,连小刘也认为我是画展的幕后推手。细想,一切因为我的发言,矛头才都指向我,真是自掘坟墓。怪不了谁!

"怎么会这么高的价钱?"我不懂林亚秋在业内的行情,按合同中百分之二十来提成。我的主,三幅就是四十八万!

"林老师不会再画人体画了，以后这可是绝版哪！"

不明白，我只知物以稀为贵！

走进办公室，林亚秋不在。想来是知道我已到岗了，发来了短信：我休假去了，这里我就不操心了，一切你看着办，有什么事问小刘！

又过了半小时，银行传来短信告知：3月20日9点40分香纳格现金存入人民币48万元。

压力甚于惊喜。一下子挣了这么多钱，感觉是不义之财似的。

电话响了，是小天的电话。

"妈妈，我想你了。"

"妈妈也想你啊，宝贝！"

弟弟的去世让父母备受打击，精力大不如前。让他们来与我团聚是我目前的头等大事。以前自不必说了，现在情形不一样了，我只想着与他们天天在一起。

蔷薇这个不速之客出现了。

"我现在有了稳定的收入，想让父母搬来和我一起，你说可以吗？"

"当然可以了，让他们把老家的房子卖了。"

"老家的房子是爸爸的心血，他不会舍得卖的，只有把它租出去。"

"九眼桥我有套精装的房子，九十多个平方米，够你们一家五口住。"

"那个地段肯定贵哟。"

"不是让你买，你们先住着。"

"好吧！我跟你明说，我们一家五口要吃饭呢！每个月你象征性少收点租金嘛！租房是暂时的，明年我便考虑买房，我现在都有首付了。"

"成交。"

"哎呀！人家说大难不死必有后福，看来我走大运了。"想到能把父母接过来，我心花怒放。

"在成都买房你原来想都不敢想，看来今时不同往日，你发了小财了？卖画有提成？"

蔷薇还真是人精，商人的嗅觉。

"是啊！钱赚得太多心里怎么就不踏实呢！"

"这是你应得的。你现在是一个商人了，不要太感性。凡事也不能太冲动，三思而行。以后，就跟我学学。本小姐倾囊相授！"

这个女强人又摆谱了。

天下没有免费的午餐，要积极为美术馆挣钱才是正事。《处女》展到月底就要告一段落，我该寻思下一步画廊的主题。

林亚秋这个艺术总监跑出去逍遥了。我想，他一定是故意这么做的，他要挖掘我的潜力，训练我能独当一面！我不能被他小看了。

"陶醉来找过你吗？"蔷薇打断了我思路。

"陶醉？"出院时收到鲜花不见其人。我出车祸他心里充满负罪感，哪里敢来见我。

"听说他关了他的陶作坊，又干回老本行了。"蔷薇说。

"陶作坊？"我脑子一下子明亮起来，对蔷薇下了逐客令，"改天我们再聊吧，要干正事了。"

"做了商人就财迷心窍了。"蔷薇不乐意地站起来往外走，"下次你用八台大轿请我来，我都不来了。"

不理她，她那是气话。感谢蔷薇，她让我想到了好点子。

我把小刘请了进来。

"市民买票进来欣赏画作以外，掏钱买的多不多？"我问小刘。

"香纳格是高档的美术馆，做的是高端的展览，拍卖的都是大师作品。除了收藏家和商人在竞买外，一般市民最多买票过来欣赏一下，能掏钱买下作品的是少数。"

"我认为艺术是不分高低贵贱的。香纳格虽是高端的美术馆，同样可以走平民路线，让普通市民不仅可以欣赏到艺术品，更重要的是让他们能把'心头好'买回家。你觉得呢？我们下期尝试做一下民间艺人的展览如何？"

"可以的。前期的准备工作要做哪些呢？"

"第一步先是收集民间艺人的资料，从中挑选出具有展览价值的人来。接着安排时间和他们接触。因为民间的工艺有很多，我们不能搞得太杂乱，要不然格调就会降低了。第一批可以试着陶艺与传统版画的结合。每幅作品的文案很重要，要起到画龙点睛的作用，灵动的文字描述能让参观者产生共鸣。"我虽然想法一大堆，心里其实也没有底，想起林亚秋曾说的，员工们各有所长，善于利用他们的长处就行了："小刘，你先去写一份计划书给我！然后，我们来开一个会议再决定怎么开展工作。"

四月三号，父母、婆婆和小天搬到成都了。为了庆祝乔迁之喜，姑姑过来掌勺，做了一大桌好菜。不喝酒的姑爷和父亲都酩酊大醉。我想起了天涯，要是他在该多好。那晚，我失眠了。未来有什么在等着我，不得而知！

工作紧锣密鼓地进行着，小刘的办事效率非常高，给媒体的通讯稿也提前发了出去。展期定在了五月一日的劳动节，免费供市民参观。看日历，离展期还有十天。想跟林亚秋汇报一下我的想法，但是电话竟然关机了。不管了，放手一搏吧！

"要不要开个酒会？"小刘问我。

"既然走的是平民路线，酒会就免了。组织一些人在馆前做宣传。"我想一出就是一出，"赶紧印制陶艺师简介和作品内容宣传资料。海报上一定不能少了这么一句话：传统的便是世界的，请关注民间艺术！"

"我们这个是半公益的，利润会很薄啊。"小刘显得心事重重，"林老师对我们的这次策展还一无所知。"

"他根本不想知道，要不然就不会关机了。放心啦！我们是公益挣钱两不误。"我安慰小刘，"五一节大家都在休假，因为是免费参观，人流量一定会很多。现在大家都很注重精神上的修养了。几百上千，标价不高，买的人会很多的。唯一需要我们预防的是安全问题。人多了，容易出乱子。要严格控制场次和参观人数，有必要的话可以延时延期，到时再多派人手。"

虽然安慰着小刘，我的心却像是上紧的发条绷得紧紧的。看着桌上的台历，我开始倒数了。

一晃五一来临！江西籍著名陶艺大师子期"陶艺＊书画"作品早上十点正式开展，而我却像老鼠一样见人就躲了。人虽然藏在办公室，耳朵却竖起来听着外面的动静。

"老总，赶紧救急！"小刘跑了进来。

"什么？"我吓着了。

"来了个老外，美国人。我不精通英语啊！他们也都是半罐水，只有你出马了。"

"原来这样啊！"我舒了口气，"走吧，去看看。"

我远远地看到一个欧洲人，他正站在子期的陶塑作品《雪人》面前。

"先生您好，我是香纳格的经理林比邻，有什么可以为您效劳的？"

"这幅作品我很喜欢。只是，卡片上的文字讲的是什么？"

"卡片上写着：宝贝，不要哭了，看吧！天使乘光而来与你做伴了……子期老师是一个很感性的人，他的创作灵感来自于她的女儿在院子里堆雪人，因为是南方，雪人很快就融化了。女儿哭了，所以，这个作品是送给她女儿的生日礼物。他一共创作了两个，这件就送来展览了。"

老外听完我的讲述，眼睛有点湿润了，内心似乎有所感触。

通过与他的交谈，我才知道原来他的小孩从小喜欢雪，喜欢堆雪人。但是突然来临的一场大病夺去了她幼小的生命。

"她的生命跟雪人一样短暂。"他说。

"节哀吧！她在天上一定和天使们玩得开心呢！"

在我的陪同下，他又参观了子期的其他作品。

"子期的作品在吸收和借鉴西方先进文化的同时，没有忘记本民族优秀文化的继承和发展。"我们走到一座《雪鹰》的陶塑前，"比如这座，它就吸收了汉代石刻雕塑艺术的精华，现代与古典结合。手法简练、形神兼备、粗犷雄浑、充满气势与力量。他的人物作品耐人寻味，动物作品更是让人百看不厌！"

我以为老外只会买下《雪人》，哪知他连《雪豹》《雪鹰》也收入囊中了。而在当天的展览中，普通市民购买的书画作品也超出了我的预期，共销售出四十幅。

展览的第九天，收到花篮。

卡片上写着：成功离你很近，幸福也近在咫尺！

没有署名。是陶醉的笔迹。

成功了有人鼓掌，失败了有人依靠；错了有人包容，对了有人支持。爱他恨他疏离他漠视他——全盘接收。陶醉——那个在我背后一直关注我的男人。第一次发现被人时时刻刻放在心上，分分秒秒地被牵挂被在乎着，心里有一种死了也无憾的感觉。

拿起手机，翻出陶醉的电话号码，想立刻拨通听听他的声音——那是一种力量，我需要它。最终，我没有勇气按下那个绿色的通话键。

陶醉的电话没有拨出去，我的电话铃却响了。

"豆儿，快回来呀！天儿不见了。"母亲慌乱的声音从电话那头传来。

"什么？天儿不见了……"家里连番的出事，我的内心已不堪承受任何不好的消息了。

手中的茶杯打翻了，我来不及交代事情，急着跑出了香纳格。

母亲已经报了警。我赶到时她正一把鼻涕一把眼泪地向民警讲述事发的经过。父亲在一旁急地发抖。

"我每天都会带孩子到小区公园里玩，出门前都要带一瓶水。但今天鬼使神差地就给忘了。孩子玩得满头大汗说口渴，我就去买水。哪知几分钟的工夫回来就不见孩子了，到处找也没找着。"

小天儿，我的宝贝，你千万不能有事啊！我在心里祷告着，哈利路亚，驱赶万恶的邪灵！撒旦退后吧！

"别担心！"我安慰方寸大乱的父母，"警察会找到小天的。"

警察调出了小区周围以及沿线交通路口天网。果然在母亲离开后不久，一个年轻男人拿着一个棒棒糖走向小天。在棒棒糖的诱惑下，说了不到两句话，小天便被男人抱在怀里快步走出小区，上了路边停着的一辆金杯面包车。

"车子驶去的方向是火车北站。我们已经跟车站派出所取得了联系，待调出监控便一目了然。现在离孩子失踪已经过去了一个半小时，有可能孩子还没有被带上火车。我们已经四处布控了警力，尽全力把孩子找回。"

办案民警说完，带着一伙人开着警车去了火车北站。我和父母傻傻地坐在派出所的长椅上发愣。

"今天气温升高了，小天会不会热啊？妈，您给他穿了多少衣服？"

"背夹和小衬衣。玩得出了汗，把背夹给脱了。"母亲说着泪又流了下来，"我是越老越糊涂了。"

"这回该饿了，都是吃午饭的时间了。"父亲说，"你婆婆今天身体不太好，就没有带她出来透气儿。要是出来，我也可以看着小天。"

父母的自责让我不忍再听下去，只是恨那小区保安，怎么能让陌生人随便出入呢？

天很快黑了，小天还没有回来。无尽的恐惧让我和父母坐立不安。弟弟死后，母亲已受不得刺激了。在焦急的等待中她脸色发白，几次要晕厥过去，都被父亲按人中清醒过来。耗费唇舌劝固执的母亲回家休息是没用的，好在派出所门口有个私人诊所，父亲便陪她去注射葡萄糖水了。

按我的估计，人贩子带着小天若是进了火车站，买票候车，短时间内断然是来不及。解救小天应很迅速才对。但是，过去了快四个时辰，民警们没有回来，怕不是我们所想的那样简单。

蔷薇来了，姑姑来了，林亚秋也来了。

见到他们我说不上一句话，只感到全身发烫无力。

我知道我是发烧了。蔷薇摸摸我的额头，跑出去买退烧药，林亚秋去派出所的办公室弄来了热水，姑又买来了汉堡。见到汉堡，我就想起小天了，这是他最爱吃的。

"没有小天，我怎么活？"我扑在姑怀里哭起来。

吃了药，我不知怎么就在姑肩头睡着了。

"妈妈，你救救我啊！"朦胧中我听到有个声音在叫我。我抬头一看，一个小小的人影从黑暗中走了出来，遍体鳞伤。这不是我苦苦寻找的儿子吗？

"妈妈找你找得好苦啊！"我哭着跑过去，要把他拥入怀中，他却瞬间如一缕青烟消失了。

"天儿——天儿——"我惊叫着醒来。

"这怎么得了啊——"姑给我擦着额头上的汗珠,叹着气。

我的确听到警笛呜呜的声音,接着楼道上杂乱的脚步声传来。

紧接着,蔷薇和林亚秋从外面跑进来异口同声地叫:"宝贝儿回来了!"

顿时,我全身充满了力量向外跑去,迎面碰上办案的民警。他怀里抱着的正是我的小天。

"宝贝儿——"我冲上去一把抱过儿子。

离开亲人身边短短八个小时,儿子瘦了,也没有了往日活泼的势头。眼睛呆呆的,一声不吭地看着我。那些坏人,他到底对我的小天做了什么?

"这些人贩子够狡猾的,跟我们虚晃一招,本以为他们会坐火车离开,哪知在火车站停留不到五分钟,换乘了一辆桑塔纳往107国道去了。我们是在交警的配合下才把小天救了下来。在车上对犯人进行了讯问,他们给孩子喂了药,所以到现在孩子还迷糊着!不用担心,要是不放心赶紧去咨询一下医生吧。"

母亲在诊所听到警车鸣笛声,便不听医生劝阻,拔下针头跑了出来。见到宝贝孙子,抱拳作揖只差给民警们跪下了。

现在是凌晨二点,大家都熬得饥肠辘辘。姑建议回去熬点清粥充饥。母亲一到家便榨了橙汁给小天,小家伙端着咕咕几口就喝完了。

"天杀的,一定什么都没给孩子吃。"母亲说。

"妈妈,我没有找到爸爸。"一直不吭声的小天突然说话了。

"找爸爸?"所有人都惊讶地看着小天。

我明白了,大概是可恶的人贩子利用小天渴望爸爸的心理才顺利地把他拐走。无尽的愧意涌上心头,关于"爸爸"这个问题我该怎么解决?此时此刻,我该怎么对他说呢?

"爸爸因为忙没空回家,他忙完了就会和我们团聚的。"

"那他多久忙完呢?他为什么不给我们打电话?"

"他会给你打的。明天,有可能明天他就会打来了。"当我说出这句话时,所有人都睁大眼。这个谎言,该如何处理呢?

看我状态不佳，林亚秋现身美术馆了。这是陶艺＊书画展顺利进行的第十天。

一进办公室，员工便抬进一幅画，揭开红绸一看，却是《处女》画作中所缺的那一幅。

"奇怪，为什么不展出呢？"

"想送给你。"林亚秋说，"我希望你能珍藏这一幅，接受吗？"

我接受吗？我在心中自问。不问价值，只说送我的意图就让我退避三舍了。

见我不回答，他说："明天我让人包装好，送到你家去。"

"别——你这是要害死我。"我大惊失色，"我父母是很传统的人，要是看见了，当场就吓死。"

"伯母不是知道了吗？"

"但是她没见到实物啊。这幅画太具体了太有冲击力了。不行！"

"那就暂时放在香纳格吧！"林亚秋遗憾地叹了口气。

"帮我个忙。"我承诺了小天，要兑现"爸爸要打电话"这个诺言。

"不用说，我知道了！"林亚秋笑起来，"我很乐意扮演'爸爸'这个角色。"

"这个任务很坚巨。一周要打两遍，不能穿帮啊！"我把家中的电话写在台历上，"把它存到你的手机里。"

"现在打吗？"

"他肯定在家等着呢？"

"第一次做爸爸有点紧张。"林亚秋拨电话的手停住了，抬头看着我难为情地笑了笑，说，"你能不能不要看着我。我要和'儿子'说悄悄话。"

想想也是，演员不是谁都能当的。我悻悻地走了出去。

电话接通后，他们"父子"会说些什么呢？"爸爸"的突然电访会不会把儿子吓着了？这次的电聊会不会更激起小天想见父亲的心情？

你为什么不回来看我呢？这会不会是小天向"爸爸"问的第一句话？

我在门外心急如焚，我急迫想知道他们聊天的情况。

这个电话够长，足足打了二十分钟。可想而知，我的小天多么不愿放下电话，多想听到爸爸的声音。

看见林亚秋放下电话，我推门就跑了进去。他却不理我，径直朝外走。

"干什么去？给我说说你们聊了什么？"

"父亲和儿子还能聊些什么？我答应要买玩具给他。我去买了。"林亚秋这个"爸爸"还真是尽责！

昨天晚上我抱着失而复得的儿子，亲吻着他的小脸蛋，心中百感交集。我仔细地端详着儿子的面容，他渴望父亲的心情我第一次如此强烈体会到。

现在，我知道自己该做些什么了。我一直不敢在他面前轻易承诺什么，或许我以前太高估了自己，现在我突然发现，这些年来的坚强，是我辛苦伪装出来的。当初生下他，无非是追寻一个女人应有的幸福，但是现在想想，我的儿子不快乐，我会幸福吗？人的一生太短暂了，我不要儿子受苦，我要带着他一起追寻幸福，这样才不枉我酸甜苦辣的一生。

我不能继续沉醉在过去的清纯里，徒增自己对现实的感伤和无奈；也不能对未来期许过高，那样只会在接连的挫败中折了人生的帆。加油吧！林比邻！儿子，妈妈要为你作最后一次的努力，帮你把爸爸找回来！

我是不是该找找阿诺呢？

17

人生是个环形道。这几年跑了一大圈,一条光明的出口终于出现在我面前。尽管前路坎坷不平,但我依然要坚强自信地地向有太阳的方向奔跑。

五月十二日,陶艺＊书画展的最后一天,同事们在各自的岗位上兴奋地哼着小曲,因为他们今天都领到了红包。

林亚秋买香槟回来庆祝。我明白,众人拾柴火焰高,是集体的智慧让我首次策展成功。

"签下子期吧!他将来一定是位厚积薄发的艺术家。"

林亚秋赞同我的想法,当即叫来小刘排出时间约子期。

"来,干杯!"林亚秋说,"我俩做拍档不知羡煞了多少人。"

想着能为我的小天提供更好的生活环境,我心里飘飘然了,端起酒杯仰头一饮而尽——

"头有点晕,眼睛有点花,香槟还这么大的后劲儿。"我说,穿着高跟鞋有点站不稳了,高脚杯落在地上摔碎了。

"不对!比邻。"林亚秋过来一把抱住我,"你看,天花板的水晶灯怎么摇晃得这么厉害?"

"两位老总,地震了——快逃吧!"小刘跑进来大叫着,只听外间员工们已乱成一团往外跑。

听他们这么一吼,我们一下子反应过来。林亚秋拉着我跑到了大马路上,四处都是惊呼声,黑压压的人从写字楼里撤离出来。

爸妈一定吓坏了。我想着,拿出手机拨电话,不通,占线。

"伯母可能在打你的电话,挂了吧。"林亚秋说。

"怎么会地震呢?"我说。

"谁知道呢!"

"要持续多久啊？下期的——"我的话还没说完，脚下的土地连续震动了几分钟。人群又一阵惊慌。

"是什么让土地爷发怒了？"我哭丧着脸问。

"是魔鬼。"林亚秋说。

母亲的电话终于通了。

"没事吧。你们？"我焦急地问。

"没事。我们住一楼跑得快。在公园里呢，你不用担心。你要当心点啊！"

刚挂断电话，陶醉短信来了。

"还好吗？网上刚发布消息，震中在四川亭江市。虽然大半个中国都震动了，但万幸我们还能好好的。你没事吧？"

震中在四川亭江市？我的脑子闪现的第一问题是：亭江市刘家巷安好吗？阿诺在哪里？在海口，还是在刘家巷？

上网查询吧。

我向美术馆跑去，林亚秋冲上来一把拉住我。

"你干什么？"

"我去网上查查。我同学说震中在四川亭江，我想——"

"我知道你想什么。从发生地震到现在时间才过去了二十分钟。你能查到什么详细的新闻？现在进去万一又来一波呢？谁知多大强度？"这是林亚秋第二次冲我发火，我有点怕。

一个小时后，街上四处的人堆松动了，朝东南西北散去。

我不管林亚秋了，独自回到了美术馆。与此同时，蔷薇也跑到香纳格。

"我上网查了。以亭江为中心，龙门山脉周边城镇都受灾严重。刘家巷正处于龙门山断裂带。目前网上没有伤亡数据。"

时隔多年，我早已没有阿诺的联系方式，拿着手机只有发呆的份。"才说要给小天找爸爸，我该怎么向儿子交代？"此时我的心情是复杂的，是怕儿子心愿落空，还是放不下阿诺，担心他的生死呢？

"没有电话号码，可以发邮件啊？"蔷薇说。

"所有通讯都中断了。"林亚秋走了进来，用安慰的语气对我说，"不要急，静观几天。我们不用打电话，也不用发邮件，直接去不就行了？如果受灾严重的话，一定缺物质，缺人力。"

五月十三日，各大媒体关于亭江地震的消息铺天盖地席卷而来。在悲凄的音乐背景下，受灾图片、伤亡数据不忍去看。

我心里无时无刻不牵挂亭江市刘家巷，那里是孩子他爹的故乡。

我日夜关注着记者们发到网络的视频和图文，只要看到"都亭江市"三个字，我便快速点击。我希望看到作为媒体人的阿诺对地震的有关报道，让我知道他还活着。

五月十四日，终于看到了关于亭江的更确切的消息。电视上滚动播放着子弟兵、白衣天使和志愿者在废墟中忙碌营救的景象。

在网上的地震特辑里我发现了一个专栏《为您见证——阿诺在亭江》。

我几乎窒息了，认真地阅读专栏前言的自序《我们共同见证》：

2008年5月12日，这是一个书写悲恸的日子。因为没有哪一场灾难像亭江大地震这样令所有中华儿女撕心裂肺，泪流满面。这一天，哀鸿遍野，举国同悲！这一天，家园破碎，同胞罹难！这一天是我们的国难，是我们的国殇！

当一栋栋教学楼倒塌的惨剧发生，当一具具遗体从废墟中抬出，当一个个父母亲拼命冲向已经永远闭上眼睛的孩子……作为一名媒体人，我的心像撕开了一个巨大的伤口，不停地流着血。我相信，所有的人都与我一样，无法忍住眼泪，无法忍住悲伤！

我立即投入到抗震救灾的战场上！从一个作家的视角，见证正在发生的一切。

我打开一个视频，画面中一个既熟悉却又很模糊的面孔——阿诺。

他老了很多，胡子拉碴。在救灾第一线的他定是没有时间顾及形象了。

阿诺眼含泪水，面对着镜头。

"当房屋倒塌，墙体倾斜，死神张着血盆大口，在或生或死的一瞬间，随处可见逃生的人。此刻，让他们来见证这场生死的大劫难。"

"您怎么称呼？您是从哪里逃出来的？"阿诺跟上一个汉子的脚

步。

"我叫赵青,从银水沟出来的。人刚跑出楼房二三米,房子就全倒了……地面也裂开了一米多的缝……我老娘被埋进里面了……"

镜头对准了一位中年妇女。

"我是从张洼坪逃过来的。"妇女一边说一边抹泪:"老公儿子都不知在哪了,来不及找他们……我在砸烂的冰箱里找了点吃的就闷着头往山下跑……"

镜头捕捉到一个蹲在路边的老人。

"老人家,渴了吧,喝点水。"阿诺赶紧递上手中的矿泉水,"您也是从山上下来的?"

"竹溪镇竹溪村。"

"竹溪村有高山有峡谷,您是怎么逃出来的?"

阿诺这一问,老人泪水纵横。

"两双球鞋磨破了,两袋生米嚼完了,还要躲滚落的岩石,我是一会走一会爬,用了20个小时啊!"

……

阿诺在镜头下哭泣,我在电脑前哭泣。

"别哭了!"林亚秋不知何时走了进来,拿出纸巾递给我,"去吧!去见他吧。"

"我不是为了见他才想着要去……"

"我明白的。心病还需心药医,不管是什么结果还是去看看吧。开车来的时候,我听到电台正在招募青年志愿者赴灾区,一周后出发。"林亚秋在便签上写下一串电话号码,"打电话报名吧。你有特长,又懂医学常识,应该没问题的。"

"你呢?"

"我啊……我表达心意吧。我买了一批小朋友用的物资,你帮我送给灾区那些孩子们吧!"

"你送给我的画,我可以自行做主吗?"

"都送给你了,当然可以。"

"我想在香纳格搞个拍卖,把拍卖所得的钱全部捐给灾区。"

"主意不错!但是只拍一幅画太单调了,不如跟子期还有其他民间艺术家联系一下，让他们也拿出一两件作品来拍卖吧！"我如此来处置他送给我的礼物，本以为他会不乐意，想不到他的心胸那么豁达宽广。

"需要请拍卖公司吗？要不要办什么手续？"

"如果请拍卖公司成本就高了，这违背了慈善的本意。从法律上来讲，我们艺术品慈善拍卖只是一个活动，而不是法律定义的拍卖行为。现在只需要赶紧组织作品，做个简单的拍卖计划，然后邀请各界人士前来就行了。"

想着时间不多了，我叫来小刘分头行动，他负责去组织作品，我写文案。

主题："慈善蓉城，爱心互联"——香纳格艺术品慈善拍卖会
香纳格将本次拍卖所得全部捐给四川亭江地震灾区孤残儿童
拍卖时间：2008年5月16晚上八点整
拍卖地点：香纳格美术馆
拍卖热线：13040790000
拍卖物品：陶塑，画作
注明：未拍中物品在香纳格继续展览售卖
具体流程：
19:00 签到嘉宾每人领取一份号牌和作品资料
20:00 拍卖师（主持人）宣布拍卖开始
20:01 拍卖师宣读本次拍卖情况
20:10 拍卖会正式进行
22:00 正式宣布拍卖结果
22:20 拍卖会结束，正式办理拍品及拍金交接

"看有需要补充的吗？"我把文案交到林亚秋手上。

"不需要。有一样我们忘了，就是必须请公证处的人来公证以确保拍卖的透明度。"林亚秋无奈地笑了笑，"我们是问心无愧的，怕的就是记者无端猜测拍卖会有猫腻，到时我们跳到黄河也洗不清了！"

拍卖通讯向各大媒体发放。

五月十五日整天热线不断。

五月十六日晚餐完毕，香纳格全体人员列队欢迎着各界人士的到来。七点，嘉宾们陆续签到了。展厅内灯火通明，人头攒动。看着这么多来献爱心的人，我热血沸腾了。"慈善蓉城，爱心互联"——香纳格艺术品慈善拍卖马上要开始了。

八点整，林亚秋戴上白手套，走上主席台。他今天的角色是主持人即拍卖师。

"尊敬的来宾，我们的拍卖马上就要开始了。开拍之前，有请公证处的同志讲话。"

"'让慈善成为希望'是本次慈善拍卖会的主题，公证处为其提供了重要法律保障。为了保证本次慈善拍卖会的透明性、公开性和公正性，主办方特向我处申请对拍卖物品及拍卖的活动过程及拍卖所得款项及时汇至地震灾区孤残儿童账户的过程进行现场监督，我处指派公证员李兵及公证员助理陈晓具体承办该项公证。"

公证员话毕，拍卖正式开始。

"第一件物品是陶艺师子期的作品《母亲》。母亲给了我们生命，在人生的路上，第一口乳汁是母亲的，第一个拥抱是母亲，第一声问候的也是母亲。子期雕塑了这幅作品寄托对母亲的哀思。作品无底价，来宾们可以自由竞拍，价高者得。"

林亚秋话音刚落，有个年轻人率先举牌："五千。"

"五千一次——"

"五千五。"

"一万。"没待林亚秋发话，后排嘉宾中一位老人举着号牌站了起来，似乎志在必得。

"一万五。"有趣！首次以五千起价举牌的年轻男子像是与老人较上了劲。

"二万五！"老人嘟起了嘴，像个老顽童。

"三万五！"竞价幅度越来越高，台下惊叹声一片。

作者子期也坐在台下，可能第一次感受拍卖气氛，他的样子显得很紧张，不一会站起来悄悄地走出了大厅。

"三万五一次——"

会场一下安静了。

"三万五二次——"

本以为老人会继续与年轻男子较劲,老人却微笑地坐回椅子上。

"三万五三次!"林亚秋一锤定音,"母亲这幅作品从现在开始归属这位先生了。非常感谢这位先生为慈善所做的贡献!"

台下一片掌声。

拍卖继续——

陶瓷、书画纷纷登场,虽然不是大师级人物的作品,但爱心人士们纷纷慷慨解囊。

担心拍卖过程冷场,更怕来宾中途悄悄撤离,我跟林亚秋建议《处女》压轴出场。

"接下来所拍的是本人的画作。此作品是《处女》系列中的一幅,因为赠送给了林比邻女士,所以没有出现在展览会上。为此,先向画迷们抱歉。但是面对地震灾难,林比邻女士慷慨献出此画拍卖筹措善款救助灾区儿童。此画起拍价是三十万,现在请嘉宾举牌。"

员工把画作抬出来揭开了红绸。台下宾客一阵骚动,纷纷站立起来欲一睹画作芳容。

"三十五万!"

"四十万!"

"四十万一次……"林亚秋说。

"五十五万!"

嘉宾竞价没有间隔,林亚秋这个"拍卖师"插不上话了。我发现,竞拍者以收藏家、企业家居多。

"一百二十万!"只见一名西装革履的男人从门外快步走了进来,紧跟其后的是一名护士推着一个坐着轮椅的男人缓缓地走进了大厅。

"我是宏志律师事务所刘律师,仅代表这位先生来参与竞投这幅《处女》画作。"那位男士表情严肃地说。

看那轮椅上的男士,帽子口罩墨镜,从头到脚包裹严实,看不出实际年龄。

他的出现引得记者一阵狂拍。他的竞价让人震惊。

"一百二十万一次——"突然降临的"怪咖"把林亚秋也给搞呆

了，愣了半天。

"一百二十万二次——"

想起之前展览的《处女》五幅各以八十万成交，而这幅竞价足足高出了四十万，别说子期拍得三万五激动得手脚不知该放何处，我借了林亚秋的光，要腾云驾雾升仙了！

"一百二十万三次！啪——"林亚秋落槌了。估计画迷们的心"咯噔"一下。全场掌声稀稀拉拉的，宾客们落寞地去办物品交接了。

那位神秘客在护士的陪同下先行离开，律师独自前去办相关手续。

香纳格所有人一直忙到了凌晨二点。

"两位老总，你们快看，网上新闻都发了。"小刘惊喜地叫着。

记者们真是敬业，连夜发稿。

标题是：神秘富豪天价竞得《处女》

备受业界关注的青年画家林亚秋《处女》系列画作第六幅，终于揭开神秘面纱在香纳格以一百二十万高价卖出。竞购此画的为一神秘男性，似身体不便坐轮椅由律师和护士陪伴，他从头到脚如木乃伊分辨不出是老是少。我们欲向主办方了解神秘买家信息，对方以保护买家隐私为由拒绝。随后，我们跟随至其所住酒店。据服务生介绍，此人生有重病，是美籍华人。其他，便一无所知！

另外收藏此画的香纳格经理林比邻女士告知我们，香纳格将拍卖所得全数捐给地震孤残儿童基金。

记者在发稿前半小时获知，这次慈善活动所得款项已在公证处全程监督公证下汇入到了地震孤残儿童基金账户。

"那位刘律师做交接手续的时候，留下了买家的电话和姓名没有？"我问。

"姓名一栏只写着张先生，具体联络方式留的都是刘律师电话。别说我八卦，真的很好奇到底是哪路大仙？"

"记得帮我订上花篮。"我把写好的感谢卡交给小刘，"一定要亲自送去！"

"见不到人，就只好交给刘律师了。"

"是的。"

五月十九号我在家休息了一天。想起那个身患重病的神秘买家，我心里沉甸甸的。我祈祷他早日康复，继续把爱心传播下去。

要去灾区、要去亭江了，要去刘家巷，心里的滋味怪怪的。

当年跑去刘家巷时的彷徨，离开时的无助，都还深深地印在我的心里。不怪谁，那是我飞蛾扑火冲动的结果。我想最后看一眼我曾无限眷恋的那块土地。见见那个人吧！小天是否有缘叫他一声"爸爸"，一切不得而知。

我开始收拾行李了。小天不知道我要出远门，一连几天抱着林亚秋给他买的遥控飞机在小区里向伙伴们炫耀，一口一个爸爸买的！只要林亚秋电话一来，屁颠屁颠地跑着去接听，几乎忘了"妈妈"两字怎么喊了！

下午，团省委打来了电话，强调在灾区的一切费用自理，若同意便次日一早集合，中午出发。

我和父母商量决定悄悄离开。

五月二十日，从防疫、医疗、教育心理抚慰领域里挑选的二十人组成的小分队奔赴灾区。

车上，我接到小刘打来的电话。

"林总，我给你查到那个神秘买家了，他叫张正义。原来是在我们成都开牙科诊所的。"

"张正义？"这个消息如陨石撞击地球让我傻了。

看他坐在轮椅上寸步难行，难道是生了大病？他为什么关闭诊所移民国外？尽管疑虑重重，哎……心中纠结没用，我和他注定不能在一起的了。

无论单身，定情还是结婚，戒指显得滑稽可笑。它是个累赘！

我取下手指上的戒指，坦然地奔赴去亭江市的路上。

因为是抗震救灾车辆，一路上我们畅通无阻。中午从成都出发，下午两点到达了目的地。吃了盒饭充饥，又在四川团省委工作人员的带领下，志愿者队伍驾驶两辆救护车和一辆后勤保障车，马不停蹄地行驶在救灾路上。一路上，山体滑坡，泥石流随处可见，车行速度在每小时10公里左右。我的队友李成，是一个有十年驾龄的老驾驶员，每一根神经都紧绷着，心中不敢有丝毫的懈怠。

到了目的地，我们被安置在帐篷里休息，吃泡面充饥。在闲聊中，我了解到这二十人的救灾小分队的队长竟然是成都×××大学附属医院的副院长。他说，一早我们医院已出动一批志愿者来到亭江市了。

当地一个干部模样的人走进我们的帐篷，对我们的到来连连表示感谢，并给了我们一盒蜡烛。

"我们地处山区，受灾严重。地震后，交通、供电、通讯设施严重损坏，全部中断，给抢险救灾工作带来了极大困难。尤其山区的7所中小学学校垮塌，千余名职工被埋。"

"到现在伤亡是多少人呢？"我问。

"我只知道，截至五月十七日中午十二点，确认的死亡人数3504人，受伤3万多。受灾人数达到20余万。这三天，我没时间关注这个，分分秒秒的只想着怎样安顿灾民。我们还缺物资，好多人都没被子盖。晚上山上很凉，这几天又下着小雨，孩子们好多生病了。"

这位乡镇基层干部的讲述让我们沉默了。一切的话现在都是多余的，我们只有用行动去为灾区做点什么。

第一次住帐篷经历山村的夜晚，外边虫子"叽叽"的叫声让我无法入眠，到了下半夜我终于迷糊过去。天麻麻亮时，我的脸被人狠狠扇了一巴掌，痛得大叫着坐起来。队友芳芳哭丧着脸："有毛毛虫爬到你脸上了。"

"在哪儿？"

我顺着她指的方向看过去，一条菜青虫已血肉模糊横尸角落了。我倒吸一口凉气！谢天谢地她给我解决了，我最怕的就是软体爬虫了。

队友们都起床了，草草洗漱后在帐篷外集合，队长过来分配任务。

"灾后孩子们心灵都受到了创伤，你学过医懂心理学，又从事过教育。现在，派你到帐篷学校给孩子们上课，行吗？"队长说。

"一切服从领导安排！"我向他敬了个礼，把大家逗笑了。

当地干部为我找来一个向导，由他带着我去帐篷学校。

直到昨天晚上,我对山村的受灾是没有概念的。天色已晚,身体在又累又饿的状态下没顾上去四处看看,只想着休息。

现在,我一路经过的都是废墟,到处是倒塌的房屋,随处可见子弟兵在断壁残垣中清理着。向导告诉我,整个镇原有16000余人,地震后逃出的群众才8000多人。随后,向导指着其中的一块废墟,平静地对我说,那就是我的家,老婆孩子都遇难了。我赶回家时,只有老父亲拖着受伤的腿坐在屋前树底下。听了向导的话,我难过得说不出安慰的话,只有沉默。

我不敢相信,一个刚失去亲人的汉子是用多么强大的力量把悲伤埋在了心底;我不敢丈量他的胸怀有多么宽广,面对受伤的年老的父亲都没来得及安慰一声,舍了小家去顾大家坚强地四处奔忙着。

"我们镇是明代万历年间建成的古镇。"向导说,"自古以来,民间都有'山河山青,青如水;山河水长,长如烟'之说。"

但是今天的古镇千疮百孔,唯一能见证它曾风华绝代的是河上古色古香的栈桥。栈桥村爱心帐篷学校在镇口不远。醒目的蓝色帐篷,远远传来孩子们的琅琅读书声让人感慨万千。

在学校门口,碰上了一位穿着军装的解放军。他热情地接待了我,说:"接到电话便在这等候了。"这时,我才知道这位姓杨的军人是这个帐篷学校的"校长"。地震发生之时临危受命,率部队挺进古镇,他一个人救了28条命,还亲手参与建成了这所"爱心学校",而他也成了这所特殊学校的"校长"。杨校长介绍,这是一所由9个大帐篷组合成的"帐篷学校"。"帐篷学校"集中了周边5个中心小学近300名学生。每个班都挤满了50来名学生,虽然是初夏,但帐篷里面很闷热。

杨校长很快安排了我要上课的班级,以志愿者身份教四年级语文课的中年女记者安妮就这样与我认识了。安妮本是亭江市城区人,大学毕业后在成都做了媒体人。地震发生后学校全面停课,她作为记者本是带着采访任务回到家乡的。但听说部队建了爱心学校,她毅然报名来这里执教。同时,忙里偷闲把古镇的所见所闻通过网络传播给外界。

"你来了就好了,当时我想得太简单,以为采访教学两者都可兼顾。现在，我俩可以好好配合。今天你是老师，我是记者。"安妮从包里拿出摄像机说。

可能同是志愿者的原因，我们一见如故，相互讨教辅导学生作文的心得。我们沟通好，不需要她向学生引见我，我径直走进教室。安妮悄悄地在门边举着摄像机拍摄着课堂上的一切。

上课铃一响，我这个说着普通话、扎着马尾、穿着白衬衣和牛仔裤的陌生阿姨站在了讲台上，同学们感到很诧异。

"同学们，今天由我来给你们上一节作文课。上课之前，我们玩个游戏。"我拿起粉笔狡黠地冲台下小朋友眨了眨眼睛，一边说一边在黑板上写下，"天涯若比邻！"

"天涯"与"比邻"两个字被我用笔画了个圈框了起来。

"大家能不能猜出哪一个是我的名字？"我边问，随之拍拍口袋，"谁第一个猜中有奖！"

"我知道，我知道。"一个长着大眼睛的男同学一边大声嚷着一边举起了手。

"你说！"

"前两个字——天涯。"男孩说。

"不对！"我说。

看见我摇头了，男孩显得很失望。我想，不能轻易否定了孩子，便说："这么快就气馁了？还有自我拯救这一个环节。"

"是什么？"男孩眼睛瞬间发亮了。

"只要能背出带有'天涯'这个词语的诗句，你同样可以得到奖励。如果背不出，就希望'超人'能够出现。到时，你们两个同样会获得礼物。"

教室里一下子窃窃私语，却不见有人举手。山区的孩子阅读范围会不会太窄了？我的问题对他们来说是不是太难了？

安妮此时悄无声息地举着摄像机走了进来。看着摄像机对准了他们，孩子们马上坐得端端正正的。

我正想着要是冷场了，我该怎么做？"超人"这时出现了。

"海上生明月，天涯共此时。"这位同学并没有举手，他直接站起来以一副英雄的姿态，用骄傲的眼神望着我，"我还知道很多呢！

现在只说这一句。"

"太棒了，我们为他鼓掌！"教室里热烈的气氛让我松了口气，掌声不仅仅是送给天真的同学们，无疑也让我这位老师信心倍增。我从口袋里拿出糖果放在两位同学的手中，两个小家伙乐得几乎要跳起来了。

"不是天涯，那就是比邻了？"又有个同学问，"海内存知己，天涯若比邻，是不是因为这个原因，你爸爸才给你取的这个名字呢？"

瞧，这些聪明的孩子，刚才我太小看他们了。

同学们求知欲望很强烈，作文课有条不紊地进行。

"《送杜少府之任蜀州》这首诗是唐朝诗人王勃创作的。"

我把整首诗写在黑板上。

城阙辅三秦，风烟望五津。
与君离别意，同是宦游人。
海内存知己，天涯若比邻。
无为在歧路，儿女共沾巾。

"题目中这个杜少府是王勃的朋友。'少府'是当时县尉，是个很小的官职，王勃写这首诗可以看出很伤心，因为在古代交通不便，分开之后很难再相见，就连通信也不容易……"

同学们听得聚精会神，听完便要写作文了。我在黑板上写下作文题目《"超人"大拯救》。

"这是作文题目。今天同学们认识了我，也听了我讲的故事，心里想了些什么就写什么吧。大家知道什么叫语文吗？语就是说话，文就是写文章。其实写作文不难，只是把你听到的，看到的，想到的，写在纸上而已。写得好的同学，老师有礼物送；写得不好也没关系，老师是不会责怪大家的。另外，写得好的作文，老师会给你们编成书哦！看看，谁能成为小作家呢！"

教室一下子安静下来。有的同学皱眉沉思，有的同学早已提笔写开了。

四十五分钟后,一个女同学交上了她的作文。

开头是这样写的:

今天,我们班来了一个漂亮的女老师,她叫比邻。"海内存知己,天涯若比邻"这句诗大家一定读过吧?意思是,四海之内思念自己的朋友,即使在天边也感觉像邻居一样近。老师的名字出自于这句诗。

她上课与众不同,作文课却和我们玩起游戏,让我们猜她叫什么,猜对了有礼物,猜不出就会有"超人"来拯救……今天我也变成"超人"了。我希望我在学习上生活中能成为真正的超人。

另有一个同学的结尾是这样写的:

我愿做诗人王勃那样的人,与朋友惺惺相惜,相互鼓励。当然,我同样愿意成为比邻老师这样的人,为他人无条件付出智慧与爱心!

点评作文花去了许多的时间。
"你写得很好,很有文学天赋。你一定会成为一个作家的。"
"你的字写得不错,以后要继续练。男子汉应该要写一手好字。"
"你的想象力很丰富!"
"你很会用词,普通话说得好,长大了说不定会成为一个播音员。"
……

每个同学的作文我都细心阅读了,并针对优点进行赞美。同学们的脸上洋溢着满足的微笑。但评委不是我,我把权利留给了同学们自己,让他们评出心目中最优秀的作文。奖品除了我提供的一本书以外,那位"胜利者"将得到全班同学轮流的拥抱。

当看到同学们一个个毫不做作、大方地上前彼此相拥时,安妮流下了激动的泪水。我告诉她,当我得知"胜利者"在地震中失去双亲,成了一个孤儿,我觉得他需要关心需要爱,而我这样的方法无疑是让可怜的孩子体会"关爱就在身边"最自然的方式。

中午放学了，我准备离开。那个孩子突然跟着我跑了出来，他低着头沉静了很久，突然抬起头望着我："我爸妈都死了，我妈喜欢看小说。她希望我长大了当作家。可我从来没有写过一篇像样的作文给她看。我想跟你走。你收我做孩子吧。这样，你就可以教我写好作文。我长大了当了作家，会好好报答你的。"

"你当了作家写什么？"为了忍住泪水，我抬起头佯装看着阴沉的天空。

"写一本关于母亲的书，写她的勤劳，写她的手，写她的微笑——"

不等孩子说完，我再也忍耐不住心中的悲痛，蹲下身一把搂住那孩子，哽咽了半天却说不上一句话来。我知道，有些事情不能轻易地承诺，也不是我单方面所能决定得了的。我抹干孩子脸上的泪水，说："看到你，我就已经把你当成我儿子了。但你的家乡是这里，我还不知道能不能把你带走。咱们勾手指，永远做母子。如果不能带你走，我会经常坐车来看你，你可以把你认为写得好的作文寄给我，让我分享你的心情，好吗？"

孩子点了点头，幸福地笑着，向我挥手说着再见跑远了。看着孩子的背影，我毅然打通了安妮的电话，表达了收养那个孩子的想法。不到五分钟，安妮的回话让我失望。关于地震灾区孤儿的收养，民政部门有文件规定：有亲属的孤儿会首先考虑由亲属抚养，而那孩子的亲叔叔已经在办理抚养的手续了。

眼看天色渐暗，要下雨的样子，我心乱如麻地加快了脚步往回走。

帮着安妮上了一堂课，让我感触很深。我觉得一堂课远远不够，如何让孩子们在短暂的作文课中体会快乐，摒弃地震带来的阴影呢？我思虑再三，做出了一个决定，延长在灾区的时间，推掉在成都下月的策展计划，静下心来在山上坚守一阵再说。

我每天分别给三、四、五、六、七、八年级共六个班轮番上作文课。每走进一个新的班，说是来给他们上作文课的，同学们的脸就沉了下来。我从孩子们的脸上看出了他们的心思。为了解除他们惧怕作文的心理，我先用"循循善诱法"，激发他们对写作的兴趣。

但我更看重的是如何通过写作文，让孩子们从地震的阴影中走出来。为此，我采用"故事励志法"，通过一只贪图享受的"怪鸟"转变为振翅重飞的山鹰等一个个寓意深刻且能引起孩子们共鸣的故事，来启迪学生的思维，让孩子们领悟到要在灾难中振作精神、学会坚强。

因为学生太多，竹溪山河两处帐篷学校，上下来回得连上 8 个多小时，天天如此，有时累得头晕目眩。

"我想自己掏腰包为孩子们出一本书。"我说，"孩子们看着自己的文字变成铅字将会是一种无形的生活动力。这比说教更有意义！"

"六一儿童节马上要到了，我要做个孩子们的专题。"安妮说。

2008 年 5 月 27 号的下午五点，我在连上了好几堂课之后，喉咙一下子沙哑了，人也感到头晕眼花支撑不住。我拿出随身所带的润喉糖含在嘴里，决定到帐篷学校的周边走走。

一路漫步，山风夹裹着消毒水的味道在空气中弥漫。我的精神不见好转，反倒心跳加速，我赶紧靠在一棵老树上休息。这时，我发现脸上、手上奇痒难耐，手臂还起了一粒粒红点。

"你是不是皮肤过敏了？"一个背着木材的老人路过，好心地问我。

"不知道呀！我想是吧。"

"到我家坐坐吧。"老人指指不远处的帐篷，"我家有治皮肤过敏的药，可能对你有用。"

我跟着老人到了他家。一个老婆婆在门前晾衣服，见老人领了个陌生人回来，问："是哪个？"

"不知道，是个志愿者。"老人一边对老伴说着，看着老婆婆不悦的表情，我不知所措地跟着老人进了屋。

一目了然的屋子，花胶布的房顶被四根竹子支撑着，席梦思放在砖头垒成的床架上。木板拼成的茶几上放着两瓶矿泉水，几块没吃完的饼干上爬着几只蚂蚁。

老婆婆估计是怕惹麻烦。尽管这样，她还是拿了一张矮凳放在我的面前："姑娘，你请坐吧！"

"谢谢！"我慢慢地坐下，老婆婆站在那一动不动地盯着我看，让我很不自在。

老人在床头的一个帆布包里翻了一阵，找出一板胶囊和一张纸递给我："这是说明书，你看看。要是能，你就吃一颗。这是部队的医生开的药。"

我接过来一看，是抗过敏常用药。

"我暂时不用，先看看情况再说。"我把药揣在上衣兜里，拿出三张十元的纸币给老婆婆，"您看，够吗？"

老婆婆惊讶了一会，抽出两张十元来给我，说："哪有这么多，才十块钱。"

"你这婆娘还真做得出？"老人冲过来责怪地瞪了老伴一眼，夺走老伴手中的钱塞回我的手中，"你们志愿者帮了我们那么多，我顺手帮你一个忙算啥子！"

"那怎么好意思？"我说，"如果您不收下，这药我就不要了。"

老人见争执不过只好收下了十元钱，脸上露出为难的表情，拿起茶几上的水，说："您看，我们这简陋，没啥好拿来招待的。您就将就喝口矿泉水吧！这水也是上面发下来的。"

我把水接到手中，老婆婆皱着眉大声冲老人说，"我们的水要节约着用，婷儿还要洗头洗脸。"

"不用，我不渴。"我难堪地把水放回茶几上。

"婆婆，您总是这么小气。"一个大约8岁的小女孩从外面跑了进来，拿过茶几上的矿泉水，"她是我们的林老师，今天还教我们写作文呢！我要把我的水让给林老师喝！"

这下轮到我感到惊讶了。我打量着这个留着妹妹头、戴着发卡的女孩，却记不起是哪个班的学生。

"你叫什么？"我弓下身问她。

"你中午上课不是说不出话吗？先喝了水再说。"小女孩已经拧开了瓶盖，"林老师请喝！"

我一时不知怎么办才好，拿起来咕噜咕噜喝了几大口。

"我叫李婷。"小女孩从书包里拿出作文本，"这是我今天写的作文。我还打算明天请您给我修改一下呢？您看，我的作文能发表吗？"

"这屋里暗，婷儿——你把林老师带到外面那棵树下坐着说。"老婆婆此时变得很热情，她主动拿起两张矮凳往屋外走。

坐在大树下，读着李婷的作文，我被小女孩天真的文笔逗乐了。

"刘清清说他家的帐篷是别墅，而我婆婆说咱家的帐篷是蒸笼。"见老师哈哈地笑，李婷解释说。

"那你像什么？"我问。

"我当然像出锅的馒头了。每天，在帐篷里这么闷着不成馒头才怪！"

说到吃，我觉得肚子咕咕叫起来。看看手表已经五点钟了，中午吃的是泡面。哎，该要饿了。我想到这里，看了一眼李婷，笑眯眯地从挎包里拿出一个鼓鼓的塑料袋来。

"这是什么？"李婷好奇地问。

"是巧克力棒！"我拿出一根放进嘴里，有滋有味地嚼着，惹得李婷口水都要流出来了。

"看来很好吃。"李婷睁大眼睛遗憾地摇了摇头，"为什么没有发给我们？"

"这是我从家里带来的。"我疼爱地摸摸她的头，把巧克力棒放在她手里，"看你写作文那么会打比方，这就当是奖励你的。好好写作文，知道吗？"

"真的？"李婷有点不相信自己的耳朵，一手却紧紧抓住塑料袋望着我。

"真的！"

对于我来说，这巧克力棒真是不起眼的，城里超市都有得卖。但它是在山河镇的我吃了泡面之后解辣消闲的好食品。

"作为地道的川妹子，我现在也怕吃辣了。"安妮笑着说。

"为什么李婷家里发的矿泉水比我买的水还要甜呢？"我答非所问，但我已从中知道了答案。

今天是五月二十八号，我的队友们再过一天就要撤了。因为他们都是请了公休假出来的。

"后天是六一儿童节，明天要做个你和孩子们的专题。"安妮说，"到时，我男朋友和我一起。"

"男朋友?"

"我们是同行。"

安妮拿出一本杂志,封面上国家领导人与一个男孩相互依偎着。"这孩子现在是名人。我的同学都认识他父母。"安妮说,"他可是个幸运儿。我今天想去采访他。"

"在地震中幸存的都是幸运儿。"我说。

据之前村干部介绍,我才得知整个龙门山地震带上,位于川西、龙门山南翼的古镇具有非常典型的标本意义。

地图上的古镇是一个狭长的地带,因与震中亭江最近,最北面的山区小镇竹溪,受灾程度最为严重。那个小男孩所在的小山村在地震中被两座热情相拥的山所掩埋。逃出来的幸运儿没有几个,而这小家伙却是其中之一。我迫切想要认识这个被天使托举的小男孩。下午没课,我们决定即刻出发寻找小天使。

当晚,安妮通过朋友打听到小男孩的住处。次日一早,我们就出发了。安妮介绍,××路是唯一一条道路。地震后的十多天,一路上都能看见路边停满了装满物资的军用卡车,有戴着口罩的解放军战士,有参与救灾的民兵,还有大片大片倒塌的民房,横七竖八的房梁,堆成小山的瓦砾,一路所见到的景象令人触目惊心。再往前走,路逐渐延伸到山脚下。左边是山,右边是深谷,中间是一条已经震得到处是裂缝的水泥路。路边有大量从山上滚下来的碎石,占去了一半的路面。还有被压扁了的货柜车,不时还可以见到挂有成都、重庆等地牌照的被遗弃的私家车,不知道车的主人是死了,还是已经弃车逃离了。

在一个叫白湖湾的地方,安妮的步伐停了下来,说:"地震后,这儿由于山体塌方,路在这个地方彻底断了,从山上滚下来的泥石冲垮了路基,像泥石瀑布一样,形成巨大的落差,一直下伸到右边的深谷中。"

我举起手中的相机对着白湖弯拍了几张,说:"这条唯一通往刘家巷的咽喉要道,不就成了一条被拦腰砍断的绝路吗?"

"是的。"

地震所带来的灾害也依次递减,形成一条由北向南很清晰的脉络图。好不容易到了山村灾民安置点,通过挨家挨户的询问,在一个村民的帐篷门口意外地碰到了小男孩的奶奶。结果却让人大失所望:小男孩和妈妈一起到古镇探望外公了。我俩面面相觑,扑了个空,最终决定折返。

在那里我们终于如愿见到了小男孩陈晓和他的母亲王芳。陈晓如今对陌生人一点都不生分了,在他心里,来自五湖四海的陌生人都是他的亲人。他像个小大人似的嘴角含笑,帮妈妈为客人端茶送水。王芳拍着心口,脸上神色凝重地说:"我是家庭妇女,他爸爸开车拉煤。我们才从村里搬到了镇上。要不然,我们也出不来了。村里没几个逃出来。我的几个亲戚都死了。"听说我们是专程来采访儿子的,她脸上又有了笑容,麻利地收拾出一张桌子,把陈晓叫到我们面前,说,"幺儿,你看你多好啊!这么远的姐姐们都来关心你了。快去拿作业本来,认真听老师讲哈。"

陈晓高兴地找来书包,从里面拿出作业本来。

"你写过作文吗?"我笑着问他。

"我写过看图说话。"陈晓抿着嘴想了一会儿,腼腆地说。

"如果现在让你写一篇作文,你最想写什么?"

"最想给温爷爷写信。"

"那好,你心里有什么想说的,都在信里说给他听。"我拿出一张北京《石榴树》杂志主办的"全国中小学生作文大赛"通知书,"如果行的话,你就去参加这个作文比赛。入了围,还可以去北京。"

"能去北京?!"看着印制精美的比赛通知书,陈晓露出渴望的眼神。

这可能是他第一次写信,在听我指导了写信的基本格式后,陈晓提笔了。遇到不会写的字或不会运用的词语,便停止书写,向我们投来求助的目光。在我循循善诱的启发指导下,他的作文顺利完成。

陈晓见我读着他的作文脸上露出满意的表情,急不可待地问:"通过了吗?可不可以去北京?是坐飞机去呢?还是坐火车?"

"你等通知吧!一定可以去北京的。"我捏捏他的小脸蛋。

分别的时候,陈晓恋恋不舍地追出来。

他追逐的应该是他的梦想吧！我对安妮说。

我想起了刘家巷。

"因为是平坝区，除了房屋裂损外，并未有人员伤亡。"安妮说，"我男友老家就在那里。"

古镇离亭江城区有一段距离，经过城区往刘家巷还要两公里。为了出行方便我让安妮给我租了一辆车，我还是想找个没课的时候亲自去看看。

五月二十九号，在安妮的陪同下我们驱车奔赴帐篷学校。

安妮的男友兼同事早一步从城里出发往学校进发了。

我们走到半路时突然下雨了，雨下得离奇地大。我们的老爷车没办法开得快。为了安全起见，安妮坐在副驾驶的位置拿着毛巾做着雨刷的"工作"。安妮的男友不断地打来电话。

"我老公担心我的安全。"安妮说。

"不是说男友吗？"

"哦，没结婚呢！只是叫老公习惯了。"安妮说。

本来只需四十分钟的路程，我们却行驶了近一个半个小时。在一个弯路口，两块巨石和一大摊黄泥挡住了我们的去路。看来是大雨引起山体滑坡了。车子过不去，我们只好撑起伞下了车。

巨石让人看了不寒而栗。我们心里惧怕，大步向前跑了过去。一辆轿车的车门开着，不见人。挡风玻璃碎裂，车头被泥浆布满，严重变形了。

"我男友的车，好好的'雪铁龙'改头换面了。"安妮惊呼起来。

"该死的雨！看来是这块巨石。希望你男友没事，他们极有可能徒步前往学校了。"我不安地四处张望。

边匆忙赶路，安妮边着急地给男友打电话。电话的忙音让我们焦灼不安。走了约一里路，突然听到有人叫。往前细看，在路边破损的民居旁站着一个男人。身材，脸形，这个男人怎么那么像阿诺呢？我一阵恍惚，以为产生了幻觉。这个人平头，没有一字须。镇定下来我可以确定，他就是阿诺。和网络视频上的样子一样，穿着工作制服，挎着摄像器材。没错，是他！

"安妮！"只听他叫。

"什么运气啊?"安妮抱怨着奔向阿诺。我明白了,她口中的"老公"原来就是阿诺!

我设想了N种与他相见的方式,唯独这出没有料到,有趣的是这十多天里我还与他的情人成为好友了。

我想转过身去,想逃……但阿诺的目光投向了我。他的表情瞬间变得呆滞,手中的伞落在地上。

"你好,阿诺,认识你很高兴!"我走向他,以一个陌生人的身份。

"这位就是支援灾区的最美女教师林比邻。她是我最近一直关注的采访对象。"安妮并未发现阿诺的异样,把伞拾起来放在他的手中打趣道,"见到美女,魂都被勾走了!"

"快点吧,孩子们等着呢!"我控制住僵硬的表情转过身,我讨厌看到安妮对他亲热的举动,更不想让他们看到我泪流满面。

看见阿诺安然无恙,安妮心中的石头算是落了地。

"没事就好!大难不死必有后福。"安妮说。

阿诺的头发湿湿地贴在前额,裤脚上全是泥点。虽然他抿着嘴一言不发,看似神情镇定,但从他的样子可以看出,我的出现让他受惊不小。

雨还在肆无忌惮地下着。听着轰隆隆的雷声,我们脸色发白。

安妮握伞的手颤抖着:"指不定还会有石头滚下来,要不回去吧!课可以改天上,孩子们会理解的。"

"不行的。"

我想,这可能是我在古镇的最后一节课了。我必须为我短暂的灾区教师生涯画个完美的句号。见到阿诺,我的心里像被掏空了一般。我想小天了……

路过街口的米粉摊,热腾腾的牛肉汤味飘过来。我顿觉得肚子咕咕地叫。

"比邻,你吃了早餐吗?"安妮跑上前问我,"我们就在这儿吃碗米粉吧。"

上山下山许多次了,路已经很熟悉。我看看表,让他们留下来吃,此刻,我只想着去把课上了,一分钟都不愿与他们俩待在一起。

我埋着头往学校赶。阿诺也一副公事公办的样子，拿着摄像机紧跟后面。想来他已调整好心态，真是专业的媒体人。

"林小姐，网上我看到消息，你作为高档美术馆的经理不仅成功策划了艺术品慈善拍卖，还捐出拍卖所得的全部款项？"

"献爱心的不仅仅是我一个人，成都所有艺术界人士都出了力。"

"你是只身一人来的灾区吗？"

"跟随团队一起来的。"

"听说你代表美术馆捐赠了孩子们所需的部分物资？你怎么又想着去帐篷学校上课呢？而且一待就是半个月，作为老总，你有这个空闲吗？"

"当初去上课是服从组织安排，因为我曾从事过三年的教育。通过和孩子们的近距离接触，我觉得他们遭受这场大灾难，需要倾诉，以释放内心的情感；他们也需要快乐，以驱赶心头的阴影；他们更需要成功，以重树生活的信心！所以，我坚持多留几天，与他们谈心玩耍，教他们写作文。"

我一直不能释怀阿诺对我的背弃，我一直觉得他是否该给我一个交代。或者，钻牛角尖的我总想要个答案。现在，见到了他——才明白，很多事情是没有答案的。

此刻，失而复见，阿诺曾是否爱过我已不重要，也无须计较他曾对我做了什么，最重要的是他近在咫尺，他好好地就在我的眼前——

他问，我答。一切显得是那么自然。我如释重负，往事如过眼云烟！

镜头跟着我走进了教室。我面对的是四五年级的小朋友。

"今天，林老师有点狼狈！"我嘿嘿地冲同学们笑着，"不过，能赶上给大家上课，淋成落汤鸡也没啥不好的。"

同学们哄堂大笑。有个乖巧的女同学拿出一张手绢递到我面前，让我擦脸上的雨水和身上的泥巴。

我感动地接过她的手绢，从口袋里拿出一个棒棒糖，说："礼尚往来！"

"我的口袋里随时有糖，这是让安妮最感动的地方。她曾认为我是好吃零食的女子，却不知我心里装着的尽是我身边的孩子们。我今天让同学们比赛讲故事，谁讲的故事有趣又有意义，谁就可以得到奖金。

听说有奖金，同学们兴致高涨。有的讲《渔夫和金鱼》，有的讲《白雪公主》，还有的讲《馋嘴的乌鸦》——

"这些都是大家听过的。"突然有同学不高兴了，"还是林老师你给讲一个吧？"

阿诺的镜头对着我，我心里多少有点不自在。

"要专业！"我对自己说。我努力让自己在孩子们面前保持最佳状态，在黑板上写下几组关键词，"比丘""云水僧""挂单"。

"知道这三组词是什么意思吗？"我笑着问。

同学们都摇着头，我笑着解释："比丘是指在寺庙修行的和尚。云水僧是指云游四方的和尚。挂单呢，是指到寺庙投宿的和尚。"

话说，一个比丘名叫驼标，他负责接待远方挂单的云水僧。他总是把洗漱用具都为客人准备周全。常常过了深夜，他仍提着灯笼接待挂单的客僧，送他们到住宿的地方。

年复一年，三十年的岁月过去了，驼标比丘再也不用提着灯笼照路。有一天，他的手指突然发光了，就像火炬。夜里，他抬起手照明道路引领客僧。他从不炫耀他的神通，他反倒庆幸再也不用怕风吹雨打让灯火吹熄，延误了客人安歇的时间……

故事听了，照样是要写作文的。有个样子长得愚钝的孩子，他写出的文章让我们对他另眼相看了。

这则故事是星云大师的禅话。是的，其实不信佛的我和你一样，不知他是谁。反正是个和尚没错。老师说他是一位很另类的高僧。12岁在南京栖霞山出家，后去了台湾。他不仅在世界各地办电台电视台，还办报纸和杂志。信众达一百万多人。别人说他是一个把佛教从圣坛带到人间的使者。

虽然他是一个大师级的人物，可远在竹溪镇的我对于这个人依然是感到遥远和陌生。直到我弄懂了那个故事的真谛，星云大师的形象在我的脑子里生动而亲切起来。

驼标比丘的手指为什么会发光呢？老师讲完了故事反问我们。

"那是因为他提了三十年的灯笼，灯笼把他的手指照亮了。"有同学大声说。

老师点了点头微笑不语。

"发光真不可思议！为啥子我每晚在台灯下看书，我还是这么笨呢？"另有一个同学的话顿时让全班哄堂大笑。

老师也笑了，笑得直不起腰。好半天，林老师才说："你每天在台灯下看书，它照亮了你的眼界，让你的视野变得更开阔；它照亮了你的胸怀，让你的心胸变得更宽广。所以，你今天才会用这么豁达的心态面对自己，才会把快乐带给我们大家。谁说你家的台灯没有把你照亮呢？"

比丘驼标的手指发光不是偶然，而是必然。

星云大师说，现在的社会，人们都讲利益，凡事只求速成。谁肯做志愿者三十年？其实，发光不是菩萨的专利，只要我们拥有一颗纯净至诚的心，人人都可以发光。

当我们鼓励安慰他人，当下就是口里发光；给人方便的服务，不就手中发光吗？对人慈颜含笑，就是脸上发光；处处给人欢喜，给人信心，你的人都是通身光明。

老师讲完故事的时候，教室响起雷鸣般的掌声。我觉得她湿漉漉的头顶闪耀着光芒，星云大师照亮了林老师，而林老师照亮了我。大地震过后，重建家园是我们未来的主题，我们应该脚踏实地，从自己做起。我们每一个人要做自己的观世音，发挥自己的"佛性"，只要减去一点自私心、贪爱心、争论心，不但可以让自己发光，也可以驱走黑暗照耀他人。

人人争做"发光体"！

读完这个孩子的作文，我们感慨万千。我奖励给他一本书。下课后，那孩子捧着两袋"喔喔奶糖"走到我面前："老师，总是你在请我们吃糖，今天我请你吃吧！"

"'己有能，勿自私。'这是《三字经》里面的话。就是说，我有的东西乐意和大家一起分享。"我接过糖，剥出一颗放到嘴里，剩下的撒向同学们。见孩子们乐翻了天，我的眼圈红了。对于我流泪，孩子们已经不是第一次见到。我难为情地地笑着，心想：这辈子要流的泪都流在古镇了。我没白来亭江，我教孩子们写作文，孩子们却让我懂得更多。

下午，回去的路塌方了，我们被困在了古镇。据亭江市农村气像自动监测站数据显示，截至5月30日下午8时，全市各镇(街道)日降雨量普遍在409毫米以上；山区古镇日雨量超过100毫米，达107.9毫米。整个过程累计降雨量全市为121.0毫米到177.7毫米之间。

雷雨交加的夜晚，我住在潮湿的帐篷里难以入眠。

第二天，我高烧昏迷了。在迷糊中，我感觉一个年轻男子正为我打着点滴。

陶醉！陶醉！我呢喃着。那眉眼，多像一个人。

"我在这儿！别担心。"轻柔的声音，多情的眼神，英俊的面孔，温暖的大手。我不是在做梦！

"陶醉！"我哭了。如一座坚挺的雪峰，瞬间被融化。我不需在他的面前伪装成坚强的样子，我再也不要那虚无缥缈的东西，我更不想去纠结迷恋的是他的身体还是灵魂了，只要他握着我的手便已足够！

打了点滴烧退了下来。听着窗外的雨声，我心里从没有如此静谧。

"你怎么在这儿？"我问他。

"你是怎么到这儿的？"他反问我。

原来在地震发生的第二天，他就随同医疗战线的同事们奔赴到这里。他们是成都第一拨临危受命前来的医务人员。

"我一直在市区骨伤医院，工作也告一段落，明天就走了，所以就过来看看。"

"一起吧，明天我也要走。"

这时，安妮和阿诺举着摄像机过来，身后还跟着一帮孩子们。

"好些了吗？"安妮问。

"林老师，你没事吧？"

"输什么液？每次我淋了雨发了高烧，我妈都煮一碗姜汤，喝了就好！"

"要讲科学，土法子有时不管用的！"

孩子们上来七嘴八舌的。

阿诺一言不发地看着我，偶尔瞟一眼陶醉。我不想深究他心里在想什么，这对我已不重要。曾经对他的仰视不复存在，如今我只是他要采访的一个平凡的对象。如此而已！

可喜的是，下午的雨量相比上午明显小了些。

我们离开古镇准备回城区。听说我要走了，孩子们依依不舍。我把他们的作品收集上来，我承诺过会为他们出书，我一定要做到。

六月二日，帐篷学校杨校长派车送我们回成都。车子行经镇口，我看见阿诺一个人站在拐角。他在送我吗？我不知道！永别了，阿诺！

车上，我又哭了。或许是离别的伤感，或许是这无言的结局。

陶醉把我的耳发撩到肩后，这是他对我关爱的招牌动作。

"你不爱我了，我怎么能做到全身而退！"他轻轻拭去我脸上的泪水。

"我怀孕去了绍兴柯桥镇，我经常腆着肚子去河边的桥上晒太阳。桥头有家花店，很长一段时间我很害怕经过那个花店。男人女人一个个地去买花，我看到他（她）们脸上洋溢着幸福的微笑。尽管那时候没有人拥我入怀，可我被那种气氛淹没并感动着。那时我想，这样美丽的时光，如果不好好做人，不好好恋爱，就太辜负生活了。我期待这样的生活，我小心地一直在寻找那样一个人与我漫步人生路。我的眼光看得太远，好风景在身边我却一直视而不见。"

"听音乐！"陶醉说着，把一只耳机塞进我的右耳，Linda Ronstadt 与 Aaron Neville 的声音缓缓流出。

"日子是拿来虚度的，爱情注定是要浪费的了。"陶醉调侃式地拍拍我的肩，"借给你，睡吧！"

我顺从地把头靠在陶醉的肩膀上，手被他握得紧紧的。

我想，我的朝气快要被生活磨完了，生活中太多的坎坷需要爱人的肩膀去支撑。我又何必苦苦在这样的生活状态下过活呢？通过这次亭江地震灾区之行,我的身心被灾难洗礼。爱需要勇气,放弃更需要力量。它让我明白爱情不是生活的全部,人只要活着就好!

2003年初稿于什邡
2019年修订于成都望江锦园